KB036556

같이 읽고 함께 살다

장은수

같이 읽고 함께 살다

한국의 독서 공동체를 찾아서

서문 P. 004

1 제주 남원북클럽 P. 012

2 전주 북세통 P. 022

3 홍동 할머니 독서모임 P. 032

4 부천 언니북 P. 041

5 청주 강강술래 P. 050

6 보령 책익는마을 P. 059

7 김해 행복한 책읽기 P. 068

8 원주 그림책연구회 P. 077

9 시흥 상록독서회 P. 086

10 서울 풀무질서점 책모임 P. 095

11 서울 상경다락방 P. 104

12 청주 북클럽 체홉 P. 113

13 대전 백북스 P. 122

14 인천 애기보따리 P. 131

15 서울 리더스포럼 P. 140

16 창원 독서클럽창원 P. 149

17 강원 홍천여고 독서동아리 P. 158

18 순천 부꾸부꾸 P. 167

19 서울 과학독서아카데미 P. 176

20 서울 보라매독서동아리 P. 185

21 인천 마중물 P. 194

22 서울 합정동 청춘독서모임 P. 203

23 서울 논현동 심야독서모임 P. 213

24 나주 한전 KDN 향추회 P. 222

책, 어떻게 같이 읽을까 P. 237

느티나무책방

서 문

읽기는 행복한 인생에는 풍요를 부풀리고, 허무한 인생에는 살아가는 힘을 줍니다. 창작자가 아니라 수용자가 연주하는 유일한 예술이자 신비로운 공연으로서 삶의 높이와 깊이를 더합니다. 그러나 우리 사회는 점점 읽기의 힘을 잃어가고 있습니다. 모바일 문명의 폭주 속에서 긴 글을 깊이 읽는 문화는 흔히 반시대적인 것으로 치부되기 십상입니다. 국민 독서율은 해마다 떨어지고, 출판은 붕괴 위기에 내몰리는 중입니다.

우리 사회의 많은 위기는 오직 읽기를 통해서 쌓아 올린 정신의 힘으로만 해결될 수 있다고 저는 생각합니다. 읽기를 퍼뜨리는 것을 항상 저의 소명으로 생각하고 살아 왔습니다. 출판 현장을 잠시 떠난 틈을 타서, 전국에서 오랫동안 같이 책을 읽어온 분들을 만나 '읽기의 참된 가치'를 확인하고, '같이 읽기'라는 운동을 통해 자발적 '독서 공동체'가 생겨날 수 있도록 돕고 싶었습니다.

이 책은 전국 각지에 흩어진 독서 공동체 스물네 곳을 일일이 발로 찾아다니면서 인터뷰한 기록을 담았습니다. 몸은 다른 곳에 있고, 맺힌 인연도 각각이었지만, 책을 향한 뜨거운 열정만은 모두 한결같았습니다. 같이 읽기로 이룩한 정신적, 사회적 연대가 삶을 부드럽게 껴안으면서 좋은 삶을 향한 단단한 열정이 제 마음을 계속 두드렸습니다. 마치 떨어진 형제를 만나는 것 같은 기쁨의 연속이었죠.

달동네 야학에서 맺어진 작은 인연으로 시작해서 1982년부터 책을 같이 읽어온 서울 시흥의 '상록독서회'나 충남 홍성의 한 시골 마을에서 1985년부터 서른 해 넘게 같이 책을 읽는 '할머니독서모임' 등은 한국 독서 공동체의 산증인이자 그 자체로 휴먼 드라마를 이룹니다. 이 분들을 만나서 이야기를 나누었을 때의 감동을 잊을 수 없습니다.

소읍의 한 여학교에서 한 해 만에 마흔한 곳의 독서 모임이 생겨나는 기적을 이룬 강원도 홍천의 홍천여고 학생들을 만난 것은 두근거리는 경험이었습니다. 독서 공동체에 속한 많은 이들이 청소년기에 친구랑 같이 책을 읽던 기억을 간직하고 있었고, 그 좋았던 경험 덕분에 나중에도 책을 놓지 않았으며, 또한 독서 공동체를 만들어 같이 읽기를 한다는 것을 들었기에, 이 아이들은 아마도 인생의 가장 큰 축복을 받은 것이나 마찬가지일 겁니다.

국토 최남단에 속한 제주도 남원에서 귀촌자들이 함께 책을 읽으면서 시작해 지역 문화를 공부하고 기록하는 시민 조직으로 발전한 '남원 북클럽', 어머니 그림책 공부 모임에서 출발해 협동조합을 결성하고 원주를 그림책 도시로 만드는 데 앞장선 '원주 그림책 연구회', 페이스북에서 만난 친구들끼리 같이 책을 읽으면서 책읽는지하철이라는 독서문화 운동을 떠받치는 '청년독서모임' 등은 독서 공동체가 자족적인 데에서 그치지 않고 사회 운동으로까지 어떻게 발전해 갈 수 있는지를 생생하게 보여 줍니다.

이 책의 가장 큰 목적은 독서 공동체를 이루어 같이 책을 읽으려는 이들에게 도움이 되려는 것입니다. 이 책에서 주로 다루는 독서 공동체는 적어도 세 해 이상 같이 모여 책을 읽어 온 곳들입니다. 현실에서 수많은 어려움을 넘어섰을 이들에게 묻고 싶었습니다. 어떻게 모임이 이루어졌는지, 같이 책을 읽는 이유는 무엇인지, 가장 어려웠던 점은 어떤 것인지, 어떻게 모임을 진행하는지 등등. 현장 인터뷰를 통해서 이 책은 독서 공동체의 속살을 속속들이 펼쳐 놓습니다. 한국의 독서 공동체가 어떻게 조직되고 운영되는지를 알고 싶은 모든 이에게 훌륭한 정보가 되리라고 생각합니다.

오늘날 읽기는 커다란 위기를 맞고 있습니다. 페이스북의 마크 주커버그는 모바일 시대의 킬러 콘텐츠는 텍스트가 아니라 동영상이라고 했습니다. 사람들이 휴대폰을 통한 콘텐츠 소비에 익숙해지는 동안, 독서는 지속적으로 위기에 빠져들 가망성이 높습니다. 하지만 읽기가 사라지는 일은 결코 없을 겁니다. 읽기는 사람의 근원적인 욕구입니다. 오로지 읽기를 통해서만 전달되는 지혜가 분명히 있습니다. 한없이 느린 듯하기에 오히려 깊고 넓어서 전체를 성찰하는 지혜 말입니다. 이 지혜 없이 인간은 살아갈 수 없습니다.

시민들이 자발적으로 모여서 함께 책을 읽는 독서 공동체는 한 사회의 지적, 정서적 건강성을 떠받치는 굳건한 토대를 이룹니다. 또한 모바일 혁명 이후 위기에 빠져든 책 문화를 지켜 주는 단단한 보루이기도 합니다. 전국 각지의 독서 공동체를 취재한 이 책이 같이 읽기를 통해 삶의 길을 다시 세우려는 모든 이들에게 진지한 길잡이가 되었으면 합니다.

불암산 당현천 옆에서

2018년 11월

장은수

차례

서문 4

제주 남원북클럽 12
제주에서 제주 책 읽으며, 앎과 삶이 하나 됐죠

전주 북세통 22
더불어 읽고 놀며 느끼며, 생각하는 시민으로 살고 싶었죠

홍동 할머니독서모임 32
불혹에 만나 칠순 훌쩍, 책 덕분에 평생 벗으로 살죠

부천 언니북 41
감상 내용·장소·뒤풀이자리까지 빼곡, 조선 선비 시회(詩會) 기록 보는 듯

청주 강강술래 50
업무용 독서에 지쳤을 때, '아무거나 함께 읽기'로 기쁨 찾았죠

보령 책익는마을 59
9년 전 세 친구의 책 선물 나눔, 이젠 커다란 독서 모임 됐죠

김해 행복한책읽기 68
공무원 독서 모임, "시민 목소리에 더 공감하게 됐어요"

원주 그림책연구회 77
패랭이꽃 버스에서 틔운 꿈, 그림책 도시 향해 달려요

시흥 상록독서회 86
군사 독재 어둠을 깨며 함께 읽기 35년

서울 풀무질서점 책모임 95
서울에서 부산까지 어디든지 달려가서 읽어요

서울 상경다락방 104
'나를 위한' 책읽기로 아이와 삶을 다시 발견하다

청주 북클럽 체홉 113
자본에 밀려 비어가는 도심, 독서의 향기로 채우죠

대전 백북스 122

교수와 제자들 강의실 모임, 학교 담장 넘어 세상을 품다

인천 얘기보따리 131

엄마가 읽고, 모임서 읽고, 아이랑 함께 세 번은 읽는 셈이죠

서울 리더스포럼 140

독서는 경영자의 의무입니다

창원 독서클럽창원 149

인구 100만 도시에 서점 51곳뿐, 문화 사막에 솟은 오아시스

강원 홍천여고 독서동아리 158

1학년 독서 동아리 41개, 시골 학교에서 기적의 독서 만나다

순천 부꾸부꾸 167

부지런히 읽다 보니 경청하는 습관 몸에 뱄어요

서울 과학독서아카데미 176
과학 책 읽고 세상을 보니 인생이 달라지네요

서울 보라매독서동아리 185
'줌마 놀터'에서 만난 책, 세상 보는 눈이 열렸죠

인천 마중물 194
세상을 함께 읽고 허심탄회한 얘기 나누는 '풀뿌리 소통'

서울 청춘독서모임 203
SNS 시대, 청년들이 나서면 독서도 진화한다

서울 심야독서모임 213
강남의 불금, 책으로 자신을 되찾는 '젊은 몽테뉴'들

나주 한전 KDN 향추회 222
함께 일하고 함께 낭송하고, 일터에 스미는 삶의 향기

보론 1 **책, 어떻게 같이 읽을까** 231

보론 2 **학급이 동아리가 되고 독서가 수업이 돼야 합니다** 265
독서 공동체 전문가 김은하

제주 남원북클럽

제주에서 제주 책 읽으며, 앎과 삶이 하나 됐죠

책을 혼자 읽는 것과 공동체를 이루어 함께 읽는 것은 다르다. 혼자 읽기는 시간을 알차게 보내거나 지식과 정보를 습득하기 위한 것이다.

하지만 함께 읽기는 삶에 우애를 불러오고 공동의 추구를 형성한다. 오랫동안 책을 함께 읽는 것은 결국 삶을 같이하는 일이다. 책으로 자신을 바꾸고, 가족을 바꾸고, 지역을 바꾸는 아름다운 혁명이다.

텔레비전을 더 보려고 귀농하는 사람은 없습니다. 의미 있게 살려고 여기까지 왔습니다. 자기 삶터에 관한 책을 함께 읽는 것은 정말 중요합니다. 주변을 알아가는 즐거움이 있고, 생활에 이어지는 기쁨이 있습니다. 그런 일이 반복되다 보면 자기 안에 좁게 갇혀 있던 눈이 생활 세계 전체로 확장되면서 삶의 호흡이 무척 깊어집니다. 정말 행복합니다.

제주 서귀포시 남원읍에는 열일곱 마을이 있다. 면적은 서울의 3개 구 크기지만, 인구는 2만이 채 못 된다. 그러나 읍 단위로는 한국에서 소득이 가장 높은 편이다. 자연이 가져다 준 황금 작물 감귤 덕분이다. 한라산이 바다를 향해 흘러가는 드넓은 땅 곳곳에 감귤 농장이 펼쳐지고, 말 목장이 군데군데 둥지를 틀었다. 바람이 불 때마다 정지용 시가 문득 떠올랐다. 초록의 들판이 햇빛을 받아 "도마뱀 떼같이 재재발랐다."

남으로 쪽빛 바다가 맑고, 북으로 한라산이 뒷배를 받치는 곳. 이 아름다운 고을에 국토 최남단 독서공동체 '남원북클럽'이 있다. 2011년에 네 명이 처음 시작한 후 한 달에 한 번 모여 같이 책을 읽는다. 그 사이 회원이 상당히 늘었다. 삼십 대부터 칠십 대까지 매번 십여 명 이상 참석해 함께 책을 읽고 세상을 이야기하고 인생을 나눈다.

> 책을 읽고 이야기하는 것은 단순히 어떤 주제를 놓고 이야기하는 것과 다릅니다. 책은 다루는 대상에 대한 지혜와 통찰이 담긴 시각을 다양하게 제공합니다. 그 덕분인지 같이 책을 읽고 이야기하면 자기 말만 늘어놓을 수 없습니다. 함부로 말할 수 없으니까 다른 사람 말을 경청하는 힘도 생깁니다. 무엇보다 책에는 주장을 넘어서는 진실이 있습니다.

제주 이민자 만남에서 싹이 트다

약속 장소인 남원읍 수협 3층은 공사가 한창이다. 이곳에 북카페, 녹음실, 강연장이 들어선다. 북카페는 작은 도서관 겸 북클럽 모임 장소로 쓴다. 녹음실은 팟캐스트 형식이지만 최초로 제주어 전용 방송을 내보낼 둥지다. 제주 할망들이 출연해 수다를 놓으면서, 해녀를 비롯해 제주 여인의 삶을 진솔하게 풀어헤칠 곳이다. 어떻게 여기까지 왔을까?

책을 혼자 읽는 것은 쉽지만, 같이 읽는 것은 생각보다 무척 어렵다. 독서 인구가 백 명이 채 되지 않는 시골 마을에서는 특히 그렇다. 마음에 맞는 책 친구를 만나기도 어렵지만, 책은 개인 취향을 심하게 타는 편이라 공동 독서 목록을 만드는 것조차 쉽지 않다. 남원읍에는 고등학교도 없고 서점도 존재하지 않는다. 한마디로 말해 '책의 황무지'다.

황무지에 책의 물길을 내고 같이 읽기의 나무를 처음 심은 사람은 안재홍 목사다. 1995년에 제주 토박이인 아내를 따라 귀촌했다. 2002년 서귀포에서 독서 운동을 시작한 이래 꾸준히 독서 확산에 힘을 기울여왔다.

> 시민의 한 사람으로서 평소 좋아하던 책을 같이 읽으면서 사람들과 함께 세상을 고민하고 싶었습니다. 지역 독서는 지역 교육을 바꾸는 동력입니다. 교육이 바뀌면 사람이 바뀌고, 사람이 바뀌면 세상이 바

꿉니다.

올레길을 걸어보면 안다. 제주도는 한반도에 딸린 커다란 섬 이상이다. 우리 곁에 있는 또 다른 세계이다. 헤테로피아, 즉 이국적 풍광과 문화를 갖춘 차이의 공간이다. 따라서 뭍사람이 바다를 건너 제주에서 사는 것은 이주가 아니라 차라리 이민이라고 부르는 게 나을지도 모른다. '신라'의 삶을 버리고 '탐라'의 삶을 선택하는 결단이다.

2010년은 제주도에서 역사적 전환이 시작된 해다. 역사상 처음으로 전출자보다 전입자가 많아졌다. 삶의 보람을 찾을 시간조차 없는 가혹한 경쟁에 지친 사람들이 대안적 삶의 공간을 찾아 제주로 몰려들었다. 올레길 열풍도 한몫했다. 제주도 곳곳을 걸으면서 이 섬의 매력을 맛본 사람들은 관광객보다 거주민이 되고 싶다는 열망에 타올랐다. 남원읍에도 '뭍사람'이 계속 건너왔다.

> 남원읍에는 제남도서관이 있습니다. 도서관을 드나드는 분들과 독서 모임을 하려고 근처에 봐둔 자리가 있습니다. 도서관 마당 바로 옆쪽 공간이었습니다. 괜한 일을 벌이나 싶어 망설였는데, 어느 날 제가 점 찍어둔 자리에 새로 카페가 들어선 겁니다.

영화 일을 하면서 오랜 뉴욕 생활을 마친 안광희 감독은 인생 후반전의 삶터를 제대로 고르려고 여기저기 기웃대다 마침내 남원읍으로 왔다. 그리고 이곳에 '문화공동체 서귀포'라는 카페 같은 사무실을 냈다. 안 목사는 '내 자리를 빼앗겼다'는 기분에 실망한 채 무얼 하는 덴가 싶어서 기웃대다가 안 감독과 말을 텄다. 그러고는 이 작은 공간이 작년 말 재개발로 사라질 때까지 네 해 동안 남원북클럽의 양산박이 되었다.

"앎과 삶이 하나 되는 즐거움"

세상 모든 중요한 일은 만남에서 시작한다. 책으로 친구를 만나고 친구로 세상을 만들려 했던 사람. 막 낯선 땅에서 뿌리를 내리려 하면서 어떻게 좋은 삶을 살 것인가를 고민하던 사람. 두 사람은 자연스레 마음이 통했다. 그리고 각자 한 사람씩 보태 네 사람이 책 읽는 모임을 시작했다. 모임이 커진 것은 제주에 귀농귀촌한 사람들이 합류하면서부터다. 때마침 서귀포시에서 '책 읽는 서귀포'를 선포하고, 독서 모임을 지원한 것도 큰 보탬이 되었다.

> 육지에서 귀농한 사람들은 대부분 생계형입니다. 그에 비해 제주도로 귀농한 사람들은 문화형이 많아요. 실용적 가치보다는 문화적 가치를 추구하는 성향이 강합니다. 문화 이민자라고 불러도 좋을 정도입니다.

남원북클럽은 독서 목록이 특이하다. 제주 '이민자'들이 '본토박이'들과 어울려 제주도 책을 주로 읽는다. 주강현의 『제주기행』, 이영권의 『제주역사기행』, 서명숙의 『제주올레여행』 등이 재미와 깊이에서 아주 인기였다.

> 모임에는 귀농귀촌한 분이 많습니다. 제주를 새로운 삶터로 선택한 것입니다. 그런데 어느 날 같이 이야기를 나누다가 제주도를 전혀 모른다는 사실을 알았습니다. 자기 삶터를 속속들이 알아야 잘 살아갈 수 있습니다. 우리는 미국과 중국은 공부했지만, 가까이 제주도는 거의 못 배웠습니다. 그래서 우리 삶터인 제주도를 깊이 알고파서, 제주도 책을 우선 읽기로 했습니다.

책 모임은 줄거리 길잡이의 발표로 시작된다. 책을 꼼꼼히 소개하면서 생각할 논점을 정리하고 느낌을 이야기한다. 그 후 곧장 토론을 시작한다. 별다를 것 없는 흔한 진행이다. 하지만 제주도 책을 주로 읽으니, 즉시 책의 현장으로 달려갈 수 있다. '마을 독서 기행'이 시작되는 것이다.

> 제주도 책을 읽고 이야기를 나누면서 앎과 삶이 하나가 되는 즐거움을 알았습니다. 책을 읽고 삼삼오오 모여 자전거 등을 타고 '마을 독서 기행'을 떠납니다. 그러면 책에서 읽은 세계가 눈앞에 펼쳐집니다. 어떤 책이 제대로 쓰였고, 어떤 책이 엉터리인지 금세 알 수 있습

니다.

책의 세계는 삶의 세계와 전혀 떨어져 있지 않다. 책이란 자연의 신호들을 집약하고, 문명의 문자들을 기록해 전하는 것뿐이다. 책의 사개가 어긋나는 것은 자연이나 문명이 보내는 1차 정보들과 직접 대면하지 않았기 때문이다. 제주도같이 정보가 부족한 곳은 이렇게 책이 나와선 안 된다.

서너 해 사이에 제주 이주자들이 정착기를 많이 펴냈습니다. 하지만 함께 읽었을 때 실망스러운 경우가 많았습니다. 더 많이 제주를 겪어 보고 신중하게 책을 출간했으면 합니다.

북클럽이 협동조합과 마을기업으로

책을 읽고 삶터를 확인하는 일을 꾸준히 해 온 남원북클럽은 모임 한 해 만에 서귀포귀농귀촌협동조합으로 발전했다. 마을기업인 '제주살래'를 만들어 감귤 등 지역 특산물을 전국에 판매하고, 게스트하우스도 운영한다. 같이 책을 읽고 지역을 답사하다 보니 느슨하나마 '함께 삶'을 고민하게 되었다.

책을 통해 사람을 만나고 이야기를 나누다 보니 우리가 이곳에서 어떤 공동체로 살 것인가를 생각했습니다. 우리 안에 있는 좋은 삶에 대한 가치와 열정도 발견했습니다. 다시 열아홉 살이라도 된 기분이었죠. 같이 힘을 합쳐서 사회적으로 의미 있는 일을 하고 싶었습니다. 그래서 협동조합을 만들었습니다.

책을 통한 문화적 소통은 필연적으로 사회적 소통을 위한 관심을 불러일으킨다. 오랫동안 책을 읽어온 독서 공동체가 봉사 활동 등을 통한 사회적 실천으로 나아가는 경우는 흔하다. 그러나 남원북클럽처럼 문화 소비를 넘어서 문화 생산으로까지 나아가는 경우는 많지 않다.

제주도에는 다른 곳에 없는 독특한 문화가 있습니다. 해녀와 제주어입니다. 제주도의 정체성을 가장 강렬하게 드러내는 상징과도 같은 존재입니다. 그런데 이 상징들이 사라지고 있습니다.

남원북클럽에서는 해녀들에게 문화 예술 교육을 해서 직접 작품을 생산하도록 돕고, 그 과정을 다큐멘터리로 기록 중이다. 첫 번째로 '그림 그리는 해녀' 편이 나왔는데, 해녀들이 그림을 배우고 그리는 과정을 담았다. 휴스턴국제영화제에서 여성 이슈 부문 수상작으로 선정되는 등 해외에서 반응이 뜨겁다. 두 번째로는 '시인이 된 해녀' 편을 준비 중이다. 해녀들이 글을 배우고 시를 창작해 '해녀 시집'을 낼 때까지 과정을 담을 예정이다. 제주어를 살리기 위해 제주어 지역 방송을 내보내기로 한 후, 운영 노하우를 배우려고 서울 마포방송국에서 연수까지 했다.

> 책으로 시작해 여기까지 왔습니다. 한 권의 책을 시작으로 사람이 꿈꿀 수 있는 모든 것을 해보려 한다는 것에 자부심을 느낍니다.

문화에 대한 고민 없이 지역은 성숙하지 못한다. 자기 삶을 스스로 주체로서 기록하지 못하는 세계는 반드시 사멸한다. 독서 공동체는 책을 넘어서 문화의 넓이와 깊이를 지역사회에 제공하는 중요한 진지로 성숙할 수 있다. 남원북클럽은 국토 최남단에서 그 모델을 보여주고 있다.

남원북클럽이 권하는 제주도 책들

제주도를 제대로 알고 싶다면 이 책들부터 읽으면 좋다. 제주도 책을 읽고 나면 마을 독서 기행을 떠나는데, 많은 책들이 현장에 가 보면 실제 제주도와 거리가 멀었다. 추천한 목록은 모두 직접 읽고 현장에서 내용을 확인한 책들이다. 이 책들을 읽고 현장에 다녀와서야 비로소 제주도 사람이 되었다는 느낌이 들었다. 특히 『제주기행』은 바람, 돌, 여자, 해녀, 귤 등 제주도 하면 흔히 떠올리는 것을 통해 자연과의 오랜 공존을 통해 독특한 문화적 원형질을 형성해 온 제주도 사람들의 삶을 제대로 담아냈다. 강추다.

강문규, 『제주문화의 수수께끼』(각, 2006)

김영갑, 『그 섬에 내가 있었네』(휴먼앤북스, 2004)

김은미 · 강창완, 『제주 탐조일기』(자연과생태, 2012)

서명숙, 『제주올레여행』(북하우스, 2008)

오성찬, 『나비와 함께 날아가다』(푸른사상, 2004)

유홍준, 『나의문화유산답사기 7: 돌하르방 어디 감수광』(창비, 2012)

이영권, 『제주역사기행』(한겨레출판, 2004)

주강현, 『제주기행』(웅진지식하우스, 2011)

허영선, 『제주 4.3을 묻는 너에게』(서해문집, 2014)

현기영, 『순이삼촌』(창비, 2006)

전주 북세통

더불어 읽고 놀며 느끼며, 생각하는 시민으로 살고 싶었죠

스무 살, 세 남녀가 책을 들고 모였다. 막 대학교에 들어가 과제를 하라는데, 어떻게 글을 써야 할지 몰랐다. 불안하고 답답했다. 다니던 교회의 오빠(?)에게 상의했더니, 글을 잘 쓰려면 먼저 책부터 읽으라고 했다. 책을 별로 즐기지 않았지만, 혹여나 성적에 도움이 될까 싶어서 순진하게도 일단 모여 본 것이다. 2003년 이래 열세 해 동안 전주 평화동 골목을 책으로 지켜 온 독서 공동체 북세통(책으로 세상과 소통하다)이 탄생한 순간이다.

일주일에 한 번씩 늘 모이던 평화동 던킨도너츠 가게를 떠나서 이번에는 전주 근처 진안군으로 여름 소풍을 떠났다. 스물 후반부터 마흔 후반에 이르기까지 입소문으로 조금씩 늘려 온 멤버들이다. 초기에 같이했던 사람들 중에는 다른 지역에서 직업을 얻는 바람에 한 해에 두 번 있는 가족 동반 야유회에만 참석하는 사람도 있다. 대부분의 독서 공동체가 지역을 기반으로 하는 만큼, 많은 이들이 고향을 떠나 일자리가 집중된 수도권에서 유랑민으로 살아가는 상황은 지방 독서 모임의 지속을 상당히 위태롭게 만든다.

여름 공기이지만 무덥지 않고 청량하다. 꽃의 숨결이 깃든 듯 달콤하고, 풀의 기운이 옮은 듯 시원하다. 창문을 열고 한동안 자동차를 달리면서 세속의 때를 씻어낸다. 어디에나 흔한 마을 나무인 큼직한 느티나무를 지나치자 곧바로 목적지인 좌포교회다. 처음 책 모임을 권한 '교회 오빠' 한명재 목사가 목회하는 곳이다. 초기 삼인방 중 한 사람인 김영선 씨가 먼저 말을 꺼냈다.

> 생각이 있어야 글을 쓸 수 있고, 생각을 기르려면 좋은 책을 꾸준히 읽어야 한다는 이야기를 듣고 모임을 시작했습니다. 그런데 엉뚱하게도 진짜 기적이 일어났습니다. 첫 모임을 하면서 읽은 책이 우리 멤버 중 한 사람의 기말시험에 과제로 나온 겁니다. 좋은 점수를 받을 수 있었죠. 읽기가 생활에 진짜 도움이 되는구나 싶어 그때부터 모임이 즐거워졌습니다.

스무 살 세 청년의 순진한 시작

벌여 놓은 포도 알이 달다. 점잔을 빼지 않는 솔직함이 참 좋다. 하기야 읽기란 본래 생활을 위한 것인데, 시험에라도 나와 주지 않는다면 도대체 책을 어디에다 써먹는다는 말인가. 처음엔 쑥스러워하더니 일단 말문을 트자 좌르륵 매끄럽다. 오랫동안 책과 더불어 수없이 논전을 치러온 사람답다.

> 한 번에 몰아 읽기가 부담스러워서 네 차례 정도로 나누어 쪼개 읽습니다. 50쪽 정도입니다. 한 사람이 발제를 하고 나머지 사람이 듣고 주제를 정해 토론합니다. 안 읽어 와도 됩니다. 발제를 듣고 의견을 이야기해도 되니까요. 사실 책으로 서로 관계를 형성하고, 뒤풀이에서 살아가는 일을 나누는 게 더 중요하다고 생각합니다.

독서 공동체 맞나? 혹시 책을 빌미로 한 친목 모임 비슷한 게 아닐까 하고 느낄 정도로 발언이 자유롭다. 모바일 시대에 책으로 세상과 소통하려면 이래야 할지도 모른다. 책의 무게에 눌려 있기보다는 책과 더불어 논다는 생각이 강하게 든다. 위기를 느낀 교회 오빠(?)가 슬쩍 끼어든다.

> 함께 모여 읽는 재미가 우선이지만, 책은 주로 인문 사회 과학 쪽의 교양서를 읽습니다. 사회의 문제를 자신의 문제로 고민함으로써, 사회 속에서 고립된 개인으로 살아가는 것이 아니라 유기체적 관계를 만들려고 애쓰면서 살아가는 '생각하는 시민'이 되었으면 하고 바랐습니다. 한 해에 4~6권 정도 사회적 이슈와 연결된 책을 읽습니다.

그래서 생각하는 시민이 되었나요, 하고 슬쩍 물어보자, 모두 일단 까르르 웃고 만다. 오랫동안 같이 책을 읽어 왔지만, 역시나 미혼이 많은 청춘이다. 모임 내에서 한 번도 썸(!)이 없었다는 게 오히려 신기할 지경이다. 뒤늦게 모임에 들어온 또 다른 진지한 오빠 김기원 씨가 말한다.

> 모임에서 책을 읽기 전에는 뉴스가 나랑 관계있다는 생각을 별로 안 했습니다. 책을 읽고 이야기를 하다 보니 어느새 제가 바뀌어 있었습니다. 제 안에서 선한 갈등이 생겨나기 시작했어요. 그전에는 욕망을 좇아서 살았는데, 지금은 '어떻게'를 생각하면서 살게 되었습니다.

모임에 위기가 없었던 것도 아니다. 매주 발제를 하는 게 부담스러웠고, 매번 만나서 밤이 이슥하도록 마실을 나가다 보니 관성에 지쳐서 반년 정도 쉬었던 적도 있다. 하지만 한 동네 주민이니만큼 휴지기에도 밤 마실 모임은 가끔 있을 수밖에 없었다. 인생에서 친한 누군가와 한 골목을 공유하는 것만큼 중요한 일은 정녕 없을지도 모른다. 오다가다 마주치면서 나누는 인사 한마디로도 인생은 깊어진다. 어느 날 술 한잔하다가 "이러지 말고 책이라도 읽으면서 지내자"라는 말이 불쑥 나왔다. 모두 마음속에서 그 시간을 그리워했던 것이다.

모임에 여유를 주려고 한 해 넉 달 방학이 생겼다. 그 대신 그때에는 가족까지 동반하여 문화 답사를 떠나는 집중 친교 시간을 보낸다. 이주 등으로 지역을 떠난 멤버들에게도 미리 알려 이때만큼은 함께 참여할 수 있도록 배려한다. 역시 제사보다는 떡밥이 중요하다. 모임을 빌미로 밤새 놀아 보자는 야유회 아닌가요, 하고 묻자 모두 말없이 입꼬리만 올라간다.

친목하고 생각하고 상상하라

김영선 씨가 말길을 다시 책으로 돌린다.

> 김산해 선생의 『신화는 수메르에서 시작되었다』를 읽었을 때가 가장 기억나요. 절판되어 제본을 떠서 읽었는데 충격이었어요. 어릴 때부터 성서를 읽으면서 자랐는데, 성서에 나오는 이야기가 수메르 신화에도 똑같이 나오는 거예요. 자연스럽게 그 의미를 놓고 뜨거운 논쟁이 붙었습니다. 이 책처럼 생각거리를 던져 주면서도 저자의 주장이 지나치게 강하지 않은 책일 때 같이 이야기 나누기 좋아요.

좋은 책은 제목만으로도 상상의 샘을 자극한다. 책 이야기가 나오자 모두 이 책 저 책을 보태면서 말이 금세 풍성해진다.

> 만일 내가 어떤 사람에게 '나는 당신을 사랑한다'고 말할 수 있다면, '나는 당신을 통해 모든 사람을 사랑하고 당신을 통해 세계를 사랑

하고 당신을 통해 나 자신도 사랑한다'고 말할 수 있다고 했어요.

흔히 '연애의 방법'을 다룬 것으로 오해받는 에리히 프롬의 『사랑의 기술』에 나오는 구절이다. 북세통에서도 마찬가지로 속아서 읽었지만 그 내용에 깊이 감동했다. 현실 탓에 사랑을 포기하거나 아니면 적당히 살아가는 게 편하다고 말하는 젊은이들에게 사랑이 무엇인지를 한마디로 정리해 주었다나. 물론 청춘은 사랑에 관심이 많다. 중년도 마찬가지다. 사랑 이야기가 나오자 모두 얼굴이 환해진다.

독서 공동체의 가장 큰 고충은 사실 모임 장소다. 여러 사람이 오랫동안 엉덩이를 붙이고 떠드는 것을 좋아하는 가게 주인은 없다. 한두 시간 죽치고 앉아 이야기를 나누다 보면 눈치가 따로 없어도 마음이 조금씩 초조해진다. 책을 구매하는 것만 해도 상당한 부담인데, 모임 비용까지 붙으면 고민이 커지게 마련이다. 한명재 목사가 말한다.

책은 지역 서점에서 일괄 구매하고 있습니다. 한동안 지역 인문학 서점에서 책을 구매하고 모임도 했습니다. 그런데 거기가 평화동에서 멀리 떨어져 있다 보니 모임이 점차 소원해지더군요. 그래서 다시 평화동에 있는 여러 곳을 전전하다 지금 장소에 정착했습니다.

지역 서점과 독서 공동체의 상생은 출판이 꿈꿀 수 있는 최상의 조합이다. 그러나 현실에서 이러한 일은 쉽게 일어나지 않는다. 많은 지역 서점에 사람들이 모일 공간 여유가 없는 까닭이다. 독서 공동체가 편하게 이용할 수 있는 크고 작은 거점들을 확보하는 것은 어쩌면 출판 정책에서 가장 우선해 고려할 만한 사항일지도 모른다. 무심코 한 모금 들이켠, 식은 커피가 유난히 썼다.

"생각하는 시민으로 살고 싶다"

맏언니인 한옥순 씨가 슬쩍 끼어든다.

> 더 이상 이렇게 살면 안 되겠다는 생각이 들었어요. 사실 멍청해지고 싶지 않아서 모임에 나왔어요. 그런데 어느 날 모임 도서를 읽고 있는데, 제 아들이 그러는 거예요. '엄마, 이런 책도 읽어요?' 괜히 마음이 뿌듯해졌어요. 그 후로 아들은 무슨 일이 있을 때 제 의견에 꼭 귀 기울이더라고요.

인간에게 자존감이 얼마나 중요한지는 굴욕 상황에 처하지 않고는 알지 못한다. 책을 읽는 모습을 주변에 보이는 것만으로도, 그 내면의 두께를 함부로 짐작할 수 없게 만들고 그것이 곧 존중 받을 중요한 이유가 된다. 막내이자 모임 간사인 김선미 씨가 덧붙인다.

함께 어울리고 싶은 사람들을 만나서 소통하는 시간을 갖는 거잖아요. 여러 가지를 생각할 수 있고, 다른 사람들 생각을 공유할 수 있어서 좋았어요. 책을 읽고 이야기하다 보니 대화의 질이 달라지더라고요. 좋은 사람들과 함께할 수 있어서 행복합니다.

오후 공기가 따스하다. 바람에서 햇볕의 맛이 난다. 숨결이 닿을 듯 몸들이 가까워지는 게 느껴진다. 멤버들 목소리가 소리굽쇠처럼 서로를 울리는 깊은 공명이 일어난다. 각자의 성조로 부르지만 전체가 아름다운 화음으로 들리는 합창곡 같다. 모임의 또 다른 막내 조아라 씨가 말한다.

처음에는 단순히 시간을 때우려고 책을 읽었어요. 그런데 책을 통해서 간접적으로나마 경험이 쌓이다 보니 나름대로 삶의 방향성을 잡고 가려고 애쓰게 되었어요. 살면서 마주치는 여러 선택의 순간들에 책에서 읽은 것을 중심으로 생각하는 힘이 생겼습니다. 더욱이 모임에 나와서 서로 이야기를 하다 보니 제 생각만 가지고 책을 읽는 게 아니라 다른 사람의 생각이나 경험을 통해서도 책을 읽잖아요. 그래서 다른 사람들 생각도 조금씩 존중하게 되었어요.

책을 읽으면서 생각하는 시민으로 살고 싶다는 북세통의 바람은 최근 들어서 확산을 시작했다. 멤버들이 직장으로 들어가면서 오랜 경험을 살려 직장 내에서 또 다른 독서 모임을 만들었다. 스무 살 세 청춘이 시작한 독서 공동체가 지역의 삶 속으로 파고들면서 변화의 씨앗을 파종하는 진지로까지 성숙한 것이다. 이는 지역에 뿌리 내린 모임의 가장 큰 장점이다. 느리게 조금씩 움직여도 충분하다. 인생은 길고, 살아갈 날은 아직 많다. 평생 이 지역에서 살아갈 터이니 굳이 서두를 이유도 없다. 늦게 만들어진 그릇은 본래 크기가 크니까 말이다.

북세통이 모두와 함께 읽고 싶은 책

생각하는 시민으로 살려는 사람들에게 우선 『오래된 미래』를 권하고 싶다. '오래됨'과 '미래'라는 모순된 제목은 이 책의 핵심을 잘 보여 준다. 오늘날 '공동체'라는 전통적인 삶의 방식은 세계화를 등에 업은 자본주의적 생활양식 탓에 커다란 위기에 빠졌다. 그러나 자본주의가 가져온 삶의 문제들은 대부분 공동체에 기반을 둔 지역적 실천을 통해 해결할 수 있다. '함께 삶'의 문제를 고민하는 모든 이에게 이 문제를 숙고하는 것은 큰 도움이 될 것이다.

김산해, 『신화는 수메르에서 시작되었다』(가람기획, 2003)
김상조, 『손바닥 경제』(사계절, 2001)
빈센트 반 고흐, 『반 고흐 영혼의 편지』(예담, 2005)
에리히 프롬, 『사랑의 기술』(문예출판사, 2006)
오강남, 『예수는 없다』(현암사, 2001)
요시다 다로, 『몰락 선진국 쿠바가 옳았다』(서해문집, 2011)
정재서, 『이야기 동양신화』(황금부엉이, 2004)
카테리네 크라머, 『케테 콜비츠』(실천문학사, 2004)
프레데릭 르누아르, 『소크라테스 예수 붓다』(판미동, 2014)
헬레나 노르베리 호지, 『오래된 미래』(중앙북스, 2007)

홍동 할머니독서모임

불혹에 만나 칠순 훌쩍, 책 덕분에 평생 벗으로 살죠

모임에는 아직도 이름이 없다. 당신들은 이름에 별 뜻을 두지 않아 붙이지 않았다. 매주 목요일 오후 2시에 모여 책을 읽으니까 한때 '목요모임'이라 불린 적도 있다. 마을 사람들은 그냥 '할머니 독서 모임'이라고 부른다. '홍 사모님' 이승진 할머니가 말문을 연다.

> 마흔 살 무렵이었어요. 풀무학교 여선생님들을 중심으로 같이 모여서 책을 읽어 보자는 이야기가 나왔습니다. 곧바로 독서 모임이 시작되고, 거기에 슬쩍 끼어들었어요.

이승진 할머니는 학교와 마을을 잇는 거대한 밑그림을 그리고, 평생 그 일에 헌신해 온 풀무학교 홍순명 전 교장의 부인이다.

마을 길가에는 군데군데 개망초꽃이 한창이다. 흰 꽃잎과 노란 수술이 어울린 것이 수줍어 아름답다. 벼가 뿌리를 내려 선명한 녹색이 올라온 논에는 드문드문 청둥오리들이 헤엄치며 풀을 잡는다. 멀리 왜가리도 몇 마리 내려앉아 기다란 목을 물속에 넣고 물고기를 찾는다. 뜨거운 햇볕에 달구어진 마음이 절로 시원해진다. 한길에서 소로를 타고 조금 들어가자 여름 꽃이 만발한 아기자기한 정원이다. 정원 옆 낮게 이층으로 지은 목조집이 모임 장소다.

풀무학교에서 생겨 할머니 모임으로

첫 모임은 1985년 어느 목요일에 있었다. 그러고는 지금까지 무려 삼십 년 동안 두어 번 정도 피치 못할 사정으로 쉬었을 뿐이다. 한때 스무 명에 이르렀던 회원이 지금은 다섯으로 고정되었다. 가끔씩 마을에 새로 온 젊은(?) 처자들 한둘이 소문을 듣고 드나드는 정도다. 뿌리 깊은 나무처럼 흔들리지 않고 샘이 깊은 물처럼 마르지 않는 이 한결같음은 도대체 어디에서 힘을 얻는 것일까? 홍 사모님이 살짝 웃으면서 말한다.

> 사실 쭉정이들만 남은 거예요. 똑똑한 이들은 바빠서 모두 제 일들 하러 가 버렸습니다. 저희들은 달리 할 일이 없었으니까 공부할 겸 매주 나와 책을 읽은 거예요. 머리가 좋아서 정리해서 발표하지는 못하고 감명 깊었던 부분을 조곤조곤 이야기하는 게 그저 좋았습니다.

솜씨 좋게 우려낸 녹차 한 모금을 들이켜고 둘러보니 모두들 고개를 가볍게 끄덕인다. 책을 읽어서 겸손한 것인지, 겸손해서 책을 읽은 것인지 그 선후를 알 수 없다.

할머니 독서 모임이 있는 충남 홍성의 홍동은 평범한 시골 마을이지만(주민들은 그렇게 강조한다) 특별한 곳이기도 하다. 마을 한가운데에 대안 교육의 상징인 풀무학교가 있고, 학생들이 농사 지은 밀로 직접 빵을 만들어 파는 마을 빵집이 있고, 지역 주민들이 주인이자 손님인 마을 맥줏집이 있고, 마을 사람들이 돈을 모아서 건물을 짓고 책을 모아 운영하는 도서관이 있다. 국내 유기농업의 발원지이자 협동조합 운동의 주요 파종지인 덕분인지 마을 곳곳에 상호 협력을 밑거름으로 하는 생태적 협동조합 경제가 뿌리를 내리고 있다. 이승진 할머니가 말을 잇는다.

> 무교회(無敎會) 집회를 평생 나갔는데 신앙적으로 늘 부족함을 느꼈습니다. 책을 읽으면 나아질까 싶어서 모임에 끼었습니다. 함석헌 선생이 '생각하는 백성이라야 산다'고 했는데, 생각의 힘을 길러 성서를 내 눈으로 깊이 읽어 깨닫고 싶었습니다. 김교신, 노평구, 국회종, 박석현, 유희세 등 무교회 선배들 책을 주로 읽었습니다.

"책 읽고 다툴 필요 있나"

서른 해가 훌쩍 지났다. 불혹의 나이에 모인 후 어느덧 칠순을 모두 넘겼다. 풀무학교 학생 출신인 이재자 할머니가 이십여 년 전 귀향하면서 넷이 주로 모였고, 2009년경 마을 약국의 노의영 할머니가 합류했을 뿐 계속 그 얼굴들이다. '이문회우(以文會友)', 책으로 벗들을 만나고 그 벗들과 함께 평생을 보냈다고 자부할 만하다. 모두들 감회가 있는지 대화가 느리게 흘러간다. 이재자 할머니가 말한다.

> 삶 속에서 힘들고 어려울 때 이분들 책을 읽으면 꼭 부흥회라도 치르고 온 기분이 듭니다. 읽으면서 밑줄 긋고 책 모임에 나와 이야기 나누다 보면 어느새 마음에 맺힌 것이 스르르 풀어져 버려요.

책은 천천히, 조금씩 아껴서 읽는다. 한 번에 30쪽에서 50쪽 정도 약속한 분량만큼 읽고, 각자 마음에 닿았던 구절을 읽으면서 느낌을 덧붙인다. 독서 내용을 파악하고 논제를 정해서 서로 생각을 불붙게 하는 토론은 거의 하지 않는다. 읍내에서 매주 버스를 타고 모임에 오는 이승자 할머니가 말한다. 홍 사모님의 동생으로 언니 따라 모임에 왔다가 책의 세계에 푹 빠졌다.

> 책 읽고 굳이 다툴 필요는 없지요. 때로 서로 못마땅하더라도 좋은 글을 읽으면서 삭이는 겁니다. 같은 문장을 읽어도 서로 다른 곳에 밑줄 친 것을 보면서 그 사람 생각을 확인한 것으로 충분합니다. 한 가지 재미가 있다면 책을 읽으면서 상상하는 겁니다. 이 사람은 여

기, 저 사람은 저기 하고 상상하는데, 지금은 거의 들어맞습니다.

그 말이 나오자 다섯 얼굴에 모두 미소가 걸린다. 아무렴 하는 느낌이다. 하기야 그 긴 세월 동안 모임을 같이했으니 어찌 보면 당연하다. 요즘에는 토론이라는 이름을 붙인 책 모임이 활발한 편이다. 비용을 치르고 독서 지도자를 따로 두어, 내용을 요약하고 논제를 뽑은 후 의견을 나누어서 토론을 붙인다. 이런 것은 책 모임이 아니라 차라리 독서 비즈니스라고 불러야 하리라. 단지 책을 읽으며 밑줄을 긋고 좋았던 느낌을 얘기하는 것으로 이미 넘치도록 충분하다. 마을에서 오랫동안 식당을 해 온 주정자 할머니가 이야기한다.

> 남의 말 안 하는 모임이라서 참 좋아요. 할머니들이 책 읽고 이야기하는 것이라야 거기에서 거기지만, 같이 책을 읽고 오랫동안 이야기하다 보니 바라보는 눈높이가 달라졌어요. 다소 기분 나쁜 이야기라도 일단 들어보자는 심정이 되어 자제력도 높아졌고요. 어쨌든 홍동 언니들처럼 살고 싶다는 이야기를 들을 때마다 마음에 뿌듯함을 느낍니다.

6,000쪽 전집 4년에 걸쳐 읽기도

시골 생활은 바쁘다. 새벽부터 작물을 돌보는 일들이 하루 종일

몰아닥친다. 몸은 지치고 마음은 고되다. 건장한 젊은이들조차도 책을 읽는 것은 상상하기 어렵다. 도대체 언제 짬을 내는 것일까? 노의영 할머니가 말한다.

> 목요일 오후에 모임이 있으니까 수요일 저녁이나 목요일 새벽에 읽습니다. 함께 읽기로 약속을 했으니까 의무를 다해야죠. 읽으면 힘이 나는 구절도 많고요. 바빠서 다 읽지 못했을 때에도 일단 나옵니다. 저는 다른 사람 발표 듣는 것도 행복해요. 그래도 겨울철 농한기가 되면 천국입니다. 그때는 하루에 한 권도 읽을 수 있습니다.

각자 바쁜 일을 치르더라도 두 명 이상만 되면 모임은 반드시 열린다. 고요히 책을 읽으며 스스로를 돌아보고, 모여서 두런두런 함께 이야기하는 일이 무엇보다 우선이다. 기쁠 때도, 슬플 때도, 즐거울 때도, 힘들 때도 서로를 의지하면서 세월을 함께 보냈다. 바깥의 열기와는 사뭇 다른, 따스한 공기가 흘러넘친다. 이승진 할머니가 말한다.

> 무교회 선생들 책을 읽다 보니 내촌(內村) 선생 이야기가 자꾸 나오는 거예요. 구절구절이 좋았어요. 그래서 『내촌감삼 전집』을 모두 읽기로 했습니다. 4년에 걸쳐 읽고 나니 뿌듯한 기분이 들어서 기세를 타고 『김교신 전집』도 같이 읽었습니다.

내촌은 일본의 무교회주의 사상가 우치무라 간조(內村鑑三)를 말한다. 김교신, 함석헌에게 거대한 영향을 끼쳤고, 일제강점기 월간지 《성서조선》을 통해 류달영, 노평구, 송두용, 장기려 등으로, 오산학교를 통해 이찬갑을 거쳐 풀무학교로까지 이어지는 현대 한국의 민족적, 생태적, 협동적 사상의 중요한 뿌리에 해당한다. 이 사상의 또 다른 뿌리인 다석 류영모와 함께 중요한 탐구의 대상이다. 문제는 방대한 양이다. 국내에 현재 10권짜리 전집이 나와 있는데, 깨알 같은 글씨의 세로 2단 조판으로 권당 평균 600쪽에 이른다. 이에 비하면 『김교신 전집』은 얇다. 권당 평균 500쪽짜리 7권에 불과하다. 느리게 천천히 할머니들은 이 책들을 모두 읽었다. 이재자 할머니가 말한다.

> 내촌 선생님 책은 새벽을 울리는 종소리 같습니다. 마음과 정신이 맑아지는 좋은 말씀으로 가득합니다. 어느 날 내촌 선생이 딸을 잃고 지인에게 보내는 편지를 같이 읽은 적이 있는데, 모두 눈물이 쏟아지는 바람에 울음바다가 되었습니다.

쉬면서 『태백산맥』과 『토지』 독파

할머니들이 무교회 책만 읽은 건 아니다. 신앙을 제대로 하려면 역사를 바로 알아야 한다는 지인의 권유로 조정래의 『태백산맥』과

박경리의 『토지』는 '잠깐 쉴 때' 읽었다. 읽고 나서는 현장에 다녀오고 싶어져 작년에 처음으로 마을 청년 차를 얻어 타고 하동 평사리의 '토지문학관'까지 나들이를 했다. 이승진 할머니가 말한다.

> 『토지』는 참 흥미롭고 재미있었습니다. 박원순의 『내 목은 매우 짧으니 조심해서 자르게』도 괜찮았습니다. 하지만 『임꺽정』은 중도에 포기했습니다. 피 냄새가 너무 나고, 말이 험악해서 별로 읽고 싶지 않더라고요. 끔찍했습니다. 살 날이 얼마 남지 않았는데, 좋은 말이 있는 것만 읽자고 생각했습니다. 그래서 궁리 끝에 『내촌감삼 전집』을 다시 읽기로 했습니다.

열어 둔 창으로 스르르 바람이 밀려든다. 이야기꽃이 피었다가 지면서 마침내 찬란한 빛을 뿌린다. 그렇다. 어떤 책을 읽느냐는 인생에서 정말 중요하다. 할머니 독서 모임의 결론은 '좋은 말이 있는 책'이다. 아, 큰 지혜는 오히려 평범해 보인다. 나오다 보니 같이 책 읽는 소리가 낭랑하다. 인터뷰로 미루었던 부분을 마저 읽는 것이다. 언뜻, 멀리서 종소리가 아름답게 울리는 것만 같다.

홍동할머니독서모임이 추천하는 책

오랫동안 같이 책을 읽었지만 남한테 책을 권하는 일을 한 적은 없다. 그저 우리끼리 읽고 즐기는 게 좋을 뿐이다. 굳이 하나를 고르라면 역시 『우치무라 간조 전집』이다. 분량이 조금 많지만 아무 데나 펼쳐 읽어도 삶에 대한 좋은 말씀이 많이 들어 있어서 정신이 맑아지는 기쁨을 느낄 것이라고 생각한다.

김교신, 『김교신 전집』(전7권, 부키, 2001)

노평구, 『노평구 전집』(전20권, 그물코, 2006)

박경리, 『토지』(전20권, 마로니에북스, 2012)

우치무라 간조, 『우치무라 간조 전집』(전10권, 크리스챤서적, 2001)

조정래, 『태백산맥』(전10권, 해냄, 2007)

부천 언니북

감상 내용 · 장소 · 뒤풀이자리까지 빼곡, 조선 선비 시회(詩會) 기록 보는 듯

초록색 표지가 아주 산뜻하다. 흰 글씨로 위쪽에는 '언니북'이라는 제목이 달렸고, 아래에는 영문으로 'only book'이라고 적혔다.

우리말로 읽으면 상냥하고, 영문으로 읽으면 뜻이 선명하다. 언니들의 책 모임, 오로지 책이라는 뜻이다. 100회 모임을 기념해 만들고, 서로 나누어 가진 토론 기록집이다. 기록은 치밀하고 철저하다. 날짜, 장소, 참석자, 토론 내용은 당연하고, 같이 모여서 기념으로 찍은 사진과 모임 후 뒤풀이 일까지 하나도 빠짐없이 들어 있다. 마치 조선 선비들의 시회(詩會) 기록을 보는 듯하다.

여섯 언니들의 오로지 책 모임

첫 모임이 있었던 날을 살펴보자. 2010년 7월 6일 화요일 저녁이다. "첫날 시작은 네 명"이라고 적혀 있다. 직장 근처 한식집 메이필드에서 먼저 네 사람이 모였다. 각자 한 권씩 읽은 책을 들고 와서 소감을 가볍게 이야기했다. 이용규의 『내려놓음』(규장), 샘 고슬링의 『스눕』(한국경제신문), 스베덴 보리의 『위대한 선물』(다산초당) 등이다.

그다음 주 수요일 7월 14일, 두 번째 모임이 있었다. 괄호에 "언니북 이름 지음"이라고 적힌 것을 보니, 이날 모여서 모임 이름을 정했다. 상동 임금님이천쌀밥에서 함께 저녁을 먹고 현대백화점 커피숍으로 옮겨 이야기꽃을 피웠다. 마빈 해리스의 『음식 문화의 수수께끼』(한길사), 베른하르트 슐링크의 『더 리더』(이레), 오쿠다 히데오의 『공중그네』(은행나무), 윌리암 캄쾀바의 『바람을 길들인 풍차소년』(서해문집), 박용수의 『파리에서 음악을 만나다』(유비), 김혜자의 『꽃으로도 때리지 말라』(오래된미래) 등의 책을 나누었다. 이날 독서 모임이 생겼다는 소식을 듣고 두 사람이 더 왔다. "all(6명)"이라고 적혔다. 이름과 멤버가 가득 찼으니, 드디어 모임이 완전해졌다.

그러고는 한 집안 여섯 자매처럼 똘똘 뭉쳐서 오늘까지 두 주에 한 번씩 금요일마다 함께 책을 읽었다. 지금까지 읽고 함께 이야기를 나눈 책은 모두 600여 권에 이른다. 주제 도서를 따로 정하지 않고, 각자 읽은 책을 들고 와서 한 사람이 십여 분 정도 내용을 소개하고 느낌을 섞어 이야기하는 독특한 진행 방식이 책의 이러한 풍요를 가져왔다.

낙 없는 일상 책으로 채우기

"우리 독서 모임이나 할까요?"

제 아무리 위대한 여정도 처음에는 작은 목소리 한 자락으로 시작한다. 지금은 발령을 받고 각자 다른 학교로 흩어졌지만, 모임이 시작될 때에는 모두 수주고등학교에서 같이 일하는 직장 동료였다. 모임을 발의한 '언니'는 모임의 막내이자 회장인 최선미 선생이다.

> 당시 학생과를 맡고 있었는데, 하루하루 낙이 없었어요. 지금 같이 하는 두 분 언니가 같은 부서에서 일했는데, 덕분에 간신히 숨통이 트였어요. 취향이 비슷했거든요. 시를 읽고 감동 깊은 구절을 만나면 옮겨 적어 책상에 붙여 두거나 신문을 읽다가 마음에 드는 기사가 있으면 스크랩해서 나누어 주곤 했습니다. 어느 날 문득 생각이 나서 같이 책을 읽자고 말을 붙여 본 거예요.

모임 장소는 부천 롯데백화점 9층에 있는 쉼터다. 에스컬레이터로 올라가자 여섯 사람이 앉으면 꽉 들어차는 탁자 하나가 놓였다. 노란 기둥을 집 모양으로 둘러놓아서 동화 속 공간처럼 환상적이다. 언니들이 둘러앉아 도란도란 책 이야기를 나누는 모습이 정겹다. 나이는 서른 중후반부터 스무 살 정도 차이 나지만, 책을 이야기할 때만큼은 서로 평등해야 한다고 생각해 이름 뒤에 '언니'라는 호칭을 붙여서 부른다. 독고선 '언니'가 말한다.

> 아주 기쁜 제안이었어요. 평소에 책 읽는 것을 좋아했는데, 뭐 이리 좋은 제안을 하나 싶었죠. 오히려 안 끼워 줄까 봐 걱정이어서, 바로 꽉 달라붙었습니다.

맑고 가벼운 웃음이 터진다. '꽉 달라붙는다'는 걸쭉한 표현이 귀에 쏙 들어온다. 현대인은 누구나 가벼운 우울을 앓는다. 반복되는 일상으로는 마음이 채워지지 않는다. 안도현 시집의 제목처럼 모두 '외롭고 높고 쓸쓸'하다. 마음을 툭 열고 이야기할 사람이 그립다. 책을 읽고 이를 디딤돌 삼아 수다를 푸는 것은 최고급 치료제에 해당한다. 송해남 '언니'가 말을 잇는다.

> 처음에는 서울 대학로에 같이 연극을 보러 가기도 했습니다. 또 방학 때는 모여서 '독서 여행'을 떠나기도 했어요. 밤새워 책 이야기를 하면서 인생을 얹어 말하다 보면 마음에 쌓였던 응어리들이 스르르 풀리는 기분이 듭니다. 모임을 하고 나면 심리 치료라도 받은 것 같아요.

『언니북』을 슬쩍 열어 본다. 과연 네 번째 모임은 서울로 같이 떠났다. 성신여대 아시아프 미술전, 부원냉면, 일본 영화 '생존의 기록', 남대문 순으로 기록되어 있다. 워크숍을 겸한 '독서 여행'을 처음 떠난 것은 다음 해 1월 24일 월요일이다. 대천 대전학생해양수련원 44호에서 묵었다. 이 모임은 언니들한테 상당히 인상 깊었던 것 같다. 금세 이야기가 훙건해진다. 청소년 시절 '밤새워 책 읽기' 같은 프로그램에 참여해 또래들과 책을 나눈 후 평생 독서를 잊지 않듯이, 겨울 바다를 배경으로 책을 읽으면서 같이 인생을 나누었던 체험은 모임의 뿌리를 아주 튼실하게 해 주었다.

따로 읽고 같이 이야기하기

그런데 모임에서 책을 나누는 방식이 특이하다. 다른 독서 모임처럼, 모두 같은 책을 읽고서 이야기를 나누는 것이 아니다. 취향에 따라 각자 책을 읽고 와서 내용을 요약하고 감상을 발표한다. '말로 하는 서평'을 함께 나누는 시간이 된다. 서평의 중심에는 '인생'이 있다. 주로 책 내용이 자기 삶과 어떻게 이어지는지, 책이 주는 지혜를 살아가는 데 어떻게 적용할 것인지를 돌아가면서 차례대로 고백하다 보면 두 시간이 훌쩍 지난다. 어찌 보면 책으로 하는 고해성사라고 할 수 있을 것만 같다. 이성순 '언니'가 말한다.

> 책 하나를 정해 읽고 토론해 보기도 했고, 돌아가면서 소리 내 읽는 음독도 해 봤습니다. 하지만 나하고 맞지 않는 책을 억지로 읽을 수는 없었습니다. 책과 인간은 상성이 있어서, 개인적으로 맞아떨어지

는 바가 있어야 읽기도, 말하기도 좋았어요. 그래서 책은 따로 읽고 이야기만 함께하기로 했죠.

듣다 보면 다른 언니가 읽은 책이 탐나서 다음에 읽어 오기도 한다. 독서의 연쇄 반응이 일어나고, 때때로 토론에 열이 오른다. 강신주의 『감정수업』(민음사), 위화의 『허삼관 매혈기』(푸른숲), 박경철의 『문명의 배꼽, 그리스』(리더스북) 등이 열띤 대화의 촉매가 되었다. 하지만 이런 일은 극히 드물다. '언니북'의 오랜 경험은 책을 '따로 또 같이' 읽는 새로운 방식을 확인했다. 장은미 '언니'가 말한다.

토론을 하지 않고 즐겁게 읽는 게 좋았어요. 모임에 올 때마다 책을 다섯 배로 읽고 돌아가는 느낌이에요. 생각을 하나로 모으려 하지 않고, 들으면서 서로 다른 생각을 연습하고 다양성을 확인하는 겁니다. 게다가 저희는 전공까지 달라서 다른 '언니들' 책의 배경 지식을 제공하는 등 서로 도움을 주기도 합니다.

교사가 책 좋아해야 학생도 읽어

'언니들'은 모두 교사다. 입시에 쫓겨 책을 읽지 못하는 아이들의 초조함은 책 읽는 아이에 대한 의도적 왕따와 심각한 공격으로 나타나기도 한다. 이른바 '책따' 현상은 아이들이 자기 삶이 이상해졌다는 사실에 대한 무의식의 표시이자 어른한테 보내는 진지한 구조 신호다. 안창순 '언니'가 말한다.

> 교사 독서 모임이 정말 중요하죠. 교사가 책을 좋아해야 아이들도 책을 좋아합니다. 저희들 중에는 아이들 가방에서 책이 나오면 점수를 더 주는 '언니'도 있습니다. 어떤 책이냐는 중요하지 않습니다. 로맨스 소설이나 만화도 상관없어요. 무슨 책이든 일단 읽는 게 우선입니다.

책을 함께 읽으면서 학생들에 대한 이해도 깊어졌다. 심지어 수업 중에 몰래 책 읽는 아이들을 모르는 체 내버려두기도 한다. 『함께 읽기는 힘이 세다』(서해문집)를 읽고 이야기한 후에는 아이들과 함께 시집을 만들어 보기도 했다. 아이들과 함께 책 읽는 모임을 꾸려서 이끌고 있다. 최선미 '언니'의 몸이 이야기 도중에 빛을 뿜는다. 주변 공기가 몰리면서 온도가 확 올라간다.

> 이지성 작가의 팬이에요. 『독서 천재가 된 홍 대리』(다산라이프)를 읽고 독고선 언니가 치열하게 책 읽는 법을 배웠다고 했는데, 저 역시 전적으로 동감입니다. 이 작가가 책에서 쓴 대로 하루에 한 권씩 책 읽기를 실천하기도 했죠. 독서는 삶에 기쁨을 줍니다. 그 기쁨을 가르치는 아이들한테도 전하려 애쓰는 중이죠.

언니북은 아직 신입 회원을 받지 않는다. 모임의 외연도 중요하지만 더 중요한 것은 모임의 질이라는 생각에서다. 대신 '언니들'이 다른 곳에 가지를 쳐 나가면서 가족 독서 모임 등 또 다른 독서 모임을 이끌고 있다. 마치 대나무처럼 땅속줄기를 뻗어서 조금 떨어진 곳에 순을 내는 중이다. 비라도 한 차례 내리면 쑥쑥 자라나서 이 소도시 전체를 덮어 버릴 것이다. 창 바깥으로 어둠이 완연하다. 기나긴 여름해도 어느새 숨었다. 함께 책을 읽으니 좋으냐고 마지막으로 묻자 '언니들' 목소리가 기쁨으로 여기저기에서 출렁댄다. 송해남 '언니'의 말이 솔직해서 아직도 마음을 건드린다.

> 나이 들면 자부심이 떨어집니다. 무슨 일을 하더라도 자신이 없어지죠. 사람들이 자신을 무시하는 것만 같아요. 책을 읽으면서부터는 감쪽같이 그런 일이 없어졌습니다. 자꾸 하고 싶은 일이 생겨나고, 머리와 행동의 간격이 조금 좁혀졌습니다. 게다가 함께 읽으면 더 많이 읽습니다. 좋은 일만 있지요.

언니북이 고른 독서 초보를 위한 책

혼자서 또는 함께 모여 책을 읽으려는 사람들에게 이지성의 『독서 천재가 된 홍대리』(다산라이프, 2011)부터 읽을 것을 권하고 싶다. 독서의 이유와 방법을 구체적으로 소개하는 책으로 전문가들 입장에서는 다소 아쉬울 수도 있으나, 소설 형식의 책이라 일단 재미가 있어서 독서 초보자도 흥미를 끝까지 유지하며 완독할 수 있다는 장점이 있다. 책을 제대로 읽고 싶은 사람에게 많은 도움이 되는 책이다.

강신주, 『상처받지 않을 권리』(프로네시스, 2009)

나스메 소세키, 『마음』(문예출판사, 2002)

도날린 밀러, 『수업 중 15분, 행복한 책읽기』(다른, 2011)

루쉰, 『아Q정전』(창비, 2006)

마크 트웨인, 『허클베리 핀의 모험』(민음사, 1998)

솔제니친, 『이반 데니소비치, 수용소의 하루』(민음사, 1998)

위화, 『허삼관 매혈기』(푸른숲, 2007)

이지성, 『여자라면 힐러리처럼』(다산북스, 2011)

이지성 · 정회일, 『독서 천재가 된 홍대리』(다산라이프, 2011)

조정래, 『태백산맥』(해냄, 2007)

청주 강강술래

업무용 독서에 지쳤을 때 '아무거나 함께 읽기'로 기쁨 찾았죠

잠든 거인은 저절로 깨어나지 않는다. 낡은 램프는 내버려 두면 낡은 램프일 뿐이다.

알라딘이 낡은 옷소매로 문질러 광을 낸 후에야 거인이 풀려나 소원을 들어줄 수 있었다. 책은 사람 앞에 놓인 램프다. 부지런히 손을 놀리고 눈을 옮기지 않으면, 안에 잠든 거인을 해방시키지 못한다. 도서관은 각종 마법 램프들의 전시장이다. 000번 총류에서 900번 역사에 이르기까지 램프들이 잘 분류된 채로 소원을 들어주려고 알라딘들을 기다리는 중이다.

램프에 거인을 잠들게 만든 마법사들은 어떨까. 가끔이라도 램프를 문질러 소원을 빌고는 있는 걸까. 요리사가 집에서 요리하는 법은 드물고, 교사가 자식 가르치는 건 어려운 일처럼 이들 역시 자신을 위한 램프 닦기를 힘겨워할까. 책의 프로페셔널 즉 저자, 편집자, 평론가, 디자이너, 서점 직원, 출판 담당 기자, 사서 등 책으로 밥을 버는 이들은 책을 어떻게 읽을까.

책의 프로페셔널들이 책 읽는 법

편집자는 책을 읽지 않는다. 다만 책을 만들 뿐이다. 출판계의 우스갯소리다. 사서는 책을 읽지 않는다. 다만 책 정보를 읽을 뿐이다. 도서관계의 우스갯소리다. 하지만 그 웃음은 분명히 쓴웃음일 것이다.

그래서 청주시립정보도서관 가는 길은 마음이 명랑했다. 기대로 부푼 심장이 힘차게 바람을 불어넣었다. 매달 한 차례씩, 이곳에서 청주 지역 학교 도서관 사서들이 모여 함께 책을 읽는다. '강강술래'의 모임 장소인 도서관 3층에 도착하니, 이미 토론에 불이 붙었다. 이번 달 도서는 할레드 호세이니의 『그리고 산이 울렸다』(현대문학). 삶에 선택의 여지가 거의 없는 척박한 대지 아프가니스탄, 무한정의 자유가 허락된 파리, 거대한 풍요의 땅 미국 등을 배경으로 가족의 참된 의미를 물어보는 작품이다.

> 가난을 벗어날 수 있다 해도, 사랑하는 가족과 떨어져서 정말로 행복하게 살 수 있는 사람이 있을까요? 부잣집에 딸을 파는 아버지 심정은 이해하지만 용서가 되지 않습니다.

목소리가 상당히 높아져 있다. 곧바로 반론이 이어졌다.

> 선생님 심정은 이해합니다만, 삶을 현실적으로 봐야 합니다. 그대로 살아가면 절대 빈곤 탓에 삶의 가장 소중한 것조차 모조리 잃어버리는 더 큰 불행이 닥쳐올 겁니다. 책에 나오는 말처럼, 손을 살리려면 손가락을 잘라야 할 때도 있습니다.

도서관은 가장 오래된 미디어다. 정보를 모아들이고 배치하고 발신하는 지식 발전소이며, 그 과정에서 지식의 정수만을 가려 뽑아 보존하는 문화 보관소다. 작가 옆에 편집자가 있듯이, 사서는 독자 곁에서 인류의 농축된 지혜를 위에서 아래로, 앞에서 뒤로 전달하는 임무를 수행한다. 프랑스 소설가 다니엘 페나크는 『소설처럼』(문학과지성사)에서 "세상 모든 책의 제목이 그들의 완벽한 기억 체계 속에 빠짐없이 입력되어 있다는 것은 정말로 다행한 일"이라고 말했다. 독서 모임은 사서의 머릿속에 책을 진짜로 입력하는 커다란 사건이 벌어지는 시간이다. 김희종 선생이 말머리를 풀었다.

> 책과 더불어 많은 시간을 보내지만, 수업 자료로 필요한 책을 읽을 뿐 정작 제 삶을 위한 책을 읽을 시간은 없었습니다. 사서인 우리가 책 읽는 기쁨을 알아야 책을 권할 수 있다고 생각했죠. 책 읽는 기쁨도 되찾고, 평소라면 읽지 않을 다양한 책도 접하려고 모임을 제안했습니다.

직지를 찍은 책의 도시 청주

청주는 책의 도시다. 세계 최고의 금속활자본인 '직지(直指)'를 찍어낸 흥덕사가 있던 곳이며, 그 터에 청주고인쇄박물관을 건립해 조상들의 찬란했던 인쇄 문화를 되살리려 애쓰는 곳이다. '책 읽는 청주'를 내걸고 매년 두 권씩 책을 선정해 청주 시민이 모두 함께 책을 읽는 운동을 벌이고 있다. 덕분에 각종 독서 동아리들이 시 전체에 조금씩 뿌리내리고 있다.

사서들이 모여 책을 읽는 것은 의외로 쉽지 않았다. 처음에는 호응이 적어서 일일이 연락해 모임을 같이하자고 설득할 수밖에 없었다. 대개가 업무의 연장으로 생각한 탓이었다. 하지만 모임의 순수한 취지를 알고 스무 명 정도가 기꺼이 첫 모임에 나왔고, 지금까지 크게 들고남 없이 매달 회원들이 가장 사랑하는 시간으로 성장했다. 김희종 선생은 이해인의 시 「책을 읽는 기쁨」을 예로 들어 같이 책 읽는 즐거움을 표현했다. 준비해 둔 '감동 카드'를 손에 쥐어 준 기분이다. 사서답다. 엉겁결에 좋은 선물을 받은 것만 같다.

> 언제나 책과 함께 / 떠나는 여행으로 / 삶이 풍요로울 수 있음을 / 감사하라. // 책에서 우연히 마주친 / 어느 한 구절로 / 내 삶의 태도가 / 예전과 달라질 수 있음을 / 늘 새롭게 기대하며 살자.

같이 읽기는 책이 주는 기대와 풍요를 부풀린다. 스무 명이 모여 책을 이야기하면 책을 스무 번 읽는 느낌이 든다. 한 사람이 말할 때마다 행간에 숨어 있던 삶의 의미들이 다채롭게 변신해서 모습을 드러낸다. 때때로 눈부시고, 때때로 불편하다. 하지만 책은 '취향의 미디어'인 만큼, 같이 읽기는 다른 사람을 인정하지 않으면 지속할 수 없다. 임명희 선생이 말했다.

> 사서들은 남의 말을 듣는 데 익숙합니다. 도서관에 있다 보면 온갖 말들이 들려옵니다. 때때로 가슴이 찢기는 것만 같습니다. 이 책을 읽고 싶은데 왜 갖다 놓지 않느냐, 저 책이 있는 걸 보면 안목이 의심된다느니…. 처음에는 분하기도 했는데 지금은 달관했습니다. 사람마다 책을 보는 눈이 아주 다르고, 사서란 공동체 전체가 같이 읽을 만한 책을 고민하니까요.

프로페셔널답게 모임 진행이 아주 매끄러웠다. 소리가 높아진다 싶으면 어느새 낮추고, 개별 감상으로 흐른다 싶으면 슬쩍 찌르기가 들어왔다. 누가 시키지 않아도 분위기를 파악해 스스로 토론의 온도를 조절하는 듯했다. 이옥수 선생이 말했다.

> 매달 발제자가 따로 있습니다. 발제자는 의견 수렴 과정 등을 거쳐 이야깃거리를 마련한 후 발제문을 작성합니다. 발제 성격에 따라 토론이 달라집니다. 책 읽은 감상을 주로 물을 때는 한 사람씩 돌아가면서 발표하고, 찬반 의견이 필요할 때는 찬성과 반대로 나누어서 토

론합니다. 토론을 통해 책 속에 숨은 다양한 관점을 끌어내서 세상을 보는 시야를 넓히려고 애씁니다.

다양성은 사서의 영혼이다. 어떤 조건도 걸지 않고 타인의 목소리를 인정하는 것은 민주주의 사회를 지탱하는 데 필요한 가장 중요한 훈련이다. 도서관에서는 모든 것이 허용되지만, 사회적 약자에 대한 차별과 억압을 조장하는 목소리만은 배제된다. 삶을 전체로 바라보고 통찰할 수 있는 인문학 소양은 사서의 단단한 디딤돌이다. "인문학의 바탕이 없는 독서는 삶의 가치가 아니라 수단이 될 뿐"이다.

사서가 변하면 공동체가 변한다

지금까지 모임에서 가장 호응이 좋았던 책은 이현수의 『나흘』(문학동네)이었다. 한국 현대사의 치명적 상처인 노근리 양민 학살 사건을 다룬 작품이다. 김금희 선생이 말문을 열었다.

'책 읽는 청주'의 선정 도서였어요. 이곳 청주에서 멀지 않은 충북 영동에서 일어난 사건이기에 더욱 와닿았습니다. 저희는 대부분 전후 세대라 이 사건을 잘 몰랐습니다. 구한말 내시 가문에서 시작해 동학과 6.25라는 역사적 격동 속에서 운명으로 닥쳐오는 현실에 힘껏 대처해 가는 사람들 모습이 더 큰 감동을 주었습니다. "노근리의 매미는 지금도 내 속에 머물러 있고, 세월이 흘러도 좀체 소리가 작아지는 법이 없다. 때때로 장기를 갉아먹고는 저희끼리 뱃속에서 시끄럽게 울다가 한꺼번에 날개를 펴고 후드득거리며 입 밖으로 쏟아져 나오는 것 같다." 현대를 사는 우리가 지금 어떤 선택을 해야 할지 고민하게 하는, 울림 큰 구절이었습니다.

역사성 짙은 작품만 읽는 것은 아니다. 모임에서 읽는 책은 질서가 없는 쪽에 차라리 가까웠다. 학생과 함께 읽을 것을 고려해서인지 소설이 상대적으로 많지만, 그때그때 발제자가 떠올리는 대로 제안해 같이 읽는 쪽이다. 연유용 선생이 말했다.

아이들을 보면 추리소설만 읽는 학생, 만화만 읽는 학생, 고전이나 추천 도서만 고집하는 학생이 있어요. 다양한 책을 접하지 못한 탓이죠. 사서로서 모임에서는 다양한 책을 읽으려고 애씁니다. 혼자라면 절대로 읽지 않았을 책도 많습니다. 그런 책도 읽고 같이 토론하다 보면 나름 재미를 느끼게 됩니다. 어쩌면 우리 모임은 '아무 책이나 읽을 권리'를 추구한다고 할 수 있습니다.

저자는 책 속에만 있는 것이 아니다. 그들도 특정 시기에, 어떤 공간에서 사람들을 겪어 가면서 살았다. 따라서 책이 탄생했던 자리에 있을 때만 느낄 수 있는 '무엇'이 있다. 저자가 겪었을 햇빛, 바람, 안개 등을 같은 자리에서 체험하면 절로 마음에 쌓이는 것이 있다. 그것이 곧 책의 씨앗들이다. 어쩌면 저자란 그 씨앗을 품어 길러 마침내 꽃피운 사람이라고 할 수 있다. 책을 같이 읽다 보면 모여서 책이 탄생한 자리로 달려가고 싶은 것은 인지상정이다. 김은실 선생의 목소리가 아련했다.

> 가장 기억에 남는 모임은 옥천 문학 기행입니다. 옥천성당, 부소담악, 정지용 생가와 문학관을 둘러보았습니다. 문학관 옆 정자에서 돌아가면서 정지용 시를 읽었던 시간은 정말 행복했습니다. 잊을 수 없습니다.

밤이 이슥해졌다. 도서관 직원이 퇴실을 재촉했다. 사서의 변화는 단지 개인의 변화에 그치지 않고, 사서가 속한 공동체의 변화로 곧장 이어진다. 거인이 잠든 램프처럼 책에는 읽는 사람의 삶을 극적으로 바꾸는 힘이 있기 때문이다. 마지막으로 하순옥 선생이 말했다.

> 사과 속 씨앗은 셀 수 있지만 씨앗 속 사과는 셀 수 없습니다. 우리 책 모임이 다른 누군가에게는 사제 독서 등 학교 프로그램을 통해서 훌륭한 씨앗이 되고 있다고 믿습니다. 그 씨앗을 함께 나누었으면 좋겠습니다.

강강술래가 추천하는 같이 읽으면 더 맛있는 책

모임을 꾸려서 책을 읽으려는 사람들에게 먼저 박웅현의 『책은 도끼다』(북하우스, 2011)부터 읽으라고 권하고 싶다. 어떤 책을 누가, 언제, 어디서 읽느냐에 따라 책읽기의 맛은 천양지차로 달라진다. 파도타기를 잘하면 재미있지만 잘못하면 공포와 두려움만 생기듯이, 책읽기 역시 잘하면 삶이 풍요로워지지만, 잘못하면 오히려 자신과 사회에 독이 될 수 있다. 이 책은 저자 특유의 책읽기 방법과 그 울림을 소개하면서 우리 안에 꽁꽁 얼어 버린 사고의 틀을 깨고 삶을 행복하게 변화시키는 씨앗으로 책을 사용하도록 도와준다.

강예린 · 이치훈, 『도서관 산책자』(반비, 2013)
바바라 오코너, 『개를 훔치는 완벽한 방법』(다산북스, 2014)
박범신, 『소금』(한겨레출판, 2013)
박웅현, 『책은 도끼다』(북하우스, 2011)
백희성, 『보이지 않는 집』(레드우드, 2015)
이현수, 『나흘』(문학동네, 2013)
할레드 호세이니, 『그리고 산이 울렸다』(현대문학, 2013)

보령 책익는마을

9년 전 세 친구의 책 선물 나눔, 이젠 커다란 독서 모임 됐죠

프랑스의 소설가 아나이 닌이 말했다. "친구들은 각각 우리 내면에 있는 하나의 세계를 대변한다. 그들이 우리 삶에 도달할 때까지는 태어날 수 없었던 세계들 말이다. 그러므로 오직 만남을 통해서만 새로운 세계가 태어난다." 과연 친구란 존재 자체가 기적이다. 홀로에서 둘이 되는 순간, 두 사람을 둘러싼 세상은 근본적으로 변혁된다. 이전에는 상상할 수 없었던 삶이 불현듯 도래한다.

수줍은 책 선물에서 시작된 운명

세 사람이 있었다. 시쳇말로 '절친'이었다. 그중 하나가 책을 읽다 친구들한테 선물하고 싶어졌다. 배기찬의 『코리아 다시 생존의 기로에 서다』(위즈덤하우스)였다. 친구들로서는 어른이 되어서 거의 처음 받는 책 선물이었다. 성의가 고마워서, 각자 읽고 나서 다시 만나 이야기를 나누자고 했다. 한 달이 금세 지나갔다. 약속했기에 모두 꾸준하게 짬을 내어 두툼한 책을 모두 읽었다. 정말 오랜만이었다. 학창 시절 이후, 다른 사람과 책을 놓고 토론한 것도 처음이었다. 왠지 모를 설렘으로 가슴이 계속 두근댔다. 만남의 기대만으로 한 달이 충만한, 기이한 경험이었다. 책을 가운데 놓고 꿈같은 토론이 끝날 무렵 '한 달의 행복'을 선물 받은 친구 중 한 사람이 수줍게 또 다른 책을 친구들한테 선물했다.

2006년 여름의 일이다. 모든 관계가 그러하듯, 처음 한 번은 우연에 지나지 않지만, 반복되면 어떤 운명을 이룩한다. 다음 달에도, 그다음 달에도 친구들 사이에서 책 선물이 이어졌다. 그사이 몇 차례 풍파를 겪었지만, 지금까지 한 차례도 쉬지 않았다. 책을 통한 세 사람의 나눔이 깊어지면서 알음알음 지인들이 그들 곁으로 모여들었다. 세 친구를 디딤돌 삼아 모임이 조금씩 커지더니 결국 국내 최대의 자발적 독서 공동체 중 하나인 '책익는마을'이 생겨났다.

우정이 낳은 힘 덕분인지, '책익는마을'은 현재 활동 회원만 50명에 가깝다. 모임을 거친 사람을 모두 합치면 130명가량이나 된다. 회원의 자원봉사로 운영하는 청소년 독서 모임 회원도 중학생과 고등학생 각각 두 모둠씩을 이루어 스무 명 넘게 별도로 있다. 활동도 무척 다채롭다. 한 해에 한 번씩 인문학 축제를 열고, 분기별로 저자 초청 토론회도 연다. 이 행사들은 비회원도 참석할 수 있다. 겨자씨 만한 책 선물이 지상에 떨어져 어느새 거대한 뿌리를 뻗은 셈이다. 첫 번째 책 선물 증여자로 보령에서 내과 병원을 운영하는 원진오 원장이 입을 열었다.

> 셋이서 거의 한 해 넘게 모였습니다. 매달 한 번씩 책을 읽고 모여서 토론하고, 책 선물을 주고받으면서 이야기 나누다 보니 사는 즐거움이 커져 갔습니다. 게다가 내가 읽고 싶은 책만 읽는 '독서 편식'에서 벗어날 수 있어서 좋았습니다. 친구들 정성이 담긴 선물이니까 취향이 나랑 다른 책이라도 존중해서 끝까지 읽을 수밖에 없습니다. 그러다 지인들한테 입소문이 나면서 모임이 조금씩 불어났습니다.

저자 초청 인문학 축제도 열어

'책익는마을'의 '익다'에는 세 가지 뜻이 있다. 첫 번째는 물론 책을 '읽는다'는 뜻이다. 두 번째는 한자 익(益)이다. '더하다, 이롭다, 유익하다'는 뜻으로 시간이 흐를수록 모임이 실하기를 기원했다. 마지막으로는 술이 아랫목에서 익어가는 것처럼 책과 토론을 통해 회원 각자가 '성장한다'는 마음을 담았다. 벌써 십여 년째, 모임에 끼어들어 보니 무르익어 맛있는 냄새가 넘쳐 난다.

여름의 보령은 '머드'로 유명하다. 대천 앞바다 근처가 온몸에 검은 흙을 바른 이들로 떠들썩하다. 회를 친 생선은 살집이 올라 고소하고, 소라나 조개 등도 풍성해 인심이 후하다. 거기에 2010년 이래 '책익는마을'에서 회비를 모은 후 저자를 초청해서 열리는 '보령 인문학 축제'가 있어 더 풍요롭다. 별도의 외부 지원 없이 오직 자력으로 치르는 행사다. 올해는 『공자, 제자들에게 정치를 묻다』(프로네시스)를 읽고 모여서 숭실대 오상현 외래 교수의 진행으로 함께 여러 문제를 토론했다.

인문학 축제가 열리는 보령 문화의전당에 이르자, 이미 서른 명 넘는 회원들이 모여 토론이 뜨겁다. 오 교수가 쉽게 답하기 어려운 질문을 연신 쏟아낸다. "정치의 주체는 누구인가?" "제사를 지내야 하는가?" "말과 행동은 일치해야 하는가?" "돈을 많이 버는 것이 나쁜 것인가?" "공부는 왜 해야 하는가?" 등 질문이 떨어지기 무섭게 곳곳에서 손이 올라가고, 대답을 주고받으면서 치열하게 논전이 펼쳐진다. 곁가지를 자르고 밑줄기를 북돋우면서 이야기꽃을 피워 내는 오 교수의 솜씨도 예사롭지 않다. 문제마다 토론 결과를 정리해 매조지는 덕분에 인문학이 친근하다.

> 맹자는 '하필왈리(何必曰利, 하필이면 이익을 이야기하십니까)'라고 했습니다. 성실하게 일한 백성들이 재산을 불려가는 것은 아무 문제가 없습니다. 그러나 왕과 같은 지도자들이 이익을 좇는 것은 전혀 다른 문제입니다. 왕이 이(利)를 좇으면 온 나라가 이(利)를 좇고, 왕이 의(義)를 좇으면 온 나라가 의(義)를 좇습니다. 왕이 의를 좇으면 백성들이 마음껏 이를 추구해도 의에서 벗어나지 않습니다. 맹자는 이 사실을 환기한 것입니다. 따라서 왕은 오직 의를 좇아야 합니다.

심층 토론 위해 소모임으로 운영

어떤 독서 공동체도 모임이 커지면 필연적으로 고민이 생긴다. 마흔 명 이상이 같은 자리에 모여 책 이야기를 하다 보면 밀도가 떨어진다. 깊은 토론이 줄어들면서, 어쩔 수 없이 책보다 친목으로 모임을 이어가기 십상이다. 이렇게 근본과 말단이 전도되면 책 읽기는 서서히 흐지부지된다. 규모가 토론을 감당할 수 없을 만큼 커지자, 회원들은 여덟 명씩 소모임으로 나누어 책을 읽기로 했다. 자연스레 친구들도 서로 다른 모둠으로 떨어졌다. 소모임 날짜는 매달 둘째 주 화요일을 권장하지만, 소모임 별로 사정에 따라 다양하다. 물론 책 선물 전통은 소모임에서도 여전히 이어가는 중이다. 현재 촌장을 맡고 있는 문석주 씨가 이야기를 꺼냈다.

> 소모임은 철저히 토론 중심으로 진행합니다. 준회원으로 세 차례 이상 참여해야 정회원이 될 수 있습니다. 정회원이 된 순서대로 발제를 하는데, 발제자는 자신이 읽은, 또는 읽고 싶은 책을 정해서 나머지 회원한테 선물합니다. 이렇듯 책 선물은 '책익는마을'의 전통이 되었습니다.

그런데 모임 형태가 아주 독특하다. 회원들끼리 서로 친목을 나누는 것보다 책을 통해 성장을 도모하는 것이 더 중요하다는 합의 아래, 소모임 회원을 두 해에 한 차례씩 무작위로 교체해서 뒤섞는다. 평소 접하기 어려운 다양한 직업과 연령대의 사람들을 마주하면서 깊고 치열한 대화를 활성화하겠다는 생각이다. 문 촌장이 말을 잇는다.

> 발제자가 읽자고 한 책은 무조건 읽습니다. 『황사영 백서』를 읽은 적도 있습니다. 연구자나 특정 종교에 몸담은 이가 아니면 평생 절대 읽지 않을 책이었습니다. 하지만 왜 이런 책을 골랐느냐는 이의제기는 없었습니다. 익숙지 않은 책과의 만남은 우리 자신과 낯설고 깊게 만나는 것이고, 결국 그 만남은 우리의 정신적 삶을 풍요롭게 합니다.

한 달에 한 번 소모임으로 모여서 책을 이야기하는 것이 가장 중요하지만, '책읽는마을' 전체가 하나의 공동체로서 정체성을 놓치지 않도록 여러 면에서 배려하고 있다. 수시로 '번개'를 쳐서 가족동반 여행을 가는 등 친교를 나눌 뿐만 아니라, 앞에서 말했듯 분기마다 한 차례씩 같은 책을 읽고 모든 회원이 모이는 저자 초청 토론회를 연다. 강양구, 고미숙, 김시천, 이권우, 이철수, 장정일, 홍세화 등 내로라하는 저자들이 이미 보령을 거쳐 갔다. 다음 번에는 스물여섯 번째 저자로 『풍운아 채현국』(피플파워)의 채현국과 토론을 나눌 예정이다.

대를 이어 책 모임 만들기

갑자기 좋아지는 사회는 없다. 한꺼번에 바뀌는 세상도 없다. 작은 기적이 쌓여 언젠가 큰 변화로 이어지는 법이다. 함께 모여서 책을 읽는 것은 그 자체로 작은 기적이면서, 동시에 작은 기적들을 연이어 쏟아내는 샘물과 같다. 우체국 소장 최미희 씨가 이야기한다.

> 모임에 나오기 전에는 결론을 미리 내리고 나서 이야기하는 습관이 있었어요. 힘은 더 있었을지 몰라도, 왠지 그때는 내 이야기를 남들이 잘 들어주지 않았습니다. 꾸준히 책을 읽고 토론하면서 사람들과 이야기하는 방식이 달라졌습니다. 한 번 더 생각하고 조리를 잡아 이야기하게 되었어요. 그러고 나니까 오히려 사람들이 내 말에 귀 기울이더라고요.

눈은 깊은 곳에 두고, 귀는 멀리까지 열어 둔다. 생각은 다채로움에 걸치고, 입은 배려를 다하며 항상 조심한다. 독서 공동체에 참여하는 것은 그 자체로 좋은 시민의 삶을 연습하는 것이며, 그와 함께 온갖 색깔로 이루어진 행운의 무지개를 삶에 초대하는 것과 같다. 원진호 원장이 말한다.

> 같이 읽기는 서로 힘을 줍니다. 이 힘은 세상을 바꾸기에는 너무 미약합니다. 하지만 다양한 생각들을 접하고 이를 받아들이다 보면, 나

> 는 항상 옳고 너는 항상 그르다는 식의, 권력의 허위를 이겨낼 수 있는 힘이 생깁니다. 그 힘을 간직하고 나서는 삶에 여유가 생기면서 보이지 않던 것들이 보이기 시작했습니다.

요즈음 '책읽는마을'에서 유난히 신경 쓰는 일이 청소년 책 모임 등을 마련해 아이들한테 그 힘을 물려주는 것이다. 청소년 인문학 강좌도 열고, 백일장도 진행하고 있다. 문석주 촌장의 목소리에 저절로 힘이 들어간다.

> 중학교 때 책 모임을 했던 아이들이 고등학교 들어가서 책 모임을 만듭니다. 사회에 나와서도 같을 겁니다. 책을 통해 세상 보는 눈이 넉넉해지면, 아이들은 당장의 입시를 치르면서도 먼 미래를 함께 살아가려고 합니다. 이런 아이들을 어떻게든 돕고 싶습니다.

어느새 서해 바다가 빨갛게 물들었다. 책을 향한 마음이 바다 빛깔처럼 붉디붉다. 그 열정을 보건대, '제1회 보령 청소년 인문학 축제'가 기어이 열리지 않을까 싶다.

책익는마을 사람들이 고른 삶의 책들

책익는마을 사람들 사이에서 가장 많이 이야기된 책은 『금요일엔 돌아오렴』(창비)이다. 이 책의 공동 저자 중 한 사람인 명숙을 초청해 저자 토론회도 열었다. 시간이 흐르면 세월호 참사는 현재가 아니라 결국 역사가 될 것이다. 이 역사가 시시한 것이 될지, 의미 있는 것이 될지는 오롯이 기억하는 자의 성찰에 달려 있다. 정말 가슴 아프게 읽었지만, 또 희망을 안겨 주는 책이었다.

기시미 이치로, 『미움 받을 용기』(인플루엔셜, 2014)

니코스 카잔차키스, 『그리스인 조르바』(열린책들, 2009)

사라 밴 브레스낙, 『혼자 사는 즐거움』(토네이도, 2011)

4.16 세월호참사 시민기록위원회 작가기록단, 『금요일엔 돌아오렴』(창비, 2015)

심윤경, 『나의 아름다운 정원』(한겨레출판, 2013)

아리엘 수아미, 『스피노자의 동물 우화』(열린책들, 2010)

욤비 토나, 『내 이름은 욤비』(박진숙출판사, 2013)

폴 서루, 『아프리카 방랑』(작가정신, 2011)

프랜시스 윈, 『마르크스 평전』(푸른숲, 2001)

한병철, 『투명사회』(문학과지성사, 2014)

김해 행복한책읽기

공무원 독서 모임, "시민 목소리에 더 공감하게 됐어요"

> 이 책 표지를 볼 때마다 상당히 불편했어요. 사실 지난달 말에 사무실에서 개인적으로 상당히 힘든 일이 있었습니다. 한 남성 직원이 의자를 밀치는 등 저한테 폭력을 행사했는데도, 조직이 워낙 남성 중심으로 돌아가다 보니 그까짓 일은 아무 일 아니라는 식으로 지나치려고 했습니다. 그 일을 겪으면서 저 개인적으로 또 우리 조직에 대해 모멸감을 엄청나게 느꼈습니다.

소리가 조금씩 잦아들더니 결국 눈물이 쏟아져 내린다. 오늘의 '행복한 책'은 사회학자 김찬호가 쓴 『모멸감』(문학과지성사)이다. 감정은 개인의 것만이 아니라 사회적으로 구성되며, 특히 한국 사회는 모멸을 서로 주고받는 가혹함 속에서 인간적 자존의 세계를 몰락시키고 있다고 통렬히 성찰한 책이다. 좋은 책은 사람을 슬프게 한다. 감정의 바닥을 긁는 불편을 이룩하고, 인식의 지평을 찢는 고통을 불러온다. 운명처럼 우리를 건드려 삶의 비밀을, 존재의 심연을 연다. 그리고 그 침잠의 어둠으로부터 수직으로 생명을 분출한다.

조금 후 그녀가 다시 입을 연다. "이 책은 저의 손상된 자존감을 회복할 수 있는 열쇠가 되었습니다."

박수 소리가 유난히 우렁차다. 오늘도 '행복한 책'이 또 하나 김해시청에 생겨난 것이다. 읽기는 현실이라는 절망의 지옥에 자기 인식의 씨앗을 심고, 그로부터 살아갈 힘의 도래라는 거대한 기적을 생성한다. '모멸'은 모든 곳에 있다. 그녀에게 폭력을 행사한 이 역시 '모멸'이라는 사회적, 문화적 바이러스의 숙주로 자신도 모르는 사이에 모멸을 복제하는 중이리라. 그러나 자기 인식 없는 구원은 있을 수 없고, 자기 발견 없는 희망도 있을 수 없다. 책이 행복의 열쇠가 된다면, 이는 "막연히 찾아 헤매면서도" 좀처럼 보지 못하는 "자기 운명이 (중략) 이미 자기를 둘러싸고 있음을"(헤르만 헤세) 알려 주기 때문이다. 만연한 모멸의 이유와 근거를 안다면, 이미 해결의 첫걸음 역시 뗀 셈이다.

'책 읽는 도시' 김해시청, "공무원부터 읽자"

책 읽기는 반드시 공부를 동반하지 않지만, 공부는 반드시 책 읽기를 수반한다. 수많은 정치적, 사회적 이슈를 다루는 입법, 사법,

행정 등 공공 영역은 여러 현안에 대한 깊은 연구와 학습을 필요로 한다. 공무를 담당하는 이들이 책을 읽고 시민 사회의 삶에 깊은 관심을 품지 않는 나라는 결국 뿌리까지 혁신되지 않는다. 매년 수백조 예산을 운영하면서도 나라가 '이 모양 이 꼴'인 것은 '자원(돈)'의 결핍 탓이 아니라 전적으로 '읽기'의 결핍 탓이다.

김해시에 있는 '행복한 책읽기'는 소중하다. 우리나라에 흔치 않은, 오래된 공무원 독서 모임이기 때문이다. 2008년 김해시가 '책 읽는 도시'를 선포한 것을 계기로 처음 모였으니 벌써 십 년 가까이 계속되었다. 모임을 처음 발의한 조강숙 씨가 말한다.

> 사업을 진행하려고 도서관 정책 모임이 자주 열렸는데, 문득 시민들한테만 책을 읽으라 하지 말고 우리도 책 읽는 모임을 하면 어떨까 싶었습니다. 반응이 예상 밖으로 뜨거웠습니다. 금세 열 명 정도 모였습니다. 처음 같이 읽은 책은 시에라리온의 소년병 이야기를 다룬 『집으로 가는 길』(북스코프)이었습니다.

공무원 독서 모임을 위협하는 것은 잦은 인사 이동과 불규칙한 업무 시간 등이다. 하지만 독서를 촉진하려고 인사 고과에서 가점을 주는 당근이 문제인 경우가 더 많다. 점수를 부여할 때는 모임이 활발하다 정책이 바뀌면 모임이 급속히 쪼그라든다. '행복한 책읽기'는 처음부터 책 읽는 직원한테 인사 고과 혜택을 주는 것에 찬성하지 않았다. 읽지 말라 해도 좋아서 읽을 텐데, 점수를 따려고 독서 기록 등을 제출할 이유가 없다는 것이다. 하기야 좋아서 하는 일이라면 보물을 하늘에 쌓으면 족할 것이다. 미술도 하고 시도 쓴다는 팔방미인 김미경 씨가 말한다.

> 조건이 따로 붙지 않는 자발적 독서가 중요합니다. 고과를 높이려고 억지로 읽는 책은 삶에 도움 되지 않고, 결국 읽기에 대한 혐오를 부추길 뿐입니다. 읽지 말라고 해도 기꺼이 읽으려 했던 순진한 마음이 있었기에 오랫동안 모임을 계속할 수 있었습니다.

직급과는 상관없이 자유롭게 토론

모임은 '행복한 책읽기'라는 정식 명칭보다는 '매둘목'이라는 애칭으로 더 유명하다. 매달 둘째 주 목요일에 시청에 모이기에 붙은 별칭이다. 회원은 젊은 직원들이 적극적으로 참여하면서 그 사이에 스물을 훌쩍 넘었다. 직급과 직렬이 아주 다양하지만 매둘목에서만큼은 평등하다. 지금까지 주로 화제작을 중심으로 시, 소설, 어린이책, 에세이, 인문서, 경제 경영서 등 편식 없이 골고루 80여 권을 읽었다. 요즘에는 책 이야기를 끝내고 좋은 영화를 감상하기도 한다. 황숙자 씨가 이야기를 잇는다.

> 발제자가 10분 정도 책 내용과 저자에 대해 발표하고, 전 회원이 돌

아가면서 각자의 느낌이나 감동을 이야기하면서 좋았던 문장 등을 읽습니다. 자유롭게 이야기하되 생각이 다르다고 반박하지는 않습니다. 책 내용에 비추어 직장이나 일상의 고민을 털어놓을 때는 선배들이 멘토가 되기도 합니다.

반박 당하지 않고 아무 말이나 할 자유는 직장 내 독서 모임에서 정말 중요하다. 봉건적 신분 의식이 채 가시지 않은 한국 사회에서는 토론에 열이 붙으면 흔히 계급장이 살아나기 십상이다. 모임 안에서 한 사람 독자로서 평등을 실현하고 발언을 공정하게 배분하는 정의를 이루는 것은 서로 마음이 통하는 오랜 만남을 유지하려면 가장 애써야 할 바다. 특히 공무원 조직 같은 직급 사회에서는 더욱 그렇다. 윤선영 씨가 말을 잇는다.

모임을 준비하려고 퇴근해서 책을 읽으니까, 아이들이 '밤마다 박사님'이라고 이야기합니다. 매둘목에서 읽는 책들은 연말에 회원들이 고르고 사서들이 세밀한 검증을 거친 책들입니다. 덕분에 평소 전혀 관심을 두지 않았던 뜻밖의 좋은 책을 만나곤 합니다. 읽고 나면 어떤 책이라도 한 줄은 남습니다. 또 모임에 나와 다른 사람 이야기를 듣다 보면 소홀히 지나쳤던 것들이 되살아나서 내 삶으로 들어오기도 합니다.

"책을 읽기 시작하며 살아갈 힘 얻어"

같이 읽기는 책을 여러 번 읽는 것이면서, 동시에 여러 번 인생 상담을 주고받는 것이다. 책이 열어 준 입술에는 각자 살아온 삶의 무늬와 무게가 담겨 있어 마음의 두께를 더해 준다. 황무지처럼 드러난 마음은 삶에서 불어 닥치는 가벼운 산들바람에도 상처 입고 피 흘리지만, 초목이 굳게 덮인 마음은 거센 바람이 불어와도 먼지조차 날리지 않는다. 책 읽기가 마음의 밭에 지혜의 씨를 뿌리는 일이라면, 같이 읽기는 오래 묵은 거름을 붓는 일이다. 김기혜 씨가 말한다.

> 매둘목에 나와서 살아갈 힘을 얻을 수 있었습니다. 제가 무슨 잘못을 했는지 몰라도 아들이 가출해 버렸습니다. 정말 당황했죠. 어찌해야 할지 몰랐습니다. 김해 기적의도서관에서 부모 교육 특강이 있었던 것을 계기로 제 삶을 돌아보았고 책을 읽으면서 공부하기 시작했습니다. 매둘목에도 꾸준히 나와 이야기를 나누었습니다. 이렇게 세 해 정도 저 자신을 돌아보면서 비로소 아이를 이해할 수 있었습니다.

모임에 나오는 이유도, 얻어가는 힘도 다르다. 업무상 자주 얼굴을 보는 사이지만, 각자 마음결에 감춘 세세함까지는 알 수가 없다. 모임을 거듭할수록 조금씩 서로를 알아가고, 그 안에서 공감 주며

니를 부풀리고 세심한 배려를 익히면서 삶이 숙성해 간다. 나이 든 사람은 귀가 열리면서 이른바 꼰대가 될 가능성이 사라지고, 젊은 사람은 대국적 시야가 열리면서 편협이 축소되고 생각이 넉넉해진다. 박근미 씨가 말을 보탠다.

> 책 모임에 나온 후 유연해졌다는 말을 많이 듣습니다. 민원을 처리할 때도, 그 일을 다양하고 풍부하게 생각하려고 애씁니다. 단순히 업무를 처리한다는 기분보다 시민적 가치를 이모저모 따져 봅니다. 공무는 시민의 삶과 밀접하게 이어져 있으니까요. 그렇지 않다면 저희가 존재할 필요가 없겠죠.

시민사회가 먼저 존재하고, 국가는 나중에 기입된 것이다. 제도의 기계적 운영보다 시민적 삶이 우선임을 떠올릴 수 있어야 시대 변화 등의 이유로 이미 반시민적이 되어 버린 제도 역시 바꿀 수 있으며, 작은 예산이라도 시민적 삶의 가치를 조금이라도 더 북돋우는 데 운용할 수 있다. 김미경 씨가 말한다.

> 모여서 좋아하는 일을 했을 뿐인데, 어느새 저희들 주변이 달라졌습니다. 그 변화에는 방향이 있는데, 저희는 확실히 넉넉해지고 대범해지고 깊이 있어졌습니다.

시민들 이해하고 이어지는 통로

책은 인생의 바다에 던져진 백금과 같다. 정체된 내면의 변화를 일으키고 새로운 세계를 향한 운동을 만든다. 때로는 조용하고 때로는 분명하게 책은 우리 자신을, 우리를 둘러싼 조직을, 조직을 둘러싼 사회를 변화시킨다. 돌아오는 마음속으로 백쌍미 씨의 말이 따라붙어 울림을 낸다.

> 매둘목에 나와서 책을 읽으면서 시민들 목소리에 더 공감하게 되었고, 지역의 시민 활동가들과 협업하는 일이 즐거워졌습니다. 저희 회원들이 시민인문학교를 기획하거나 어린이기자단과 함께할 때, 지역의 숨은 독립운동가를 발굴하는 일을 할 때, 또는 자원봉사 조직을 운영할 때 저희가 읽고 이야기한 책이 저희를 이끌어 갑니다. 요즘 유행하는 말을 빌리면, 책은 플랫폼입니다. 책을 통해 인간은 세상의 모든 것과 이어집니다. 그리고 거기서 우리가 나아갈 길을 알려 줍니다.

‘행복한 책읽기’가 시민들과 함께 읽고 싶은 책

김찬호 교수의 『모멸감』(문학과지성사, 2014)을 시민들과 같이 읽고 싶다. 서로 모멸을 주고받지 않고 모두가 자존하는 사회를 고민하는 이들한테 도움이 되는 책이다. 책 속에 나오듯, 우리나라 사람들은 ‘잘 산다’는 말을 흔히 ‘부유하다’는 뜻으로 받아들이는 경우가 많다. 우리는 ‘잘 산다’는 것이 단지 물질적으로 무엇을 더 많이 가진다는 뜻이 아니라, 무엇을 하고 어떻게 살았는지로 기억될 수 있도록 시민들과 함께 노력하고 싶다.

강준만, 『지방은 식민지다』(개마고원, 2008)

김찬호, 『모멸감』(문학과지성사, 2014)

M. 스카펫, 『아직도 가야 할 길』(율리시즈, 2011)

와타나베 이타루, 『시골빵집에서 자본론을 굽다』(더숲, 2014)

위화, 『사람의 목소리는 빛보다 멀리 간다』(문학동네, 2012)

이만교, 『나를 바꾸는 글쓰기 공작소』(그린비, 2009)

정민, 『미쳐야 미친다』(푸른역사, 2004)

주제 사라마구, 『눈먼 자들의 도시』(해냄, 2002)

진중권, 『미학 오디세이』(휴머니스트, 2003)

헨리 데이비드 소로, 『월든』(은행나무, 2011)

원주 그림책연구회

패랭이꽃 버스에서 틔운 꿈, 그림책 도시 향해 달려요

> 어른들이 보기에는 어렵지만, 아이들은 말도 안 되는 이야기도 좋아합니다. 잘 이해하지 못하는 듯싶었는데, 깔깔거리며 어느새 한계를 넘어서는 거예요.

모임 장소로 들어서니 이미 토론에 힘이 붙었다. 원주시 단계동 주공아파트, 지은 지 서른 해가 넘은 역사 있는 아파트다. 건물은 다소 낡았지만 숲을 이룰 정도로 풍성한 나무들이 주변을 감싸 아늑하고 시원했다. '그림책 도시'라는 로고가 붙은 현관 문턱을 넘어서자 다른 책 하나 없이 오직 어린이 그림책만 방방마다 빼곡하게 꽂혀 있다. 앨리스나 도로시가 금세 말을 건네는 이상한 나라에 들어선 것만 같다.

> 이 그림은 터치를 보니까 붓을 떼지 않고 한 번에 그렸네요. 그림책에서 어떤 대상을 표현할 때 나누어 조금씩 그리는 것보다 이렇게 한

차례 휘둘러서 그리는 게 어렵다는 말을 들었어요.

돌아가면서 어린이 그림책을 하나 들더니 일단 자분자분 소리 내 읽는다. 마치 아이들한테 읽어 주는 것 같다. 그러고 나서 그림 하나하나를 세부까지 파고들면서 이야기를 나눈다. 전체에서 부분으로, 부분에서 전체로 옮겨가면서 말하는 솜씨들이 매끄럽다.

엄마들이 모여 어린이 그림책을 읽는 모임은 전국적으로 꽤 흔하다. 어쩌면 동네마다 하나씩 있을 수도 있다. 좋은 책을 추천 받으려고, 실감나게 책을 읽어 주려고 내 아이가 어린이집에 갈 무렵이면 다투듯 책 모임으로 들어선다. 그러고는 아이가 커감에 따라 거의 대부분 모임도 같이 졸업해 버린다. 자신을 위한 읽기가 아니라 아이를 위한 읽기이기에 아이의 나이테에 따라 명멸하는 것이다.

박경리 선생 사랑방에서 출범

2004년 여름, 『토지』의 작가인 박경리 선생 사랑방에 열다섯 사람이 어린이 그림책을 들고 모였다. 당신이 아직 살아 있을 때였다. 별다른 말은 건네지 않았지만, 공간을 내준 것으로 흡족함을 보였다. 시인이자 아동문학가인 이상희 씨의 '그림책 교실'을 수료한 학생들이었다. 그전 한 해 동안 이어졌던 공부가 너무 좋아서 흩어지지 말고 계속 어린이 그림책을 읽고 연구하기로 했다. 매주 월요일 모이는 그림책연구회의 출발이었다. 엄은희 씨가 운을 뗀다.

> 모임에 처음 왔을 때 아이가 다섯 살이었어요. 몸에 좋은 음식을 골라 먹이듯, 훌륭한 책을 읽히려고 관심을 두었죠. 그러다 보니 더 많이 공부하려는 마음에 여기까지 오게 되었죠.

지금은 없어졌지만 모임을 주로 한 곳은 박경리문학공원 안에 있던 작은 도서관 '패랭이꽃 그림책버스'에서였다. 폐차할 예정이었던 낡은 버스를 새로 꾸며 만든 도서관으로 이상희 씨가 출판사 등 지인들의 도움을 받아 개설했다. 자원 활동가로서 이 작고 특이하고 아름다웠던 어린이 그림책 전문 도서관을 무려 10년 동안 운영하면서 연구회 회원들은 우애가 깊어지고 친목이 넓어졌다. 간사인 최성미 씨가 말갛게 웃으면서 말한다.

> 모임 회원은 1년에 한 차례 모집합니다. 자격은 저희가 모두 거쳐 온 1년 과정의 그림책 교실 수료자여야 합니다. 그림책 교실은 여섯 달 동안은 이론을 수업하고, 여섯 달 동안은 그림책을 창작합니다. 그래서 저희는 모두 어린이 그림책 독자이자 작가이기도 합니다. 나름대로 작품을 하나씩 가지고 있어요.

읽기를 통해 생각을 깊게 하고, 쓰기를 통해 읽기를 촉발한다. 쓰지 않고 읽을 수 있지만, 읽지 않고 쓸 수는 없으니까 모든 사람을 작가로 만드는 일은 읽기를 확산하는 가장 좋은 방법이다. 정말로 독서를 촉진하고 싶다면 '저자 특강'보다 '글쓰기 교실'을 여는 쪽이 아마도 더 효과적일 것이다. 시민을 위한 출판 교실을 운영하는 한 선배가 모임에서 이야기한 적이 있다. 시민들이 책 한 권을 쓰는 동안 참고 도서로 예순 권 가까이 다른 책을 읽는다고. 하기야 작가들은 대부분 타고난 독서가들이기도 하다. 작품을 쉬는 동안, 작품을 쓰는 동안, 그러니까 언제나 그들은 문자 중독자로 살아가면서 읽고 또 읽는다.

어린이 마음 읽다 보면 어른도 감동

패랭이꽃 그림책버스는 세월의 풍화 작용을 이기지 못한 채 결국 역사 속으로 사라져 버렸다. 공원 한쪽에 책을 가득 담은 노란색 버스가 놓인 그 10년 동안, 어린이 그림책 읽기는 전국으로 퍼져 나가면서 어린이를 넘어 어른까지도 기꺼이 즐기는 문화 유전자로 확실히 자리 잡았다. 혁명은 이렇듯 벼락처럼 다가온다. 한 사람이 품은 열망과 그가 내딛은 한 걸음이 이어질 수 있도록 주변 여럿이 힘을 보태어 이룩한 좋은 반복, 이것이야말로 문화 혁명의 유일한 실체다. 허상인 씨가 말한다.

저는 미혼입니다. 하지만 어린이 그림책을 우연히 접하고는 그 매력에 푹 빠졌습니다. 어린이를 위해 만들지만 어른도 감동할 수 있습니다. 어린이의 마음이 가득 차 있어서 읽다 보면 저절로 마음이 맑아지는 걸 느낍니다. 일단 이 세계로 들어오면 아무도 나가고 싶지 않을 거예요.

『나니아 연대기』의 작가 C. S. 루이스는 일찍이 어린이만 즐길 수 있는 어린이책은 어떠한 경우에도 좋은 어린이책이 아니라고 말한 적이 있다. 좋은 책은 항상 남녀노소를 뛰어넘고 동서고금을 가로지르면서 읽는 사람을 느껴 움직이도록 만든다. 어린이 그림책이라고 예외일 리 없다.

패랭이꽃 그림책버스가 사라질 때, 전국에서 일흔다섯 사람이 모여들어 십시일반 돈을 모아 사회적 기업 그림책도시를 만들었다. 그 이름에는 원주를 어린이 그림책 도시로 만들려는 커다란 꿈이 담겨 있다. 전 세계의 모든 어린이 그림책을 모은 도서관이 있고, 그 주변에 대학, 숙소, 공원, 마을 등을 꾸며 어린이 그림책 세상을 만들고, 해마다 어린이 그림책 전시회를 겸한 축제가 열리는, 그야말로 그림 같은 도시. 그림책도시는 그 꿈을 이룩하려고 내디딘 첫 걸음이다. 이를 위해 지역 역사 인물을 하나씩 그림책으로 출판하고, 그림책 교실과 아트북 교실 등 교육 프로그램을 운영하면서 함께할 시민을 모으는 중이다. 김경은 씨가 화제를 되돌린다.

어른들이 읽으면 그림책은 아주 짧은 시간에 많은 위로를 줍니다. 기본으로 내가 좋아서 읽지만, 같이 읽으면 다른 사람들 목소리를 들을 수 있어서 행복합니다. 각자 소개할 책을 들고 오니까, 내가 미처 몰랐던 멋진 그림책이 참 많구나 하고 놀랄 때가 많습니다. 게다가 어떤 모임에 가더라도 전혀 부담이 없습니다. 책 하나 들고 모임에 일단 참석한 후 천천히 함께 읽으면 되니까요.

이야기하다 갑자기 자리를 비우더니 서가에서 그림책 하나를 꺼내 온다. 하나의 사물에 대해 누구나 아는 사실을 하나씩 아름답게 표현해 가다가 마지막에는 아이들한테 자신의 유일무이한 소중함을 자연스레 깨닫게 하는 시 그림책 『중요한 사실』을 읽는 목소리가 참으로 낭랑하다.

너에 관한 중요한 사실은 너는 바로 너라는 거야. 예전에 너는 아기였고, 무럭무럭 자라서 지금은 어린이고, 앞으로 더 자라서 어른이 된다는 건 틀림없어. 하지만 너에 관한 중요한 사실은 너는 바로 너라는 거야.

그림책 읽기 도시로 확산하는 꿈

같이 모여서 작품 하나를 파헤치고 열렬히 토론하면서 비판적 지성의 힘을 기르는 것도 좋지만, 일상의 목소리로 읽으면서 아름다운 그림을 보고 즐기고 이야기하는 것도 행복해 보여서 또한 정말 좋다. 차분히 글자를 더듬는 소리가 때때로 높아졌다 낮아지면서 방 안을 가득 울린다. 가만히 눈을 감고 들으니 꽃에게, 비에게, 바람에게, 풀에게, 눈에게, 신발에게 자기 자리를 잡아 주는 작가의 지극한 마음이 따스하게 와닿는다. 마음의 소리굽쇠가 공명하면서 계속 소리를 낸다. 서진아 씨가 말을 잇는다.

발음만 정확히 해서 지금 읽은 것처럼 읽어야 해요. 그림책은 작은 미술관입니다. 저도 예전에 동화 구연을 배워서 자격증을 땄습니다. 하지만 구연을 하면 아이는 책을 보지 않고 구연하는 사람의 입을 봅니다. 그림이나 글에 전혀 집중하지 않아요. 하지만 그림에는 상상할 수 없이 많은 정보가 담겨 있어서 아이들 상상력을 무진장 자극합니다. 어른도 보지 못하는 것을 아이들은 그림의 세부들로부터 찾아내곤 합니다. 누구나 그 비슷한 일로 깜짝 놀란 경험이 있을 거예요. 그림책을 보는 아이들의 잠재력이 일어서는 걸 방해해서는 안 됩니다.

어린이 그림책은 그 자체로 종합 예술이다. 시가 있고, 소리가 있고, 그림이 있고, 연극이 있다. 아이들은 대부분 읽기를 통해 재능을 발견한다. 사교육을 하지 않아도 문학도 하고 미술도 하고 연극도 한다. 재능의 꽃이 필 때 가꿈은 거의 필요 없다. 타고난 공감 유전자가 아이를 저절로 예술가로 만든다. 불필요한 학원비 탓에 안

달하느니 가까운 서점을 찾는 게 당연히 낫다. 최성미 씨가 힘주어 이야기한다.

> 아이와 함께 책을 읽으면 아이를 이해할 수 있습니다. 아이도 저를 이해합니다. 공감은 연습을 통해서라도 몸에 반드시 붙여야 할 습관입니다. 같이 책을 읽으면서 공감하는 게 가장 빠릅니다. 하나 덧붙이자면, 가랑비에 옷 젖듯 서서히 아이들 어휘력이 늘어나다 어느 순간 언덕을 구르는 눈덩이처럼 커진다는 겁니다.

미국 소아과학회 연구에 따르면, 부모가 책을 많이 읽어 주면 아이의 좌뇌 쪽에서 "청각, 시각을 비롯한 여러 자극을 통해 얻어낸 정보를 종합하고 파악하는 역할을 하는" 부위가 눈에 띄게 발달한다. 하지만 더 중요한 것은 동화책을 들고 엄마나 아빠 품에 안겨서 같이 읽다가 어느새 잠들었던 사랑의 기억이야말로 아마도 평생 사람답게 살아가는 힘의 원천일 것이다. 읽기 모임 그림책연구회가 사회적 기업 그림책도시로 도약한 것은 그 원천을 한 도시 전체로 퍼뜨려 사랑의 세상을 만들려 함이 아닐까.

그림책연구회 사람들이 뽑은 우리나라 그림책

그림책 공부를 처음 시작하는 부모들한테 김장성 글, 오현경 그림, 『민들레는 민들레』(이야기꽃, 2014)를 읽어 보라고 권하고 싶다. 연필과 수채화로 그린 그림은 담백해 정감 넘치고, "민들레는 민들레/ 여기서도 민들레/ 저기서도 민들레"가 거듭되며 생기는 율동감 있는 말맛 또한 기막히다. 문장의 시적 압축미와 그림의 풍부한 단순성이 어울리면 얼마나 대단할 수 있는지를 보여 주는 작품이다.

권정생 글, 정승각 그림, 『오소리네 집 꽃밭』(길벗어린이, 1997)

김병하 글 · 그림, 『고라니 텃밭』(사계절, 2013)

김장성 글, 오현경 그림, 『민들레는 민들레』(이야기꽃, 2014)

백석 시, 김세현 그림, 『준치가시』(창비, 2006)

서현 글 · 그림, 『눈물바다』(사계절, 2009)

윤석중 시, 이영경 그림, 『넉 점 반』(창비, 2004)

윤지회 글 · 그림, 『방긋 아기씨』(사계절, 2014)

이태준 글, 김동성 그림, 『엄마 마중』(보림, 2013)

정하섭 글, 한성옥 그림, 『나무는 알고 있지』(보림, 2007)

천정철 시, 이광익 그림, 『쨍아』(창비, 2008)

시흥 상록독서회

군사 독재 어둠을 깨며 함께 읽기 35년

> 저도 형님들한테 듣기만 했습니다. 첫 인연은 1978년에 시작되었다고 합니다. 독서회가 출발한 것은 1981년부터죠. 지금은 영등포 평생학습관에서 만나지만, 그전에는 구로도서관에서 스무 해 동안 함께했고, 그보다 더 오래전에는 시흥의 헌책방 '씨앗글방' 뒤쪽의 골방에서 같이 읽었습니다. 처음 이름은 씨앗독서회였습니다.

기억의 샛길을 더듬느라 정화양 씨의 목소리가 아련하다. 끊어질 듯 이어질 듯, 수줍고 쑥스럽게 입술이 세월을 탄다. 상록독서회는 지금까지 알려진 한국의 독서 공동체 중 가장 오랜 역사를 가졌다. 1970년대 말 시흥의 달동네 한 야학에 다녔던 청년들이 모여서 시작했다. 요즘처럼 배움이 흔하지 않을 때, 야학은 집안 사정 탓에 배움을 얻거나 계속하지 못한 이들이 어울려 배우던 시민 자율의 학교였다. 선생님은 주로 대학생들이 많았다. 시간을 쪼개고 노력을 더해서 자신이 아는 바를 기꺼이 공유했다.

> 서점 뒷방을 내어 준 장동식 형님 덕분에 1984년부터 모임에 나왔습니다. 형님은 낮에는 책방을 열고 밤에는 노점을 벌여 책을 팔았습니다. 새 책은 엄두도 못 낼 형편이라, 저 역시 하굣길에 노점 책방을 주로 이용했습니다. 어느 날 불쑥 말하더군요. 대학교 들어가면 같이 책을 읽자고.

한국에서 가장 오래된 독서 공동체

세상을 생각하면 울분이 넘치고 앞날을 떠올리면 암울하기만 한 군사 독재 시대였다. 출세가 일종의 굴복이자 오욕이 될 때, 사람들은 내면의 빛으로 세상을 밝히려 한다. 문학으로써 하나의 세계를 이룩해 현실의 비참을 들추어내고 인간적 삶의 가치를 고양하며 다른 세계로 향하는 출구를 제안한다. 문학에 대한 지극한 애호가 일어나면서 동네마다 문학청년이 넘쳐나고, 자연스레 문학을 읽고 이야기하는 열광이 솟구친다. 1980년대가 '시의 시대'라 불리는 것은 우연만은 아니다. 상록독서회에 모인 이들도 문학을 참 좋아해서 즐겨 읽었다. 등단해서 정식으로 작품을 발표한 이들도 신현배, 박혜숙, 백건우 등 여럿이다.

문학을 사랑하는 사람과 지역 출신 청소년이 모여서 책을 읽었습니다. 『난쟁이가 쏘아올린 작은 공』이나 『태백산맥』 등 시대 배경을 고려한 작품들이야 당연히 읽었지만, 모임에 특별한 방향은 없었습니다. 1985년 이후 현장으로 들어온 이른바 '의식화 팀'과 운영을 놓고 잦은 충돌이 있었던 것도 벌써 까마득하네요.

헌책방을 나와 상록독서회는 시흥동 복지회관에 처음으로 독립 공간을 마련했다. 창고에 딸린 좁고 허름한 공간이었지만, 회원들이 책을 추렴해 수백 권을 마련한 후 지역 주민들을 상대로 대출을 시작했다. 독서 모임을 꾸준히 진행하는 한편으로 가난한 이웃들한테 책을 빌려주고 돌려받는 마을문고를 시작한 것이다. 이 일에는 처음부터 참여해 함께 책을 읽고, 세상의 온갖 외풍을 든든히 막아준 고 김영록 선생의 도움이 있었다. 초기 상록독서회의 정신적 지주였던 김영록 선생은 장준하의 고향 한 해 후배였는데, 《사상계》 편집위원으로, 중앙일보 논설위원으로 활동하면서 문장가로 명성을 날렸다. 그가 대들보가 되어 물심양면으로 도움을 주면서 모임은 시대의 격랑 속에서도 중심을 놓지 않을 수 있었다.

서른다섯 해 동안 열린 모임 천여 명 거쳐

서른다섯 해 동안 존속하면서 아무 조건 없이 모임을 개방했기에 상록독서회를 거쳐 간 시민은 무려 천여 명에 이른다. 별의별 사람이 다 있었다. 사람은 그 자체로 세계를 하나씩 품고 있어, 무한한 다양성을 연출하는 책과도 같았다.

> 저희는 항상 여기에 있으니까, 언제든지 찾아와서 누구든지 참여하고, 언제든지 떠날 수 있다는 원칙으로 지금까지 해왔습니다. 야학에서 시작했기 때문에 아무나 책을 읽으려는 마음만 있으면, 심지어 책을 읽고 오지 않는 경우에도 문을 열어 두었습니다. 목사, 스님, 기인 등 이른바 세속을 멀리한 분들도 불쑥 찾아오곤 했습니다.

책은 한 사람을 구하는 일에서 때때로 종교를 넘어서고, 한 사회를 바꾸는 일에서 때때로 정치를 능가한다. 책을 읽는 것은 타자의 혀로 자신을 고백하는 행위다. 마음의 닫힌 문을 두드려 열고, 생각의 굳은 근육을 주물러 푸는 작업이다. 일찍이 이성복은 "왼손이 왼손을 부러뜨리지 못하고"라고 읊은 바 있다. 절망은 왼손이 왼손만 있다고 여길 때, 기꺼이 내밀어 오른손을 부르지 못할 때 생긴다. 희망은 삶에서 사랑의 형식을 발명할 때, 즉 하나에서 둘로 가는 방법을 발굴할 때 비로소 우리를 찾아온다. 읽기는 더 없는 은밀함과 친밀함 속에서 타자를 환대함으로써 자신과 세상을 혁명하는 힘을 촉발한다.

> 모임은 우선 저를 구원했습니다. 세상을 바꾸려 뛰어들었지만 아무

것도 바꾸지 못하고 상처만 입었습니다. 언뜻 보면 세상이 좋아진 것 같지만 실제로는 더 나빠졌습니다. 사람을 바꾸는 일 없이는 어떤 변화도, 김수영의 표현처럼 '방만 바꾸는' 꼴이 됩니다. 목적도 없이 방황하면서 자아를 잃은 채 시들어 갈 때 오직 책만이 제 곁에 있었습니다. 책을 읽고 토론하고 생각을 나눔으로써 천지간에 홀로 떨어진 듯한 외로움으로부터 벗어나 다시 저를 찾을 수 있었죠. 책을 읽는 것은 자신의 실체가 무엇인지를 깨닫는 것, '자기 객관화'의 과정이라고 생각합니다.

10년 계획 동서양 고전 읽기 6년째

오랫동안 세월을 같이한 모임들은 어쩔 수 없이 친목으로 흐르기 쉽다. 독서 공동체 역시 다를 리 없다. 온갖 책을 읽고 말을 섞으면서 서로 깊은 곳을 수없이 들여다보았기에 사이는 보석처럼 단단해지지만, 지나친 관용이 스며들면서 모임이 본래 자리를 지키지 못하고 저절로 느슨해진다. 좋은 반복을 무한히 만들어 내는 일은 그만큼이나 힘들다. 서른다섯 해 동안 같이 책을 읽어 오면서 상록독서회 역시 해산의 위기를 끝없이 겪었다.

아마 책을 읽고 하는 토론이라면 지금껏 저희가 대부분 해 봤을 겁니다. 어떤 것이 가장 좋은 형태라고 할 수는 없지요. 사정에 따라 그때그때 최선을 다할 뿐입니다. 요즘은 매달 첫째 주 일요일 오후에 모이는데, 주제를 정한 다음 각자 필요한 책을 읽고 와서 발표하고 토론하는 형태로 진행 중입니다. 이번 주제는 '우월감과 열등감'입니다.

시간이 흐르자 한 사람씩 모임 장소로 들어선다. 상록독서회에서 분기된 고전 독서 모임 네오아카데미 회원들이다. 이 모임은 2009년에 생겨났다. 책 읽고 친목 나누는 정도에서 그치지 않고, 더 체계적으로 공부하고 싶은 사람들이 따로 소모임을 꾸렸다. 10년에 걸쳐 고대로부터 현대에 이르기까지 동서양의 주요 고전을 엄선한 후 같이 읽어 나가기로 서약했다. 한 달에 세 차례씩 서로 발제를 돌리면서 책을 반드시 읽고 와서 깊이 토론하기로 한 것이다. 지금은 이쪽이 더 활발하다.

첫 책으로 천병희 선생이 번역한 호메로스의 『일리아스』를 이야기할 때가 생각납니다. 그리스 로마 신화의 형태로만 만났지 다들 진짜 원전을 읽은 건 처음이었을 겁니다. 그런데 표현이 너무 끔찍한 거예요. 이렇게까지 잔혹한 묘사를 한 이유를 놓고서 말들이 아주 풍성했습니다.

호메로스적 세계의 잔혹은 신들이 인간에게 부여하는 무정한 운명들의 진릿값에 대한 영웅적 확신에서 비롯한다. 『일리아드』는 신의 뜻의 옳음과 선함과 아름다움을 전혀 의심하지 않기에 친딸을 항해의 제물로 바치는 것과 같은 잔혹한 짓조차도 서슴없이 행할 수 있는 영웅들의 전쟁을 그려낸다. 오직 신의 뜻만을 좇아 필멸의 비루함을 불멸의 찬란함으로 바꾸려 분투하는 인간들의 탁월함을 호메로스는 찬양한다. 전투의 패배자는 있어도 인생의 패배자는 없는 온전한 세계가 서양인들이 되돌아가고 싶어 하는 그리스적 황금시대다.

호메로스를 읽는 것은 그 금빛으로 빛나는 세계를 자기 영혼 속으로 초대함으로써 생의 온전함을 꾸미는 일이기도 하다. 영혼이 환히 밝아지는 듯한 극적 체험. 고전은 그 맑고 밝은 세계를 계속 맛보려는 지속적 갈증을 빚어낸다. 보에티우스의 『철학의 위안』, 밀턴의 『실낙원』, 단테의 『신곡』을 거쳐 프로이트의 『꿈의 해석』에 이르기까지 묵직한 서양 고전들을 계속 읽어 나갈 수 있었던 힘은 거기에서 나왔을 것이다. 네오아카데미의 정미연 씨가 말한다.

> 책은 자기 삶을 만들어 가는 중요한 방법입니다. 사회생활을 오래 하다 보면 생각에 일종의 편향 같은 것이 생깁니다. 같은 공간에서 같은 일을 하는 사람하고만 있다 보면 생각조차 비슷해집니다. 터줏대감 의식 같은 게 일어나죠.

그러면 인간됨은 고루해지고 생활은 푸석해져서 삶 전체가 건강을 잃어버린다. 일상의 무미건조함이 밀려들면서 살아도 죽은 것 같은 좀비의 삶이 계속되는 것이다. 대중문화 속에서 좀비들이 자주 공포의 대상이 되는 것은 다 이유가 있는 법이다. 현대인들은 모두 거기에서 자신의 진짜 얼굴을 마주친다. 책을 읽는 것은 자기 내면의 이 무시무시한 얼굴을 바꿀 수 있는 소중한 도구다. '다른 얼굴'의 가능성을 환기하고 '다른 삶'의 존재를 제안함으로써 책은 읽는 사람의 내면에서 폭발과 균열을 만들어 낸다. 문희정 씨가 말한다.

> 책을 읽고 같이 이야기하다 보면, 내 안에서 생각의 폭발 같은 것이 일어납니다. 내 안에 있으리라고 한 번도 생각지 않았던 '나'가 갑자기 앞으로 튀어나오는 겁니다. '같이 읽기'는 억눌렸던 나를 찾아 내면의 지층을 파고드는 일과도 같습니다.

일요일 오후의 따스한 햇살이 모임을 재촉한다. 네오아카데미는 카를 융의 『원형과 무의식』을 막 끝냈다. 조만간 서양 주요 고전을 모두 끝내고, 서약한 대로 그다음에는 동양 고전으로 옮겨갈 생각이다. 도장을 찍듯이 마지막으로 김은정 씨가 말한다.

> 공부는 혼자 하는 게 좋지만 독서는 같이하는 게 좋아요. 더 지속적으로, 더 힘 있게 할 수 있으니까요.

상록독서회 네오아카데미가 권하는 서양 고전들

고전에 입문하려는 이들한테 몽테뉴의 『수상록』을 먼저 읽으면 어떨까 권하고 싶다. 신교와 구교의 피비린내 나는 전쟁 속에서 마음의 평정을 잃지 않으면서 진리를 추구해 갔던 한 노인의 모습이 떠오른다. 삶을 위협하는 죽음마저도 철저히 사유함으로써 불필요한 두려움에서 벗어나려 했던 몽테뉴의 사상적 진지함과 인간적 나약함을 동시에 맛볼 수 있어 커다란 감동을 준다.

괴테, 『파우스트』(민음사, 1999)

라블레, 『가르강튀아 팡타그뤼엘』(문학과지성사, 2004)

몽테뉴, 『수상록』(동서문화사, 2007)

무명씨, 『니벨룽겐의 노래』(범우사, 2014)

밀턴, 『실낙원』(문학동네, 2010)

보에티우스, 『철학의 위안』(필로소피, 2014)

볼테르, 『관용론』(한길사, 2001)

세르반테스, 『돈키호테』(열린책들, 2014)

아풀레이우스, 『황금당나귀』(매직하우스, 2007)

호메로스, 『오뒷세이아』(숲, 2015)

서울 풀무질서점 책모임

서울에서 부산까지 어디든지 달려가서 읽어요

"도에는 항상 이름이 없다(道常無名)."『노자』의 한 구절이다. 사람들이 참 좋아하는 말이다. 한 인간의 삶보다 거대하고 풍요로우며 신비한 존재(세계, 질서, 우주 등)에 대한 경외와 겸손을 담은 까닭일 것이다.

도에 이름이 없는 것은 도가 존재할 수 없거나, 존재하더라도 그 참됨을 몰라서가 아니다. 차라리 도가 언제든, 어디에서든, 어떤 모습으로든 변화무쌍하게 나타날 수 있기 때문이라고 해야 하리라. 이곳과 함께 저곳에서도, 나한테와 동시에 너한테서도, 어느 한 군데 머무르지 않고 물처럼 흘러 다니면서 흐름과 고임, 복류와 분출을 되풀이하는 것. 따라서 무(無)는 실상 '없음'이 아니라 '많음(多)'으로 읽어야 한다.

서울 성균관대학교 앞 풀무질서점. '아직' 있었구나, 감격에 가슴이 울컥한다. 학교 다닐 때 이런저런 일로 대학로 나올 때 가끔씩

들르던 곳인데, 자리는 조금 옮겼지만 사회 과학 서점 느낌 그대로 온전히 있다. 1985년 첫 이름이 생긴 때로부터 30년, 1993년 은종복 씨가 이어받은 때로부터는 22년째다. 책 읽기 모임은 풀무질서점과 같이 있는 풀무질책놀이터에서 한 달에 한 차례 열린다.

모임 이름이 없어 더 자유롭고 열린 책 읽기

> 모임 이름은 아직 없습니다. 환경단체 '풀꽃세상'을 통해 이어져 있던 시민 활동가들이 이야기 나누다 각자 소속 단체에서 책 모임을 한다는 걸 알았어요. 활동가끼리 모여 책을 읽자고 해서 시작한 게 벌써 10년이 훌쩍 넘었네요.

풀무질서점을 운영하는 '풀벌레'가 말문을 연다. 모임에선 별명을 주로 쓴다. '청산별곡' '히어리' '풀벌레' 등이다. 이름과 함께 얹혀 오곤 하는 나이나 신분이 대화의 평등성을 해칠 수 있음을 우려해서다. 물론 본명을 그대로 쓰는 사람도 있다.

모임은 2003년 시작되었다. 그때나 지금이나 그저 '책 읽기 모임'으로 불린다. 노자의 뜻을 이어받은 것일까. 최근 두 해 동안은 풀무질서점을 도우려고 곁에 딸린 '풀무질책놀이터'에서 주로 모임을 가졌지만, 좋은 책이 있고 좋은 사람이 있으면 어디나 찾아가서 모였다. 이름이 없기에 모든 곳과 이어질 수 있고, 모든 책을 같이 읽을 수 있으며, 모든 사람과 만날 수 있다. 인천 배다리 헌책방 골목에서 '책방 나비날다'를 운영하는 '청산별곡'이 말을 받는다.

함께 읽기 넘어 사회 운동 연대로

> 단순 독서 모임처럼 책 읽고 이야기 나누고 친목을 다지는 것 이상을 늘 생각합니다. '생태 평화 인권 나눔'을 실천하려는 이들을 연결해 상부상조하도록 돕는 일이 모임의 또 다른 목적입니다. 관련 지역, 출판사, 단체 등과 힘닿는 대로 같이하려고 매달 순회하면서 모였습니다. 책을 읽으면서 후원금 모으고 캠페인도 펼치는 등 사회 운동을 병행하고 있습니다.

지하 1층 대여섯 평 남짓한 공간에 들어서니 낮고 빨간 상 하나가 눈에 띈다. 가족과 둘러앉아 상을 벌이면 밥상이고, 교과서를 깔고 공책을 놓으면 책상이고, 대바늘과 실 뭉치를 올려놓으면 작업대이고, 과일 담긴 접시를 올려두면 응접탁자다. 지금은 청년 여럿이 같이 지은 『대학 거부 그 후』(교육공동체 벗)가 그 위에 놓이고, 주변으로 일고여덟 명이 둘러앉아 있다. 완전한 책 모임 자리다. 채식생태활동가인 '히어리'가 말한다.

> 책도 좋지만 사람이 더 좋아서 모입니다. 저희는 돈 없이도 꿈을 크

게 꿀 수 있는 사람들 모임입니다. 좋은 삶을 살아가려는 사람들이 서로 도울 수 있도록 저희 모임이 쓰였으면 좋겠습니다. 가난해도 웃을 수 있는 사람들과 함께하려고 늘 애써 왔습니다. 지역에 헌책방과 같은 의미 있는 공간이 생기면, 주인과 연락해서 그곳에서 모임을 진행합니다. 응원 가는 거예요. 여기저기 연락해서 헌책방도 알리고, 근처에 지인이 살면 초대도 합니다. 주인과 안면을 트면 오다가다 들러 책을 사는 등 단골이 되기 쉬우니까요. 헌책방에 공지를 붙여 알리면 지역 주민이 관심을 품고 오는 경우도 많습니다.

모임을 하면서 공간도 같이 홍보한다. 그곳에서 책을 구매하는 등 작은 도움을 주는 것은 당연하다. 느티나무헌책방, 이상한나라의헌책방, 이음책방, 아벨서점, 홍대 옆 책방 등 전국 곳곳의 작은 책방이 모임과 함께했다. 여성환경연대, 팔레스타인평화연대, 참살이연구원, 전국여성농민총연합회, 청년유니온, 녹색당 등 시민단체들과도 같이 책을 읽었다. 경기 가평, 충남 홍성, 전남 고흥, 부산 보수동 등 뜻 맞는 사람들이 있는 곳이면 어디든지 찾아가서 함께 책을 읽고 이야기를 나눈다.

수유리 유기농 칼국수집인 '재미난 밥상'에서 있었던 모임이 가장 기억에 남았다. 『가난뱅이의 역습』(이루)의 저자 마쓰모토 하지메가 일본 편집자와 함께 모임을 일부러 찾아와 이야기를 나누었다. 그는 도쿄 코엔지에서 재활용 가게 '아마추어의 반란'을 운영하면서 '가난뱅이 운동'을 하는 활동가다. 회원들이 추구하는 삶인

'자발적 가난'을 즐겁게 실천하는 덕분인지 느낌이 잘 통하는 사람이었다. 청산별곡이 말한다.

> 마쓰모토 하지메의 운동을 다룬 다큐멘터리 '아마추어의 반란'도 같이 보고, 저자와 함께 책에 대한 이야기도 나누었습니다. 그는 인간답고 또 즐겁게 사는 방식을 알려줍니다. 책을 읽는 동안 가난이 부끄러운 일이 아니라 밝고 씩씩하게 살아가는 원동력임을 깨닫습니다. 이야기를 나누면서 힘도 나고 신도 났습니다.

풀벌레가 말을 덧붙인다.

> 당시 상당히 지쳐 있었습니다. 촛불을 아무리 들어도 세상이 바뀌지 않고 오히려 탄압만 심해졌습니다. 그때 이 책을 읽었습니다. 마쓰모토 하지메는 술을 마시고 웃고 떠들며 세상을 바꾸려고 합니다. 처음 읽고 나서는 이래서 세상을 바꿀 수 있겠어 하고 시시하게 여기기도 했습니다. 그런데 한 번 더 읽고 만나서 이야기도 나누어 보니, 돈에 눈먼 세상을 이렇게 즐겁게 까발리고 뒤집을 수 있겠구나 하고 손뼉을 절로 쳤습니다.

웃음은 그 자체로 혁명일 수 있다. 권력은 사람들 발목에 진지하고 심각하고 무거운 추를 하나씩 덧달면서 삶의 무게를 더 많이, 더 크게 감당하라고 강요한다. 특히 현대 사회의 권력은 '소비'라는 욕망의 고리를 무한정 부풀림으로써 사람들로 하여금 더 많은 시간을 노동에 쓰도록 강제한다. 그러나 기나긴 노동을 통해 사람들은 한낱 '구매력'을 얻을 뿐, 자신을 위한 시간은 점차 빼앗기는 탓에 실제로는 우울과 불행의 연속을 살아갈 뿐이다. '더 많은 물건을 소유하라'는 지상 명령에 웃음으로 대응해 삐딱선을 타는 일은 그 자체로 권력의 시스템을 붕괴시킨다. 민중의 놀음이 주로 희극의 형태를 띠는 것은 우연만은 아니다. 소비를 거부함으로써 부풀려진 욕망의 풍선을 꺼뜨리려면 먼저 '빵 터지는 소리'를 낼 줄 알아야 한다.

그날 책 모임이 끝난 후 마쓰모토 하지메가 술병을 든 자신의 캐릭터와 함께 사인을 한 후 옆에다 "부자들 다 덤벼!" "가난뱅이도 뭐든지 할 수 있다!" "가난뱅이들, 난리법석을 피우자!"라고 써 주었다는데, 이 정도 유쾌한 기개가 있어야 가난 중에서도 항상 즐거울 수 있지 않을까 싶다.

함께 공부하고 함께 꿈꾸며

모임에 나온 이들은 이십대 중반 취업 준비생부터 환갑 가까운 교사까지 세대별로 고르다. 정승행 씨는 1980년대 중반 학창 시절부터 풀무질서점의 단골로 드나들다 모임에 합류했다. 정씨가 『대학 거부 그 후』에 대해 열정적으로 말한다.

> 오늘날 대학은 자본의 세계화를 실현하는 하부 단위로 전락했습니다. 하지만 자기 힘을 기르는 데 도움이 될 수 있다면 대학에 가서 교육을 받아야 합니다. 이 문제에는 따로 정답이 없습니다.

남현 씨는 고등학교 철학 교사로 지금 은퇴를 준비 중이다. 그가 말을 이어서 깜짝 놀랄 이야기를 한다.

> 어느 날 대학에 다니던 아들이 찾아와 자퇴하고 싶다고 해서 이 책을 읽었습니다. 큰일이구나 싶었죠. 대학을 거부하는 젊은이들 마음을 알아야겠다고 생각했습니다. 아들은 기어이 대학을 그만두고 지금은 자기 일을 하면서 씩씩하게 사는 중입니다.

그에 따르면, 대학을 거부할 수 있느냐가 문제가 아니라 돈을 거부할 수 있느냐가 문제다. 대학 졸업장이 없으면 현실의 차별이 무척 심하다. 일류 대학을 나와서 일류 직장에 들어가면 초봉이 30년 교사 월급보다 많다. 이 일그러진 현실을 고스란히 받아들이면서도 대학을 거부할 수 있어야 한다. 삶의 가치가 분명하지 못하면, 아니 삶의 가치가 뚜렷하더라도 견디기 쉽지 않은 일이다. 자발적 가난에 연대가 필요한 것은 이 때문이다. 홀로는 이겨낼 수 없기에 같이 공부하고 같이 꿈꾸고 같이 살아간다. 모임이 지금껏 긴 세월 동안 엄혹한 현실 속에서도 독서 공동체를 이루고 협동의 길을 촉진하려고 노력해 온 것은 여기에 한 술 밥을 보태기 위해서다. 젊은 회원들의 얼굴이 씩씩하고 환하다.

> 나눌 먹거리를 챙겨 오면 좋습니다. 개인 컵과 손수건, 장바구니를 챙겨 가지고 다니세요. 자신에겐 필요 없지만 남에게 필요할 수 있는 물건을 가져와 나누는 것도 좋아요.

모임이 있을 때마다 공지 아래 붙은 말이 소박하고 아름답다. 모임은 오랜 풀무질 시절을 끝내고 다시 세상을 돌아다니며 책을 같이 읽을 예정이다. 이름이 없기에 모든 뜻있는 모임에 열려 있으니 이 모임에 과연 '도'가 있지 않을까. 이 모임이 어떤 책 읽는 여정을 이룩할지 사뭇 기대된다.

삶과 앎을 하나로 하고 싶은 사람들을 위한 책

많은 이들이 말로 외치는 바와 실제 살아가는 바를 일치시키려 애쓴다. 그런 이들을 위해 우선 권정생의 『우리들의 하느님』(녹색평론, 2008)을 권한다. 이 책은 외롭고 힘들고 가난한 사람들이 서로 부대끼고 사랑하는 삶이 하느님으로 살아가는 일임을 깨닫게 해 준다. 남북이 하나 되는 평화로운 세상, 온 세상 아이가 환하게 웃는 세상을 이루려고 애써 온 저자의 삶을 떠올려 보면 그의 글이 얼마나 귀한지 알게 될 것이다.

강수돌, 『살림의 경제학』(인물과사상사, 2009)

권정생, 『우리들의 하느님』(녹색평론, 2008)

김기섭, 『깨어나라! 협동조합』(들녘, 2012)

님 웨일즈, 『아리랑』(동녘, 2005)

리영희, 『대화』(한길사, 2005)

쓰지 신이치, 『행복의 경제학』(서해평론, 2009)

아다치 리키야, 『군대를 버린 나라』(검둥소, 2011)

전희식, 『똥꽃』(그물코, 2008)

지율, 『초록의 공명』(삼인, 2005)

최진영, 『당신 옆을 스쳐간 소녀의 이름은』(한겨레출판, 2010)

서울 상경다락방

'나를 위한' 책 읽기로 아이와 삶을 다시 발견하다

> 2012년 가을이었어요. 학교에서 공지가 왔는데, 독서 강좌였어요. 아이들한테 책 읽히는 방법이나 배울까 해서 나갔죠. 그날부터 모든 게 변했어요.

박미경 씨가 말한다. 학교는 서울 노원구에 있는 상경초등학교, 그는 학부모였다.

마들은 본래 말들의 땅이었다. 조선 때 여기 역참이 있었다. 넓게 초지가 펼쳐지고, 말들을 풀어놓아 살찌게 했다. 말들은 자유롭게 놀면서 저 홀로 다리에 힘을 붙이고, 쓰일 일이 있을 때에는 힘차게 달렸을 터이다. 수락산은 네 계절 모습이 모두 빼어나고 곱다. 흰 계곡을 타고 흐르는 물이 시원하고 거침없다. 신속할 때에는 마음이 저절로 씻기는 듯하고, 완만할 때에는 생각이 고요히 깊어지는 듯하다. 김시습이 초막 지어 숨어 살고, 박세당이 제자 두어 글방을 이룬 뜻이 웅숭깊어 고개가 끄덕여진다.

웃음소리가 청명한 하늘에 부서진다. 가을이다. 아이들은 정말 대단하다. 학습의 무게 속에서도 자유의 형식을 끊임없이 발명한다. 틈나면 공을 차고 고무줄을 논다. 딱지를 치고 그네를 타고 수다를 떤다. 학원들 수천 곳이 즐비한 사교육의 땅 노원에서도, 부모가 정한 궤도만을 달리는 아이는 극히 드물다. 자율을 연습하지 않으면 나중에 홀로 설 수 없음을 본능으로 알고 실천한다. 이 들을 마음껏 달리던 말 같다. 김광미 씨가 말을 잇는다.

> 북스타트코리아 이경근 실장님 강의였어요. 평생 잊지 못할 감동이었습니다. 여러 사람이 눈물을 쏟았어요. 놀 자유, 읽을 자유를 강제로 빼앗긴 아이들이 공부는커녕 부모와 사이가 점점 틀어지고 저들끼리도 삭막해지면서 죽음으로까지 내몰리는 걸 보았죠. 아이들한테 못할 짓 하고 사는 기분이 들었죠.

감격과 죄책에 떨고 있을 때, 이경근 실장이 같이 책 읽는 모임을 제안했다. 마법에 홀린 듯 너도 나도 이름을 적었다. 초등학교 이름을 단 특이한 독서 공동체 상경다락방이 순식간에 이루어졌다.

부모가 책을 읽자 아이가 달라 보였다

초등학교 부모 독서 모임은 만들기 쉽지만 유지하기는 상당히 어렵다. 반 모임은 반이 갈리면 흩어지고, 곧잘 참석하다가도 아이가 졸업하면 모임에 발을 끊는다. 새로운 피를 수혈했지만, 상경다락방이 몇 해째 이어지는 것은 기적에 가깝다. 아이들 돌보고, 집안일에 치이고, 온갖 자질구레한 것을 챙기다 보면, 시간은 저절로 손아귀를 빠져나가고 정신은 흐트러져 멍 때리기 일쑤다. 책을 읽는 사치를 부리기는 어렵다. 문미성 씨가 이야기한다.

> 처음 언니가 모임을 같이하자고 했을 때 너무 부담스러웠어요. 마음은 굴뚝 같았지만 할 수 있을까 싶었죠. 문득 결혼 이후에는 나를 위해 읽은 책이 하나도 없구나 하는 생각이 들었습니다. 사는 게 허망한 기분이 들어서 일단 모임에 나오기로 했습니다. 첫 번째로 읽은 책이 『걱정을 걸어 두는 나무』였어요. 어린이책이지만 어른인 제가 읽어도 느끼는 바가 많았습니다. 묘한 성취감이 생겼습니다. 계속하고 싶어졌어요.

아이들은 자기 전에 그날 있었던 일을 조잘조잘 이야기한다. 기쁨과 슬픔, 자랑과 걱정 등을 털어서 하루를 온전하게 만든다. 창조는 지금 이 순간에 집중할 수 있는 마음의 능력에서 온다. 아이들이 항상 기발한 것은 어제가 없기 때문이다. 아이들이 하루를 말할 때 공부나 하라든지, 잠이나 자라든지 하면서 잔소리를 던지면 어제가 고스란히 아이 마음에 남아 현재로 충만한 마음이 사위어 버린다. 아이에게서 창조를 빼앗는 짓이다. 부모는 '걱정을 걸어 두는 나무'가 되어야지 시끄러운 메가폰이 되어서는 곤란하다. 오선미 씨가 말을 받는다.

> 하지만 어린이책을 주로 읽는 건 아닙니다. 엄마로서 아이들을 느껴보려고 추천 도서에서 가끔씩 고르는 정도예요. 아이 위주로 책 읽는 일은 싫습니다. 책은 전적으로 '나를 위해' 읽어요. 아이를 낳고 나서 혼자 책 읽는 게 무척 힘들었어요. 생각이 아이로 좁혀지면서 점차 나 자신이 사라지는 기분이었습니다. 모임에서 매주 같이 책을 읽으면서 삶의 흐름이 달라졌죠. 재미가 커졌어요. 끌탕하지 않게 되었습니다. 그러자 아이가 갑자기 달라 보였어요. 사실, 아이는 바뀐 게 없죠. 제가 바뀐 거예요.

결혼하며 멈춘 나의 시간 되돌리기

부모는 결코 아이에 맞추어 살아선 안 된다. 아이가 부모에 맞추어 살아야 한다. 한국 사회의 많은 병폐는 이 기묘한 역전에서 나왔다. 사교육비에 휘청하는 가계만 문제는 아니다. 아이들 공부를 중심으로 삶이 돌아가면서 노동이나 놀이 등 가족 간 유대에 필수적인 시간들이 모조리 증발한다. 생일이나 김장 등 온 가족이 어울려야 할 때도 아이 혼자 독서실에 가 있는 일은 얼마나 흔한가. 행사치레로 하는 외식이나 여행을 제외하면 온 가족이 함께하는 시공간을 마련하기는 아주 어렵다. 이런 삶이 계속되면 부모는 부모대로 힘들고 아이는 아이대로 겉돈다. 한 해도 제대로 살아가기 힘들다. 이처럼 아이가 가족의 중심에 서면, 삶의 질은 빠르게 떨어진다. 부모의 독서는 아이의 삶에 대한 적당한 무관심을 가져옴으로써 가족을 조금이라도 회복한다. 홍은영 씨가 곁을 단다.

> 모임에 나와 책을 같이 읽는 건 결혼하면서 멈춘 시간을 되돌리는 일입니다. 저 역시 아이가 공부 잘해서 좋은 대학에 갔으면 하고 바랍니다. 엄마로서 아이를 도와 최선을 다하려 합니다. 하지만 제 맘대로 할 수 있는 건 아닌 듯싶습니다. 인생을 살아가는 데에는 점수보다 정서가 더 중요하다고 생각합니다. 마음이 건강한 어른으로 자랐으면 좋겠습니다.

부모가 자기 시간을 챙기면 아이한테도 자기 시간이 생긴다. 붓다나 예수는 광야로 가고 숲으로 가서 '혼자 있는 시간'을 지내는 출가의 결단이야말로 진리로 가는 첫 걸음임을 보여 주었다. 책 읽는 일은 일상을 살면서도 맑고 깨끗한 산으로 올라가 자기의 참된 모습을 찾는 일이다. 아이의 성취를 빌미 삼지 말고 자신의 삶 자체가 기쁨이 되도록 살아가야 한다. 그렇지 않으면 아이는 부모에게 도구가 될 뿐 인격체로 다가오지 않는다. 이지연 씨가 말을 덧댄다.

> 매주 모임에 나오니까 사회생활을 다시 시작하는 것 같습니다. 가족 말고 소속감이 생겨서 참 좋아요. 친구랑 둘이서 오래 책 모임을 했는데 다소 시들해진 참에, 이 모임이 있다는 말을 듣고 제 발로 찾아왔습니다. 고등학교 때 이후로는 사람을 깊이 사귄 적이 없었는데, 책 마실 나와서 수다 떨고 나들이도 같이 다니면서 정이 아주 깊어졌습니다.

남편과 자식 얘기를 벗어나게 하는 마법

주부들은 사실 상상할 수 없을 정도로 외롭고 힘들다. 집안일이란 강도는 아주 높은 데 비해 사회적 인정은 극도로 인색한 이상한 종류의 노동이다. 오래전 여성학자 오한숙희 씨가 '그래, 우리 수다로 풀자'라는 제목의 책을 낸 적이 있다. 수다도 속풀이에 중요하지만, 수다를 위한 만남 자체가 어쩌면 더 중요한 것은 아닐까.

책은 수다의 격을 우아하게, 무엇보다도 풍요하게 해 준다. 남편 얘기, 자식 얘기가 아니라 자기 이야기를 꺼낼 수 있는 마법의 도구 상자다. 루슈디의 『하룬과 이야기 바다』에 나오는 이야기 바다 같다. "바다 색깔별로 하나씩 이야기가 들어가 있다. (중략) 이야기 바다는 우주에서 가장 큰 도서관이다. 이 바다에서는 이야기가 액체 상태로 저장되어 변신도 가능하다. 새로운 버전으로 나타날 수도 있다. 다른 이야기와 합쳐 전혀 다른 이야기가 된다. 이야기 바다는 이야기 창고가 아니다. 죽은 게 아니다. 살아 있다."

매주 월요일 오전 10시, 상계 숲속작은도서관은 이야기가 물결치는 거대한 바다로 변한다. 이곳은 돌아가면서 시간을 맡아 자원봉사자들이 운영한다. 명예 관장인 김광미 씨를 필두로 상경다락방 회원이 주축이다. 일주일에 하루, 아이들을 흙 운동장으로 불러 모아 우리나라 옛놀이를 전수하고, 아이들이 자유롭게 놀도록 돕는 일도 한다. 어른들에게 일과 삶의 조화가 중요하듯, 아이들에게도 공부와 놀이의 균형은 중요하다. 김광미 씨가 말을 붙인다.

> 아이들이 학교를 졸업해도 모임을 계속할 수 있도록, 모임 이름을 바꿀까 고민 중입니다. 정이 붙어서 이대로 헤어지면 아쉬움을 이기지 못할 것 같아요. 상경초등학교 학부모로 서로 만났지만 학교나 아이들을 위해서가 아니라 우리 자신을 위해 책을 읽어 왔으니까 더 먼 길을 함께 가도 좋지 않을까요?

마들역과 수락산역 사이 아파트가 끝없다. 왼쪽으로 멀리 도봉이 배경을 이루고, 오른쪽으로 수락이 우뚝하다. 벌써 서른 해 가까운 오래된 단지라 처음에 생경했을 사람살이가 어느새 포근한 숲과 조화를 이루었다. 자연은 달리 자연이 아니다. 사람이 손대지 않으면 본디 자리에 있던 것처럼 만들기에 스스로 자(自), 그러할 연

(然), 자연이라 불린다. 처음에는 거대한 콘크리트 건물이 버거워 보여 안쓰러웠던 가느다란 나무들이 어느새 아름드리로 자라 숲을 이루었다. 가을 드니 은행은 노랗고 단풍은 빨갛다. 햇살은 포근하고 풍경은 아름답다. 책이 벗을 만나고 세월이 쌓여 정이 맺혔으니 이어감이 자연스럽지 않은가.

상경다락방이 초등학생 부모에게 권하는 책

초등학생을 둔 부모라면, 아이들 독서에 관심이 많겠지만 먼저 자신을 위한 독서부터 하라고 권하고 싶다. 이 책들은 아이는 물론이고 어른이 읽어도 살아가는 데 많은 영감을 준다. 특히 『야누슈 코르착의 아이들』(양철북)은 어린이 인권을 다룬 책인데, 아이 키우는 부모라면 무조건 읽으라고 하고 싶다. 읽다 보면 지금 내 곁에 아이가 있다는 것만으로 행복하다는 걸 알 것이다.

구료사나기 테츠코, 『창가의 토토』(프로메테우스, 2004)
니콜라스 카, 『생각하지 않는 사람들』(청림출판사, 2011)
다니엘 페나크, 『소설처럼』(문학과지성사, 2004)
마르안느 머스크로브, 『걱정을 걸어두는 나무』(책속물고기, 2010)
야누슈 코르착, 『야누슈 코르착의 아이들』(양철북, 2002)
이영숙, 『식탁 위의 세계사』(창비, 2012)
장 지오노, 『나무를 심은 사람』(두레, 2005)
최재천, 『생명이 있는 것은 다 아름답다』(효형출판, 2001)
트리나 폴러스, 『꽃들에게 희망을』(시공주니어, 1999)
포리스트 카터, 『내 영혼이 따뜻했던 날들』(아름드리미디어, 2003)

청주 북클럽 체홉

자본에 밀려 비어가는 도심, 독서의 향기로 채우죠

약속 시간이 좀 이르다. 일요일 오전이라 지나는 사람조차 없다. 청주 무심천변에 차를 놓고 '북클럽 체홉'이 있는 남주동 골목을 잠시 걷기로 한다. 일없이 골목마다 내키는 대로 기웃거린다. 어릴 적 자랐던 서울 약수동 골목 같다. 유서 깊은 동네에서는 아무도 절대 길을 잃지 않는다. 바둑판처럼 길이 반듯하고 찍어낸 듯 집 모양이 엇비슷한 새 동네에서나 사람들은 제자리로 돌아오지 못한다. 오래된 동네에 가면 차라리 지도를 버리는 편이 낫다. 발길로 길을 잇고 눈썰미로 구별해야 한다. 눈길 끄는 것들로 골목 이름을 붙이자. 은행나무 길, 연탄재 길, 빨강대문 길, 빨랫줄 길, 동네슈퍼 길, 낙서 길…. 자주 집으로 막히고 얼기설기 얽혀 복잡해 보여도, 이런 골목은 몸을 늘 다른 골목들로 옮겨 준다. 주변을 살피면서, 천천히, 슬금슬금, 멀리까지 갔다가 제자리로 다시 돌아온다.

공동화된 도심에 문화를 옮겨 심다

처음엔 깜빡 지나칠 뻔했다. 북클럽 체홉이라 해서 우아한 카페 같은 곳을 연상했다. 결기 있는 선비 소종민 씨를 풍문으로 잘 알면서도, 혹여 '그새 돈 좀 벌었나?' 하는 마음이었다. 그러나 여전히 그는 '응답하라 1988'이다. 추위를 막느라 뽁뽁이를 덧댄 창으로는 사무실 안이 들여다보이지 않는다. 문 위로 연통이 삐죽하니 튀어나오고, 한 옆으로 연탄재가 줄줄이 쌓여 있다. 연통을 빼내려고 합판을 덧댄 자리에 녹색 페인트로 'BOOK'이라고 휘갈겨 있다. 건물은 낡아 타일이 떨어지고 녹물로 얼룩진 자리가 여기저기 눈에 띈다. 소 씨가 말한다.

> 2층은 살림집이고 1층은 사무실로 씁니다. 여러 달, 이 자리가 비어 있었어요. 전에 있던 사무실은 연극하는 이들과 같이 썼는데, 새로운 모임 자리를 마련하려 할 때 이 건물이 눈에 들어왔어요. 주인에게 연락을 넣어 형편을 이야기했습니다. 처음엔 답이 없더니, 며칠 후 연락이 왔습니다. 그사이 저희가 하는 일을 좀 알아보셨나 봐요. 그래서 말도 안 되게 싼 월세로 여기로 옮겼습니다.

말을 듣고 보니 골목 곳곳에 이가 빠져 있다. 사람의 온기가 돌지 않는다. 본래 여기 근처가 청주의 중심지다. 사람들이 편리를 좇아 새 도시로 빠져나가고 장사하는 가게들도 뒤이어 그곳으로 자리를 옮겼다. 거리가 적막하다. 이제는 임대를 놓아도 가게나 사무실이 좀처럼 들어서지 않는다. 정치와 자본이 결탁해 재개발이라는 장밋빛 전망을 수시로 내놓지만, 아무리 기다려도 당분간 일이 벌어지지는 않을 것이다. 자부심 높은 터줏대감들이 생활에 지쳐 거의 떨어져 나갈 때까지 계획만 발표해 두고 야금야금 시간을 보낼 것이다. 삶의 오랜 터전을 폐허로 만들어 그 가치를 바닥까지 떨어뜨리는 것은 자본의 근본 전략이다. 개발 이익을 극대화하려면 한 지역 전체를 일단 사람 살기 어려운 곳으로까지 밀어붙이고, 가격이 폭락했을 때 헐값에 사들이는 단계를 거쳐야 한다. 자본의 입장에서 도심 공동화는 하나의 필연이다.

서울에서 여기로 내려오면서 모임을 시작했습니다. 2000년 가을이니까 벌써 15년이 지났네요. 별다른 연고는 있지 않았습니다. 굳이 따지자면 저는 영동, 집사람은 보은이 고향이니까 희미한 끈이 있을 정도였죠. 서른여섯 때인데, 안사람과 결혼해서 아기가 막 태어났을 무렵이었습니다. 서울 살림살이가 막막해서죠.

읽기와 쓰기 함께하며 작가 배출

북클럽 체홉을 이끄는 소 씨는 문학 평론가로서 한국작가회의 사무총장을 지냈다. 아내인 소설가 윤이주 씨와 소설 창작 모임에서 만나 연분을 맺었다. 처음 내려왔을 때 도움을 많이 준 사람은 소설가 김남일 씨다. 호구를 위해 청소년 논술 모임을 여는 한편으로 지역에서 소설과 동화를 쓰는 이들과 함께 창작 합평 모임을 시작했다. 서울과 광주에서도 사람들이 와서 합류했다. 같이 쓰고 같이 읽고, 치열하게 말을 섞으면서 실력을 다지고 포부를 나누었다. 인심 넉넉한 부부는 그때마다 기꺼이 신혼집을 내주었다. 모임의 처음 이름은 '책과 글'이었고, '멧새통신'이라는 인쇄물도 찍어내 문학적 갈망에 값하는 기염을 토했다. 책읽기와 글쓰기가 같은 비중을 갖는 공동체 체홉이 청주에 뿌리를 내렸다. 윤 씨가 말을 거든다.

> 모임을 거쳐 많은 이가 등단했어요. 『시간을 파는 상점』의 김선영 씨, 『사춘기 가족』의 오미경 씨, 『제리』의 김혜나 씨 등이 같이 공부했지요. 시인 겸 평론가로 지역에서 주로 활동하는 정민 씨도 오랫동안 함께하고 있습니다. 처음에는 합평을 주로 했지만, 세계 문학의 명작도 함께 읽었습니다. 읽지 않고 쓰는 건 어려우니까요. 2002년에 노벨연구소가 선정한 '세계문학 100선'이 발표되었는데, 작품들이 좋아서 한 권씩 같이 읽어 나가기로 했습니다. 그러다 어느 순간부터 책읽기 비중이 서서히 늘어났죠. 읽기의 매력에 푹 빠졌죠.

체홉이라는 이름은 2012년부터 달았다. 별다른 계기는 없었다. 부부는 언젠가 작가 이름을 붙인 공간이 갖고 싶었다. 영화 '비포 선셋'에 나오는 파리의 고서점 '셰익스피어 앤드 컴퍼니'가 마음속

모델이었다. 그런 서점을 여는 일은 아직도 부부의 꿈이다. 발목을 잡은 것은 언제나 돈이다. 소 씨가 말한다.

> 벌써 청주에서 다섯 번째 자리입니다. 가장 살 만한 곳을 찾아서 바퀴벌레처럼 옮겨 다녔죠. 율량동, 수동, 문의, 남주동 등. 고은 선생의 초기 시 '문의 마을에 가서'로 유명한 문의에서는 우사를 개조한 서재를 마련해서 모임을 한 적도 있었습니다. 쇠똥 냄새가 미처 가시지 않은 곳이었죠. 머무르던 곳에서 옮기게 되는 것은 항상 재개발 탓이었죠.

자발적 가난 속 작은 사치가 체홉이라는 이름이다. 외래어 표기로는 체호프가 맞지만 일부러 체홉이라고 적었다. 어감이 더 상냥하고 따스하단다. 체호프의 기일에는 사진도 걸고 낭송도 하고 전시도 하고 싶다. 아직은 모두 꿈에 가깝고, 지금은 마음 맞는 이들과 함께 책을 읽는 데 집중하는 중이다. 윤 씨 목소리가 낭랑하고 힘 있다.

> 카프카의 「공동체」라는 글에서 '다섯'이라는 숫자를 만났죠. 저희는 이 숫자를 좋아합니다. 체홉을 거쳐서 간 사람이 백여 명이 넘습니다. 소모임까지 모두 합치면 지금도 열다섯에서 스무 명 정도 모입니다. 하지만 다섯이면 충분합니다. 이 숫자면 모임을 죽을 때까지 계속할 수 있습니다.

책 읽기에서 다른 삶을 창조하다

읽기에서 쓰기로 가는 게 보통이다. 쓰기에서 읽기로 들어서는 모임은 흔치 않다. 매달 마지막 금요일에 모이지만, 수시로 마실 나오는 이들이 있어서 번개 모임을 띄는 경우도 잦다. 따로 규칙은 없다. 발제도 하지 않는다. 책을 가장 열심히 읽은 회원이 자연스레 모임을 이끌어 간다. 수다나 친목으로만 흐르지 않도록 작품의 세부에 깊이 주목하는 게 유일한 강제다. 홀로 읽을 때는 전혀 발견할 수 없었던 구절들이 끌려 나오면서 대화를 '촉발'한다. 소 씨의 어조에 열이 깃든다.

> 촉발은 '홀로 읽기'보다 '같이 읽기'에서 자주 나타납니다. 어떤 책이든 자기 목소리로 들리는 구석이 반드시 있죠. 그 부근에 집중해서 이야기하다 보면, 어느 순간 각자 읽은 것이 연결되면서 대화가 폭발하곤 합니다. 봇물이 둑을 넘듯, 다른 이들의 읽기 속으로, 삶 속으로 들어서면서 새로운 감각과 사유가 생겨나는 걸 느낍니다.

촉발은 프랑스 철학자 질 들뢰즈한테서 온 말이다. 마주침을 통해서 하나의 삶 속에 다른 삶을 창조하는 일이다. 닫힌 내부에다 외부를 삽입하고 막힌 골목에서 너머를 만들어 내는 일이다. 문리(文理)가 탁 트이는 느낌이라고 할까, 마음이 곧장 시원해지고 책의 비의(秘意)가 이해되면서 삶에 수용되는 순간이다. 같이 읽는 중에 삶을 새롭게 하는 데 필요한 작은 밑천이 생겨나는 것이라고도 할 수 있겠다. 일요일 오전, 아무도 오지 않는다. 윤 씨의 허스키한 목소리가 사방에 가득한 책들에 가 닿는다.

> 시간 되면 무조건 시작합니다. 책을 가장 잘 읽은 회원이 계속 이야기하도록 내버려 둡니다. 대개는 각자 할 말이 많으니까 한 사람이 독주하는 경우는 드뭅니다. 틈을 잘 채지 못하면 한 마디 얹기가 상당히 어려운 편이죠. 하지만 말을 많이 하는 사람이 감동도 가장 컸던 사람입니다. 그 사람을 따라가는 것이 전체한테 도움이 됩니다. 말하는 이는 시간에 구애 받지 않고 충분히 느낌을 이야기할 수 있고, 듣는 사람은 총명함의 미덕을 얻을 수 있습니다. 남의 말을 경청할 줄 아는 사람이 바로 총명한 사람입니다.

지향은 없지만 자발적인 공동체

작가와 작자가 많아서인지, 신뢰가 서로 대단하다. 빌미를 잡으려고 다투는 모임 풍경이 저절로 머릿속에 떠오른다. 작자는 아직 등단을 하지 못한 예비 작가를 말한다. 하지만 합평이 줄어들면서 일반 시민들 참여도 점차 늘고 있다. 채식주의자, 전업 주부, 타로카드 상담가, 영문학 박사, 스페인어 강사, 도시공학도, 협동조합 대표 등 문인 중심에서 책 읽기가 절박한 이들로 다양성이 점차 늘고 있다. 소 씨가 말한다.

> 모이다 보면 생각지 못한 우정의 연대를 경험합니다. '공동체 없는 공동체'라는 말을 모임에서 자주 합니다. 공동체의 인위적 지향은 갖지 않되 자발적이고 능동적으로 서로 힘을 보태고 있습니다. 이 동네는 사실상 죽어 있습니다. 상권도, 사람도 흩어져 버렸죠. 초여름에 각자 책을 싸들고 나와 무심천 위 인도교에서 헌책 페어도 했습니다. 완판을 한 회원이 있을 정도로 호응이 뜨거웠죠.

어찌 보면 부부의 오랜 꿈인 서점을 향한 첫 발을 뗀 셈이다. 그러고 보면 공동화라는 자본의 책략에 저항하는 가장 좋은 방법은 문화의 이주다. 가난한 예술가들에게 빈 건물을 싸게 임대하는 등 공간을 내주면 예술가들은 서서히 주변을 아름답게 바꾸어 간다. 매력적인 라이프 스타일을 동네에 이식한다. 뉴욕의 브루클린이나 서울의 상수동을 비롯한 많은 지역이 문화와 예술을 통해 되살아났다. 자본을 좌절시키고 본래 주민에게 터전을 되돌려 줄 길은 그 방법밖에는 솔직히 없다. 나중에 젠트리피케이션 문제가 없도록 할 필요는 있지만, 북클럽 체홉이 우선 앞길을 열었다. 누가, 어떻게 뒤를 이을 것인가?

북클럽 체홉이 추천하는 '숨은 보석 같은 외국 문학'

흔하디흔한 고전이 아니라 보석처럼 숨어 있는 외국 문학에 입문하려는 이들에게 먼저 중국 작가 심종문의 소설 『변성』(정재서 옮김, 황소자리, 2009)을 추천하고 싶다. 자연의 품에서 인간은 자신을 괴롭히지 않고 서로의 아름다움을 찬양하며 살아간다. 그러다 시간이 되어 자연의 품으로 돌아간 후에는 남은 이의 그리움 속에서 영원한 아름다움으로 되살아난다. 이러한 우주의 순환을 변방의 구체적인 풍경과 인물을 통해 드러내는 걸작이다.

가싼 카나파니, 『불볕 속의 사람들』(창작과비평사, 1996)

로베르트 무질, 『세 여인』(문학과지성사, 1997)

버지니아 울프, 『파도』(솔출판사, 2004)

심종문, 『변성』(황소자리, 2009)

오에 겐자부로, 『인생의 친척』(웅진지식하우스, 2005)

이탈로 칼비노, 『보이지 않는 도시들』(민음사, 2007)

조에 부스케, 『달몰이』(봄날의책, 2015)

푸쉬킨, 『에브게니 오네긴』(열린책들, 2009)

헨리 제임스, 『나사의 회전』(민음사, 2005)

후안 룰포, 『뻬드로 빠라모』(민음사, 2003)

대전 백북스

교수와 제자들 강의실 모임, 학교 담장 넘어 세상을 품다

혁명은 세계를 거듭나게 하는 일이다. 진부함에서 참신함으로, 억압에서 해방으로, 죽음에서 삶으로 세계의 중심축을 옮겨 간다.

일본의 철학자 사사키 아타루는 『잘라라 기도하는 그 손을』에서 혁명은 읽기와 쓰기로 이루어진다고 말했다. 피로 이루어지는 혁명 이전에 세상의 법을 다시 쓰는 혁명이 선행하고, 세상의 법을 다시 쓰는 혁명 이전에 텍스트를 반복해서 읽는 일이 존재한다는 것이다. 아타루는 말한다. "루터는 무엇을 했을까요? 성서를 읽었습니다. 그는 성서를 읽고, 성서를 번역하고, 그리고 수없이 많은 책을 썼습니다. 이렇게 하여 혁명이 일어났습니다. 책을 읽는 것, 그것이 혁명이었던 것입니다."

2002년 6월 월드컵 열풍이 불었다. 말 그대로 뜨거운 바람이었다. 거리마다 붉은 옷을 입은 사람들이 나와 목청을 돋우어 축구를 응원했다. 거대한 카니발이었다. 억압의 폭발이자 자유의 확인이었다. 민중의 소멸이자 다중의 출현이었다. 소위 '월드컵 세대'의 혁명적 등장이었다. 그로부터 많은 시간이 지났다. 축제는 끝나고 열광은 주저앉았다. 다중의 힘을 찬양하던 입들은 도대체 어디로 갔는가. 월드컵은 과연 혁명이었을까?

같은 시절, 대전에서 작은 움직임이 시작되었다. 수만 명이 몰려들어 고함치는 거리를 홀연히 버려두고, 대학교수 대여섯 명과 학생 스무 명 남짓이 강의실에 둘러앉았다. 손에는 잭 웰치의 『끝없는 도전과 용기』가 있었다. 100권독서클럽의 첫 자리였다. 두 주에 한 권씩 책을 읽으면 한 해 25권, 대학 졸업 때까지 100권은 읽을 수 있다고 생각해 붙인 이름이었다. 한남대 현영철 교수와 강신철 교수가 모임을 이끌었다. 처음에는 제자들의 '독서 스펙'을 만들어 주려는 동기가 있었다.

기업은 늘 아우성이다. 책을 읽지 않은, 아니 읽지 못하는 학생들을 멀쩡히 졸업시키는 대학을 이해할 수 없어 한다. 단지 지식 탓은 아니다. 지식은 시험을 통해 체크할 수 있다. 문제는 학습 능력이다. 대학까지 배운 지식의 대부분은 졸업해서 10년이 채 지나기 전에 유효성을 잃는다. 지식정보 사회에서는 혁신이 일상적으로 일어나기 때문에 관습에 따른 삶은 전혀 인정되지 않는다. 낡은 지식을 내려놓고 새로운 지식으로 옮겨 가면서, 내면에 지혜를 축적하는 수밖에 다른 길은 없다. 따라서 학생들이 대학에서 배워야 하는 것은 지식이 아니라 학습 자체다. 배우는 능력이다. 배우는 능력은 읽기를 마음과 몸에 붙이는 방법 말고 키우는 방법이 마땅치 않다.

성인의 문해력이 경제협력개발기구(OECD) 국가 최하위권인 이 나라에서 기업이 난독증 학생을 대량 배출하는 대학을 비난하는 건 당연할 뿐이다.

전국으로 확산… 국내 최대 독서 공동체로

진짜 혁명은 사소한 차이로부터 비롯하는 경우가 흔하다. 학생한테 책을 읽으라고 하지 않고, 학생과 같이 책을 읽겠다고 나선 스승의 솔선은 예기치 못한 변화를 불러왔다. "대학 졸업 후 전공 서적만 읽다가 교양 서적을 읽자니 2주에 1권도 부담되었지만 책 읽는 재미가 쏠쏠했다." 백북스 홈페이지에 올린 강신철 교수의 고백이다. '쏠쏠'은 읽기 중독의 첫 단계다. 쏠쏠한 일 중에서 우리가 쉽게 버릴 것은 하나도 없다. 제자보다 스승의 몸에 먼저 책이 붙어버린 것이다. 쏠쏠함조차 없었다면 어찌 견뎠을까. 공동체가 터를 잡을 때까지 걸린 기나긴 세월을.

> (총무하고) 단둘이 나와 아침을 먹으며 토론하기도 했고, 토론자하고 셋이서 토론하는 날도 있었지만 건너뛴 적은 없다. 토론자 없이 혼자 하더라도 독서 끼니를 굶을 수 없다고 생각했다.

쏠쏠함에서 끼니로, 행간에 숨긴 마음고생이 절절하다.

오늘의 백북스는 국내 최대의 독서 공동체 중 하나다. 대전에만 도 회원이 삼백오십 명에 이르고, 정기 모임에도 사십 명 정도는 넉넉하다. '인문 고전 읽기' '사진과 인문학' '생물학 소모임' '수학 아카데미' 등 갈라져 따로 책 읽고 공부하는 소모임만도 열 군데 가깝다. 아방가르드 예술을 공부하는 '당장 만나 프로젝트' 같은 신기한 명칭의 모임도 있다. 대전이 전부가 아니다. 서울, 인천, 충북에서도 백북스는 별도로 모임을 잡아 열린다. 시민들이 자립적으로 이룩한 지식 생산 및 공유의 대명사로 성장했다. 모임은 창립 이래 지금까지 한 번도 거르지 않았다. 지금은 매달 둘째, 넷째 화요일 오후 7시 15분에 모인다. 횟수가 벌써 삼백 회를 훌쩍 넘겼다. 온라인 회원도 전국에 만 오천 명가량이나 된다. 박성일 상임 대표가 말한다.

> 서울과 달리 대전 같은 지방 도시는 농축된 지식을 짧은 시간에 흡수할 수 있는 곳이 많이 없습니다. 저희는 단지 책을 읽는 데서 그치는 게 아니라, 저자를 초청해 강의를 듣거나 발제자를 정해 발표하도록 한 후 토론합니다. 저자한테는 너무 대중적으로 풀려고 하지 말고 내용이 어려우면 어려운 대로 충분히 이야기해 달라고 부탁합니다. 토론자 역시 책을 요약하는 수준에서 그치지 말고 관련 분야의 책을 함께 섭렵해서 수준 높게 연구한 후 발제하도록 합니다. 발제는 충분한 시간을 주고 맡기는 경우가 많습니다.

연구하고 토론하는 진지한 모임

백북스 모임에서 가장 특이한 건 '연구하는' 내부 발제자다. 대덕연구단지가 있는 대전의 특수성이 아니면 좀처럼 이루기 힘든 요소다. 아파트 마당에서 "김 박사!"하고 소리치면 한 층에 한 사람은 창문으로 고개를 내민다는 곳이다. 한 해쯤 지나 100권독서클럽이 자리 잡을 무렵, 외부 초청 토론자가 모임 취지에 공감해 회원이 되는 일이 자주 생겨났다. 교수와 학생 독서 모임에서 시민 독서공동체로 확산되는 성장기로 접어든 것이다. 박학다식한 박문호 박사가 모임에 참석해 토론을 주도하면서 활동의 폭이 커졌다. 그러자 과감하게 학교 담장을 넘어 연구단지 안에 있는 한국전자통신연구원 건물로 자리를 옮겼다. 주변 연구원들 참여가 폭발적으로 늘어났다. 다들 책에 목말라 있었다. 외부 토론자를 섭외하기 어려운 번역서도 한 해 여덟 번 정도 수준 높은 내부 발제가 가능한 것은 독립 연구 능력을 갖춘 풍부한 인력 덕분이다. 이정원 백북스 이사가 말한다.

> 저도 연구원입니다. 사실, 저는 책 읽는 사람이 아니었습니다. 사람 때문에 나오기 시작했죠. 모임에 나오고 나서야 책이라는 세계가 있음을 알았습니다. 이 사람들하고 친하게 지내야 한다고 생각했습니다. 책 읽고 공부하는 것이 좋아졌어요. 게다가 모임 활동을 하면서 발표 스킬도 늘어났습니다. 회사 홍보팀에서 아주 좋아하더라고요.

이정원 이사는 뇌과학을 이용해 예술과 무의식의 비밀을 풀어낸 '통찰의 시대'를 연구 발표했다. 그 내용이 아주 좋아서 서울백북스 등에서도 같은 내용으로 강연을 했다. 이 발표는 어쩌면 하나의 작은 상징과도 같다. 과학과 인문학의 균형을 잡는 게 백북스의 주요 목표이기 때문이다. 책을 선별할 때 과학 책을 40퍼센트가량 배정해서 과학적 사고의 확산에 기여하려 한다. 대덕과 대전의 분리를 극복하는 데도 이런 선정이 도움이 된다. 박성일 대표가 말한다.

> 책은 별 볼일 없는 사람이 읽는 겁니다. 열여섯 살 때 마르고 왜소해서 아무도 쳐다봐 주지 않았습니다. 할 수 없이 책이라도 읽을 수밖에 없었습니다. (웃음) 과학을 해야 세상을 바꿀 수 있습니다. 쓸데없는 감상적 인문학은 사절입니다. 세계를 합리적이고 심플하게 볼 수 있도록 해 주는 책이어야 읽는 사람도, 그가 속한 사회도 변화시킬 수 있습니다.

목소리에 열정이 묻어난다. 방 안 가득 진한 다향이 퍼져 간다. 청량한 향기가 공중으로 솟아올랐다가 조금씩 가라앉으며 심신을 어루만진다. 조수윤 씨가 말한다.

> 중학교 때부터 독서 클럽을 했습니다. 직장에 들어간 후 끊어졌다가 백북스 이야기를 듣고 6년 전부터 나왔습니다. 경제 경영 소모임에 처음 참여했다가 점차 다른 모임에도 발을 들여놓았죠. 전공이 경제

학이라서 모임에 나오기 전에는 세상이 전부 돈으로 보였습니다. 모임에서 다양한 분야의 책을 읽으며 '독서 편식'에서 벗어나면서 비로소 다른 삶이 눈에 들어왔습니다.

르네상스적 인간을 꿈꾸며

문학, 예술, 인문, 사회, 과학 등 모든 분야의 앎을 한몸에 담은 르네상스적 인간이 백북스의 지향이다. 모든 책은 저마다 세계를 담고 있다. 책을 읽는 일은 하나의 세계를 자기 안에 초대하는 일이다. 온 세계를 모으고 쌓아서 자신의 세계를 새로 쓴다. 자기 자신을 다시 세운다. 이근완 씨가 말을 보탠다.

여기 올 때마다 감명을 받고 갑니다. 제 삶의 나침반이 되는 모임입니다. 저를 바로 세울 수 있도록, 삶의 지침이 되는 어른을 비로소 보았다는 기분입니다. 인생의 멘토를 만났습니다.

무형의 지식을 시민들의 손으로 농축하고 집약해서 파종한다. 곁뿌리에서 또다시 새파란 싹들이 올라온다. 싹이 다시 자라 씨를 퍼뜨리면서 대전 속에 지식 문화의 힘찬 통로들이 퍼져 간다. 서울에, 인천에, 충북에 새로운 땅에 접붙인 지식의 식물들이 뿌리를 내린다. 백북스가 창립 이래 지금까지 이룩한 혁명이다. 박성일 대표의 말이 쩌렁쩌렁 허공을 울린다.

대전을 보스턴 같은 지식 문화 도시로 만들고 싶습니다. 읽기가 그 일을 해낼 겁니다. 사람은 그 시대의 최고 지식을 접하면 반드시 바뀝니다. 시민들이 우리 시대의 최고 지식을 일상적으로 접할 수 있는 자리를 영원히 유지하고 싶습니다.

백북스가 추천하는 과학책

과학의 즐거움을 만끽하려는 이들에게 『내 아이와 함께한 수학 일기』를 권하고 싶다. 수학 박사가 아들 딸 친구들한테 수학을 가르친 기록을 담은 일지 형식의 책이다. 이 책을 읽고 토론식 교육의 중요성, 학습의 즐거움, 인간 모두 안에 내재한 창의성을 볼 수 있었다. 번역자가 자기가 쓴 책보다 더 사랑해서 인상적이었다.

김대식, 『김대식의 빅퀘스천』(동아시아, 2014)
빌 브라이슨, 『그림으로 보는 거의 모든 것의 역사』(까치, 2009)
스티븐 제이 굴드, 『생명, 그 경이로움에 대하여』(경문사, 2004)
아툴 가완디, 『어떻게 죽을 것인가』(부키, 2015)
알렉산더 즈본킨, 『내 아이와 함께한 수학 일기』(양철북, 2012)
앨리슨 고프닉 외, 『요람 속의 과학자』(소소, 2006)
유발 하라리, 『사피엔스』(김영사, 2015)
이강영, 『보이지 않는 세계』(휴먼사이언스, 2012)
이정모, 『공생 멸종 진화』(나무나무, 2015)
제임스 E. 매클렐란 3세, 『과학과 기술로 본 세계사 강의』(모티브, 2006)

인천 애기보따리

엄마가 읽고, 모임서 읽고, 아이랑 함께 세 번은 읽는 셈이죠

책은 마음의 풀무다. 책을 읽으면서 사람들은 꿈을 부풀리고, 상상을 늘리며, 지혜를 충전한다.

2016년 프랑크푸르트도서전에서 만난 라이프스타일 잡지《모노클》편집장은 말했다. "당신이 읽는 것이 바로 당신 자신이다." 말을 덧대지 않아도 모두가 이미 안다. 읽기는 정체의 표출이자 구성이다. 사람은 책을 통해 자신을 드러내고, 또 자신을 만들어 간다.

도서관이나 서점에 있는 나를 떠올려보자. 마음에 책을 정하고 가지 않았다면, 한두 시간쯤은 훌쩍 간다. 결정 장애는 필연이다. 나랑 꼭 맞는 책을 찾기는 정말 어렵다. 책 사이를 왔다 갔다 하면서 이리저리 뒤적이다 마음에 쏙 드는 구절이라도 마주치고 나서야 간신히 책을 손에 쥘 수 있다. 책을 고르는 것은 자기를 선택하는 일이다. 그러고 보면 책은 사물화한 자아다. 집이나 사무실의 책꽂이에 꽂혀 있는 책들은 그 사람 내면의 목록이다.

아이에게 읽어 주다 그림책에 빠진 엄마들

> 아이와 함께 책을 읽고 싶은데, 어떤 책이 좋은지 잘 모르겠더라고요. 다른 사람들은 어떻게 읽는지, 무슨 책을 읽고 있는지 궁금했습니다.

인천의 독서 공동체 얘기보따리 회장 조성순 씨가 말한다. 모임이 열리는 늘푸른어린이도서관은 아주 조그마했다. 먹자골목 안 깊숙한 곳에 있어서 처음엔 지나쳤다. 차를 돌려 근처 공영 주차장에 댄 후 서둘러 돌아오니 왁자지껄한 식당 옆에 2층 도서관으로 오르는 입구가 나 있다. 소음이 있으면 신호는 잡히지 않는다. 마음을 모으지 않으면 찾고자 하는 것이 눈앞으로 지나가도 놓치기 십상이다. 바로 보는 눈이 없으면 좋은 책이 있어도 깜깜하고 답답하다. 눈뜬장님이 되어서 무력하게 흘려보낼 뿐이다.

책은 아이들 마음에 세밀하면서도 거대한 지도를 그린다. 힘껏 자라는 시절에 아이들이 무슨 책을 읽었느냐에 따라서 마음의 윤곽선이 정해진다. 책은 타자의 삶을 연민하고 공감하는 심리적 주파수를 넓히고, 지식과 정보를 수용하고 해석하는 지적 데이터베이스를 키운다. 아이가 읽는 책이 아이의 인간을 이루고 가족의 정신사를 구성하기에, 부모는 아이와 함께 무슨 책을 읽을지를 정할 때마다 고되게 애쓴다.

얘기보따리는 협동의 힘으로 그 애씀을 함께 덜어 보려고 만들어졌다. 벌써 세 해째 엄마들이 모여서 한 주일에 한 번씩 금요일 오전마다 어린이책을 읽고 공부한 후 자연스레 좋은 책을 한 보따리씩 싸서 집으로 돌아간다. 그러고는 각자 아이와 함께 읽고, 다시 모여서 경험을 공유한다. 아이들 나이는 대개 유치원생부터 초등학교 저학년이다. 엄마가 읽고, 모임에서 읽고, 아이랑 함께 읽으니, 책을 적어도 세 번은 읽는 셈이다. 채선미 씨가 말한다.

> 신문이나 방송 같은 데서 아이들한테 책을 많이 읽혀야 한다고 하잖아요. 그래서 저 역시 아이한테 책을 읽혀서 독서 습관을 붙여 주고 싶었습니다. 책을 많이 읽으면 학습에도 도움이 될까도 싶었죠. 그런데 모임에 나와서 어린이책을 읽으면서 아이도 아이지만, 제가 그림책을 사랑하게 되었습니다. 아이들 책에도 깊이가 있습니다.

도서관의 부모 독서 교육에서 시작

애기보따리는 늘푸른어린이도서관과 함께하는 독서 공동체다. 모임은 발제자 중심으로 진행된다. 발제자가 작가를 선정해서 조사하고, 그 작가의 대표작을 모두 읽고 와서 공부 내용을 회원들과 함께 나눈다. 그림책은 모임에 나와서 읽을 수 있어 참 좋다. 발제자가 모임 자리에서 읽어 주고 담긴 뜻을 새긴 후에 서로 활발하게 의견을 나눈다. 모임이 깊어지면서 요즈음에는 로알드 달, 아스트리드 린드그렌 같은 작가가 쓴 이야기책을 많이 읽는다. 모두가 미리 읽고 와서 감상을 나누고 의미를 따져 묻는 방식으로 모임이 진행된다.

인천을 대표하는 작은 도서관인 늘푸른어린이도서관은 어린이와 부모를 위한 평생 학습 공간을 지향한다. 어린이는 주로 부모를 통해 책을 접하기에, 어린이 독서는 부모의 독서와 함께 이루어져야 좋은 길을 탈 수 있다. 한국에서 어린이책의 세계는 지난 스무해 동안 급속히 진화해 왔다. 뽕나무밭이 푸른 바다로 변한다는 말이 전혀 어색하지 않다. 부모의 책 읽기가 이에 발맞추어 올라서야 아이들의 책 읽기도 따라서 수준을 높인다. 어린이도서관에서 부모의 독서 교육에 힘을 쏟는 이유가 여기 있다.

얘기보따리는 늘푸른어린이도서관에서 진행하는 부모 교육 프로그램의 이름이기도 하다. 벌써 20기까지 진행되었다. 정기적으로 회원을 모은 후 다섯 주 동안 함께 강의를 들으며 어린이책을 배우고 이야기한다. 강좌를 듣고 나면 참여자들이 함께 모여 적어도 아이가 자라는 동안 어린이책을 읽고 이야기를 나누는 것이다. 작은 도서관이 이룩한 책의 텃밭에 독서 공동체의 씨앗을 뿌려서 부모와 자녀의 읽기를 같이 돋우는 셈이다. 이번에 만난 얘기보따리는 최근에 활동이 활발한 18기다. 손은규 씨가 말한다. 함께 온 아이가 까르르 웃으면서 엄마의 이야기를 보챈다.

우리 아이가 책에서 답을 찾는 아이로 자랐으면 좋겠어요. 엄마가 책을 읽는 모습을 보여 주면 아이도 저절로 책을 좋아하지 않을까 싶습니다. 아이가 잠들기 전에 10~15분 정도 꾸준히 책을 함께 읽습니다.

유년의 기억, 가족과 함께 읽기

이야기를 들으면서 눈을 감고 잠시 생각한다. 유년의 기억은 대부분 사라져 버렸다. 하지만 어머니가 잠자리에서 들려준 이야기들은 갈수록 선명해진다. 하나만 더, 하나만 더… 하면서 칭얼대던 목소리까지 선명하다. 지문을 읽을 때는 고요하고, 대화를 읽을 때는 적절하던 어머니의 음성, 사이사이로 내뱉던 편안한 숨소리, 귀를 대면 저 깊은 속에서 고동치던 심장의 두근거림, 잠으로 끌려들면서도 이야기가 끝날 무렵이면 가만히 떠지는 눈, 이 모든 것이 하나로 이어지면서 인간의 가장 깊은 원체험을 이룬다. 노벨문학상을 받은 일본의 소설가 오에 겐자부로는 어린 시절 할머니가 들려준 이야기를 현대의 화법으로 다시 말하는 것이 자신의 소명이라고 말한 바 있다. '무릎이야기'야말로 아이의 마음 가장 깊은 곳에 접붙이는 창조성의 가지다. 박세민 씨가 말한다.

저한테는 가족과 책을 읽었던 추억이 많습니다. 어렸을 때 같은 책을 돌려 보면서 수없이 읽은 기억이 납니다. 그 추억만으로도 살아

> 가면서 많은 힘이 되었습니다. 제 아이도 같은 힘을 갖도록 하고 싶었어요. 처음에는 전집류를 많이 사 주었는데, 어느 날 어린이 도서관에 와 보니까 제가 몰랐던 좋은 책이 많더라고요. 전집류에서 탈출해 저 스스로 아이한테 책을 골라 주고 싶어져서 모임을 같이하게 되었습니다. 많은 도움이 되었습니다.

방문 판매를 통해 주로 판매되는 전집류는 한국의 독서문화 또는 출판문화에서 양가적이다. 아이들 눈높이에 적당히 맞추어 만든 책을 오십 권, 백 권씩 하나로 묶어 '전집'이라는 이름으로 대량 판매하는 이 모델이 아직도 작동하는 곳은 전 세계적으로 한국뿐이다. 서점이 뿌리를 내린 나라에서는 사실상 전혀 없다고 할 수 있다. 전집류는 산업화 시대의 산물이다. 표준 지식을 갖춘 표준 인간을 단기간에, 대량으로 만들어 내야 했던 시대에는 상당히 유효할 수 있다. 책의 보급과 읽기의 대중적 확산에 기여한 바도 적지 않다. 따지고 보면 한국의 사오십 대는 모두 계몽사판 '소년소녀명작동화전집'의 독자가 아니던가.

독서는 나에 대해 질문하는 것

그러나 정보화 혁명은 표준의 시대를 창발의 시대로 바꾸고 있다. 미래는 표준 지식을 이용하는 모든 일은 자동화되어 사라지거나 직업적 정체성이 약해질 것이다. 아이들이 창조적 사고에 익숙하지 못하면 미래의 다가올 물결을 헤쳐가기 어렵다. 솔직히 말하면, 전집은 창조의 결과물인 작품이 아니라 상품 기획의 산물인 제품일 뿐이다. 아이들이 제품에 눈높이를 맞추도록 하는 부모는 아이의 미래에 무관심한 것이나 다름없다. 아동 전집의 시대정신은 이미 막을 내렸다. 지금 돌아다니는 것은 습관이자 유령일 뿐이다. 작품에 대한 감수성이야말로 오늘날 부모가 아이에게 전해야 할 가장 커다란 선물이다. 그 일은 좋은 작품을 오랫동안 꾸준히 읽을 때에만 간신히 가능하며, 부모가 애써서 하나씩 아이한테 맞는 책을 골라 읽히는 수고를 동반한다. 얘기보따리를 격려하고 도와주는 박소희 관장이 말을 보탠다. 박 관장은 어린이책 활동가로도 아주 유명하다.

> 책을 읽는 것은 자신이 경험하지 못했던 세계, 생각지 못했던 세계, 보지 못했던 세계와 꾸준히 마주치는 일입니다. 이런 낯선 만남을 통해서 사람은 조금씩 바뀌어 갑니다. 아이들 역시 마찬가지입니다. 책을 읽으면서 가장 중요한 것은 '작가나 편집자는 이런 이야기를 굳이 책으로 만들어서까지 독자를 왜 만나려 했을까'라는 질문입니다. 아이들이 책을 읽으면서 질문을 만들어 낼 수 있도록 도와야 합니다.

학습은 살아가는 데 필요한 지식을 주지만, 독서는 아이들한테 자신에 대한 질문을 만들어 낸다. '책 속의 아이들은 왜 나와 다르게 사는 걸까?' '나한테 직접 일어난 일이 아닌데도 왜 주인공과 똑같은 마음이 내 안에 생기는 걸까?' '저 너머 세상에는 책에서와 같은 신비한 모험이 지금도 일어날까?' 질문을 모아 가면서 아이들은 가까이 또는 멀리 있는 또래들의 삶을 이해하기 시작하고, 내면이 부풀어 오르면서 삶이 급속히 풍요로워진다. 공동체를 이루면 보너스도 있다. 이승연 씨가 말한다.

> 지난 겨울에 아이들을 데리고 모두 함께 대부도로 여행을 떠났습니다. 조용한 곳에서 책도 낭송하고 기타 치면서 노래도 불렀죠. 아이들도 무척 좋아했어요. 모처럼 해방감을 만끽한 여행이었습니다. 잊지 못할 것 같습니다.

부모가 잊지 못한 여행은 아이도 잊지 않는다. 읽기는 일상에 강세를 넣음으로써 삶을 망각으로부터 구원한다. 얘기보따리가 '책을 사랑하는 사람들의 모임'이라는 말이 아주 기억에 남는다. 모임도 시간이 지남에 따라 진화한다면, 얘기보따리는 벌써 성장기에 접어든 셈이다. 아이들과 상관없이 오랫동안 같이 책을 읽었으면 하는 마음이 간절하다.

얘기보따리가 추천하는 처음 읽기 좋은 동화책

권정생의 『몽실언니』를 권하고 싶다. 얘기보따리에서 권정생의 유언장을 함께 읽은 적이 있는데, 선하고 소박한 마음에 감격해 모두 눈물바다가 됐다. 『몽실언니』는 어린 소녀가 가난한 삶 속에서도 순수한 마음을 잃지 않고 성장하는 이야기로 시대를 초월한 영원한 감동을 준다고 생각한다. 동화책에 입문하고자 할 때 먼저 읽었으면 좋겠다.

권정생, 『몽실언니』(창작과비평사, 2012)
로알드 달, 『발칙하고 유쾌한 학교』(살림Friends, 2010)
아스트리드 린드그렌, 『떠들썩 마을의 아이들』(논장, 2013)
이원수, 『잔디숲 속의 이쁜이』(웅진주니어, 1998)
이주홍, 『청어 뼈다귀』(우리교육, 1998)
차오원쉬엔, 『바다소』(다림, 2005)
크리스티네 뇌스틀링거, 『깡통소년』(아이세움, 2005)
하이타니 겐지로, 『나는 선생님이 좋아요』(양철북, 2008)
현덕, 『나비를 잡는 아버지』(길벗어린이, 2001)
황선미, 『마당을 나온 암탉』(사계절, 2000)

서울 리더스포럼

독서는 경영자의 의무입니다

빌 게이츠와 마크 주커버그는 몇 가지 공통점이 있다. 두 사람 모두 하버드대학교를 중퇴한 IT 산업의 영웅으로 순식간에 세계적 갑부 대열에 올랐다. 또한 천문학적 규모의 재산을 자기 가족 소유로 삼지 않았다. 거의 전 재산을 쏟아 부어 재단을 세우고, 미래 세대를 위한 난제를 해결하는 데 기금을 쓰도록 했다. 히피 정신을 바탕에 깔고 있는 실리콘밸리 문화의 본류를 보여 주는 한 모범이다. 물질을 초개로 여기면서 인간을 돈에 앞세우는 일은 어지간한 정신적 두께 없이 상상조차 어렵다. 두 사람 모두 독서로 다진 내면의 힘이 없었다면 아마도 가능할 수 없었을 것이다. 널리 알려진 것처럼, 빌 게이츠는 매주 두 권 정도 책을 읽고 독후감을 써서 공개하는 파워 블로거이다. 마크 주커버그 역시 2015년을 '책의 해'로 정한 후, 두 주에 한 권씩 묵직한 책을 읽고 소개함으로써 전 세계 독서 열풍을 이끌었다.

리더의 '읽기'는 세상을 두 번 바꾼다. 인류의 중대한 문제를 통찰하고 해결하는 힘을 부여함으로써 세상을 한 차례 바꾸고, 부(富)를 세상에 돌려주는 훌륭한 방법을 창조함으로써 또 한 차례 바꾼다. 리더는 이끄는 사람(Leader)이자 읽는 사람(Reader)이다. 책을 읽는 힘으로 조직을 이끌고, 조직을 이끄는 정열로 책을 읽는다. 독서와 경영의 선순환이야말로 '리더스포럼'의 목표다.

생존 경영에 치인 삶에 균형을 찾다

최고급 지식과 정보가 머릿속에 있어야 최상의 결정을 내릴 수 있습니다. 작은 기업의 사장일수록 지혜가 필요합니다. 적어도 한 달에 한 권 이상 책을 읽지 않으면, '정보의 비대칭'을 해결할 수 없습니다. 압축된 지식을 담은 책을 통해 작은 기업은 큰 기업과의 정보 격차를 해소해야 합니다. 정보의 격차는 기회의 격차를 가져오고, 기회의 격차는 부의 격차를 불러옵니다. 공부하지 않으면, 간격이 자꾸 벌어질 뿐입니다.

리더스포럼 박윤근 회장이 말한다. 박 회장은 환경 관련 시스템 업체인 오토코리아 대표다. 매달 둘째 주 화요일, 서울 중구 중림동 사회복지관에는 중소기업 최고 경영자들이 모여든다. 김밥 한 줄로 간단히 끼니를 해결하면서, 저자 강연을 듣고 토론을 나눈다. 회원은 마흔여 명, 한 번 모일 때마다 스무 명쯤 나온다. 책은 두 달 전에 선정한 후, 한꺼번에 구입해서 나눠 준다.

처음에는 한 경영자 포럼에서 만나 동호회로 시작했지만, 2012년 따로 나와 독자적으로 운영되기 시작했다. 강연이나 포럼을 전문으로 하는 외부업체 도움 없이 자율로 운영되는 경영자 독서 모임이 이만큼 오래 지속된 예는 흔하지 않다. 사업이란 늘 변화무쌍해서 서로 일정을 맞추기 어렵고, 회원들이 돌아가면서 한두 번씩 거르다 보면 모임 전체가 무너지기 일쑤다. 여느 독서 공동체와 마찬가지로 경영자 독서 모임도 고비고비를 넘어서는 게 무척 힘들었을 터이다. 금융 솔루션 회사인 개미집소프트 박종찬 대표가 말한다.

> 자발적으로 찾아왔습니다. 살벌한 기업 현장에서 생존을 위해 버티다 보니 저 자신을 성찰할 시간이 부족했습니다. 오랫동안 나 자신을 놓고 살다 보니 제가 피폐해지는 걸 느꼈습니다. 책 모임을 알아보다 여기 나오게 되었죠. 모임을 계속할 수 있었던 건 회장님 열정 덕분입니다. 책도 고르고, 강연자 섭외도 도맡고, 회원도 챙기고…. 빠지고 싶어도 정성이 미안해서 그럴 수 없었죠. 그런데 책을 계속 읽다 보니까, 재미가 났습니다. 텔레비전 보는 시간보다 책을 가까이하는 시간이 늘었죠. 삶에 균형이 잡혀 가는 느낌입니다. 물론 경영에도 많은 도움이 되었습니다. 경영자라면 항상 회사 일로 인한 고민을 떨칠 수 없죠. 그런데 책을 읽으면서 그 고민을 객관화할 수 있

었습니다. 그러고 나면 내 속에 있는 심판관이 일어서 판단을 내려 줍니다.

열정은 민들레 홀씨 같다. 바람이 슬쩍 건드리기만 해도 온 들판으로 씨앗을 퍼뜨린다. 거대한 용기를 이룩하고 드넓은 아량을 마련하여 자꾸자꾸 일을 추진한다. 박 회장은 경영자들 사이에서 독서 전파자로 이미 이름이 높다. 책을 읽다 감명을 받으면 수십 권씩 구입해 지인들한테 선물하기도 한다. 리더스포럼도 '같이 읽기'를 평생 실천해 온 박 회장의 열정을 주춧돌 삼아 우뚝 설 수 있었다. 박 회장이 말을 덧댄다.

은행에 다니다 퇴직한 후, 1991년부터 무역회사를 시작했습니다. 처음에 남미 쪽으로 일을 보러 다녔는데, 가는 데만 서른여섯 시간이 걸렸습니다. 그때는 비행기 좌석에 스크린이 없었죠. 멍하니 앉아 있는 게 싫어서, 책을 한 보따리씩 가지고 다녔습니다. 주로 소설이었죠. 대하소설이 좋았습니다. 출장 갔다 올 때마다 거의 한 세트씩 읽은 것 같습니다. 『삼국지』『수호지』『토지』『태백산맥』 등을 섭렵했어요. 시드니 셸던 소설도 모조리 읽었죠. 그러고 나니 읽는 힘이 생겼습니다. 슬슬 다른 분야 책도 읽기 시작했습니다. 어느새 책이 곁에 없으면 마음이 헛헛하더라고요. 내친 김에 골프도 끊었습니다.

사업의 미래 고민한다면 독서가 정답

사업가가 골프를 버리는 것은 애연가가 담배를 끊는 것만큼이나 어렵다. 술친구 모임에서 홀로 금주하는 것과 같다. 사업에 가끔은 필요할 수 있고, 운동 삼을 수 있어서 유혹도 잦은 편이다. 그러나 변화의 속도가 극심한 현대사회에서 리더는 내면에 지식과 정보를 충전할 것을 항상 요청 받는다. 코닥이나 노키아가 몰락한 것처럼, 혁신의 파도는 눈 깜짝할 사이에 밀려와 기존 사업 모델을 뿌리째 파괴한다. 사업의 미래를 고민한다면, 경영자가 선택해야 할 것 중 하나는 당연히 책이다. 원격감시제어기술업체인 다담마이크로의 전익수 대표가 이야기한다.

정보기술 분야에서 사업하다 보니 다른 사람들보다 빨리 전망해야 합니다. 50년 후 세계를 내다보고 그 세계를 현실로 느낄 줄 알아야 5~10년 후의 일을 비즈니스로 풀어갈 수 있죠. 그런 힘은 책을 직접 읽을 때 생깁니다. 경영자들이 대개 그렇지만, 처음엔 저 역시 강연을 쫓아다녔습니다. 그런데 아무 준비 없이 가서 강연만 들으니까, 학원에서 강사를 모셔다가 족집게 과외를 받는 기분이 들더라고요. 뭔가 아니다 싶었죠. 자율 학습이 필요했습니다. 친구 소개로 독서 모임에 나오면서부터는 짬을 내서 더 많은 책을 읽으려고 애쓰는 중입니다. 과제 도서 말고 같은 저자의 책을 한 권 더 읽고 옵니다. 그러면 토론이 깊고 재밌어집니다.

리더스포럼은 한 해에 여덟 번은 책을 읽고 저자를 초청해 토론하지만, 나머지 네 번은 회원이 주제를 잡아 스스로 연구한 후 발표한다. 전 대표는 평소에 흥미를 품었던 평행우주를 공부해서 발표했다. 온갖 책을 읽고 요약해서 정리하는 데 서너 달 걸렸지만, 회원 반응이 뜨거웠고 질의 응답도 유난히 폭주했다. 회계법인 딜로이트의 박종우 상무가 말을 잇는다.

> 아이를 생각해서 모임에 나오기 시작했습니다. 열 살 때 아버지가 돌아가시는 바람에 저한테는 부친의 이미지가 없습니다. 따라서 아버지 역할을 책을 읽어서 해결할 수밖에 없습니다. 혼자 책을 읽으려니 제대로 읽고 있는지 겁도 나고 다양한 책도 접하고 싶어서 친구 추천으로 여기에 오게 되었습니다. 한때 수유너머나 오마이뉴스에서 하는 공부 모임에 나간 적도 있습니다. 이 모임에 들어와서, 주제 도서와 연관된 책들까지 같이 읽으면서 공부하고 있습니다. 아이한테 책 읽는 모습을 보여 주고 싶었습니다. 어느 날 아이가 거실에서 혼자 책을 보더라고요. 저도 모르게 감동했습니다.

동기만큼이나 나이도 다양하다. 삼십 대에서 칠십 대까지 어울려서 책을 사이에 두고 이야기를 나눈다. 선배는 후배로부터 재기를 보충하고, 후배는 선배로부터 지혜를 이어받는다. 경영자는 아무래도 고독하다. 회사에서 직원을 상대로 고민을 털어놓는 것은 쉽지 않다. 그렇다고 아무 모임에서나 마음을 내비치기도 어색하다. 독서 공동체를 이루어 책을 놓고 토론하면, 그 내용에 걱정을 얹어서 자연스레 풀 수 있다. 모임을 거듭할수록 갈등은 흩어지고 내공은 쌓이니 열의가 저절로 오른다. 페이스북 등을 기반으로 해서 책 정보를 소개하는 '책읽찌라'를 운영 중인 이가희 대표가 말을 이어간다.

> 모임에 나온 지 일곱 달밖에 되지 않았지만, 책보다 사람들한테 빠져들었습니다. 사업을 하면서 수많은 난관을 헤쳐온 분들의 경험과 지혜로부터 많이 배우고 있습니다. 저는 잘 안 풀리면 책을 읽는 편입니다. 더욱 다양하고 폭 넓게 읽다 보면 거기에서 어떤 해결책을 찾는 경우가 많았습니다. 모바일 시대이고 스낵 컬처가 유행이라 할지라도, 책을 많이 읽는 사람들은 여전히 있습니다. 책은 앞으로 적어도 50년간은 가장 강력한 콘텐츠라고 생각합니다.

책은 힘이 세다. 간결하고 효과적으로 지식을 집약함으로써 깊이를 확보한다. 구글에서 한글로 루브르박물관을 검색하면, 48만 9,000가지 정보가 뜬다. 이 결과는 독자를 선택의 지옥에 빠뜨린다. 네이버도 대동소이하다. 게다가 검색을 통해서 짧은 시간 안에 단편적, 분산적 정보가 아니라 입체적, 종합적 정보를 업데이트해서 얻을 가망성은 별로 없다. 편집을 거쳐 정제된 고급 정보는 여전히, 어쩌면 앞으로도 오래도록 책의 형태로만 존재할 것이다. 박 회장이 힘주어 말한다.

리더는 가만히 있기만 해도 에너지를 뿜어야 합니다. 그 에너지는 내면에 쌓인 지식의 힘으로부터 나옵니다. 사람이 기가 충만해지려면 책을 읽는 게 우선입니다. 공부하지 않으면 내적인 활력을 얻을 수 없습니다. 지식에는 수확체감의 법칙이 따르지 않습니다. 한 번 지나면 다시 돌아오지 않는 시간을 지혜를 축적하는 데 쓰지 않으면, 어떤 사업도 전망이 밝을 수 없습니다. 독서는 경영자의 의무입니다.

리더스포럼이 CEO와 함께 읽고 싶은 책

호암 이병철 회장은 "나라는 인간을 형성하는 데 가장 큰 영향을 미친 책"이 『논어』라고 했다. 중소기업 최고 경영자에게 새해 첫 책으로 『논어』를 읽을 것을 권한다. 경영의 근본은 수기치인(修己治人)에 달렸는데, 『논어』는 과연 인간 형성의 책으로 으뜸이다. 동양 지혜의 정수이자 인간 경영의 고전이다. 이한우의 『논어로 논어를 풀다』(해냄)는 해석이 신선하고 초보자가 읽기 쉽도록 자세히 풀이되어 있어 입문하기 좋다.

마이클 루이스, 『빅숏』(비즈니스맵, 2010)
빌 브라이슨, 『거의 모든 것의 역사』(까치, 2003)
안병식, 『사막에서 북극까지 나는 달린다』(씨네21북스, 2012)
애덤 스미스, 『도덕감정론』(비봉출판사, 2009)
이한우, 『논어로 논어를 풀다』(해냄, 2012)
장동인, 이남훈, 『공피고아』(쌤앤파커스, 2010)
정제원, 『교양인의 행복한 책읽기』(베이직북스, 2010)
조지 오웰, 『동물농장』(민음사, 1998)
최인철, 『프레임』(21세기북스, 2007)

창원 독서클럽창원

인구 100만 도시에 서점 51곳뿐, 문화 사막에 솟은 오아시스

창원은 아무래도 낯설다. 선친이 마지막으로 직장을 다녔던 곳이지만 그다지 친숙하지 않다. 창원이라고 소리 내면 머릿속에 우선 떠오르는 이미지는 한없이 늘어선 공장들이다.

2010년 마산, 창원, 진해가 합쳐서 창원시를 이루었을 때 깜짝 놀랐다. 창원보다는 마산이 문화적으로 익숙해서인지, 당연히 마산시라고 할 줄 알았다. 아마도 이은상, 이원수, 지하련, 조향, 김춘수, 이영도, 구상 등 마산에서 꽃피운 근대 문학의 유산에 빚졌던 젊은 날의 문학 공부가 영향을 끼친 탓이리라.

마산에는 국립결핵요양소가 있었고, 병을 얻어 요양하러 간 쟁쟁한 문인들이 동인지를 엮고 작품을 주고받으면서 일화를 남겼다. 애절한 최후를 마친 임화와 지하련이 연애에 빠져서 결혼에 이른 곳이 마산이다. 학창 시절 문학을 맹세했던 친구들 몇이 있어 내려와 바닷바람을 맞으며 술잔을 기울였던 곳도 마산이다. 그러나 조선시대에 창원대도호부가 있던 자리이고, 일제 강점 이래 역사의 변전에 따라 합병과 분할을 반복했을 뿐이니, 한 몸이 되었을 때 다시 창원의 이름으로 불리는 것은 당연하다. 그러나 머리로는 이해하지만 마음은 계속 껄끄럽다. 이진희 씨가 말한다.

> 얼마 전에 대형 서점 체인 반디앤루니스가 문을 닫았습니다. 이곳 사람은 책을 잘 안 읽습니다. 기계 및 소재 산업은 발달했지만 문화콘텐츠 생태계는 제대로 갖추지 못했습니다. 진해 지역에는 제대로 된 서점조차 없습니다. 책을 사랑하는 사람으로서 많이 아쉽죠.

백만 대도시에 서점은 겨우 쉰한 곳뿐

창원은 정말 거대하다. 상주인구 107만에, 지역 총생산 36조원을 넘는 도시로 KTX역만 세 군데다. 광주와 대전의 경제 규모를 뛰어넘은 기계 산업의 메카로 광역시 승격을 꿈꾸는 곳이다. 하지만 독서 문화는 빈약하다. 2015년 9월 기준으로 서점 수는 고작 51곳에 지나지 않는다. 인구 2만 명에 겨우 한 군데 꼴이다. 아마 이 도시가 마음에 아직 친하지 못한 건 경제가 문화를 지나치게 앞선 이런 분위기 탓일지도 모른다. 정신적, 문화적으로 아직 격을 갖추지 못한 이곳에서 자라 수백여 명이 넘는 회원을 이루면서 단단히 뿌리를 내린 '독서클럽창원'의 존재는 더 거대하게 느껴진다. 이정수 씨가 슬쩍 끼어든다.

옛 마산 도심인 창동에 '학문당'이 있습니다. 창립 예순 해를 넘긴 전통 깊은 서점입니다. 어렸을 때 항상 그 앞에서 사람을 만난 후 영화를 보러 가는 등 주변을 돌아다니면서 놀던 기억이 납니다. 『서른, 잔치는 끝났다』 같은 시집을 그 자리에서 사서 여자 친구한테 선물하기도 했습니다.

마산항에서 막회를 떠 소주 한잔을 걸친 후 길을 건너 시내 쪽으로 곧장 내려오면 창동이 있다. 대단지 아파트가 들어선 신도심으로 사람들이 옮겨 가면서 이 거리도 많이 퇴락했다. 학문당을 비롯한 노포들이 아직 몸을 버티고 정겹게 맞아 주었지만, 공동화 현상이 진행되는 중이었다. 여관에서 몸을 일으켜 새벽 안개에 축축이 젖은 텅 빈 거리를 더듬으면서, 개성 있는 독립 서점이 들어서고 뜻있는 이들이 몰려들어 거리 전체가 되살아나는 몽상에 젖는다. 독서클럽창원 사람들을 만난 자리는 이곳이 아니다. 아름다운 이국풍 카페가 양쪽으로 늘어선 '창원의 가로수길' 용호동이다. 이정수 씨가 말을 잇는다.

처음에는 여기가 아니라 부산으로 모임을 다녔습니다. 인터넷 포털 다음에 독서 클럽 카페가 있었는데, 회원 숫자가 수십 만에 이르렀습니다. 같이 책을 읽고 토론하는 오프라인 모임이 부산에서 주로 열렸습니다. 따로 마산과 창원 지역 모임은 없었죠. 거기에서 안면을 익힌 지역 사람 몇이 모여 지역에서 모임을 해 보기로 결의했습니다. 2008년 8월이었죠. 모임은 쉽게 자랐습니다. 두 해 정도 열심히 모이는 중에 세가 생겼습니다. 저를 비롯해서 책에 갈증을 느낀 사람들이 아주 많았던 겁니다.

독서 클럽 읽기의 난제는 '종교 · 정치책'

그런데 독서 모임을 진행한 지 두 해가 지난 2010년에 사달이 났다. 운영자가 특정 종교와 관련한 책을 여러 번 추천하면서 사이가 벌어져 모임 운영을 두고 치열하게 갑론을박이 벌어졌다. 회원들이 크게 갈라져서 모임의 온라인 주소를 네이버로 옮기고 모임을 다시 시작했다. 초기 멤버였던 김정환 씨가 말을 전한다.

첫 이사 과정이 상당히 기억에 남았습니다. 종교 분쟁 탓이었죠. 그 운영자분과 아직도 연락이 닿는데, 지금은 자기 잘못을 충분히 인지하십니다. 그 후에는 종교와 정치 쪽은 이야기하는 게 어려워졌습니다. 두고두고 아쉽죠.

독서 공동체 운영에서 정치와 종교가 가장 다루기 어렵다. 삶의 중요한 일부인 만큼 이야기를 피할 수 없지만, 가장 강렬한 신념 체계이므로 일단 말이 벌어지면 양보와 타협이 쉽지 않다. 서로의 차이를 과장하지 않고 차별과 배타가 아니라 존중과 배려로 이어지도록 하는, 지루해 보이면서도 끈질긴 대화가 유일한 해결책이다. 선인의 지혜를 빌리자면, 마음은 진실하게 하고(誠) 태도는 경건하게 하며(敬) 자신이 바라지 않는 바를 남에게 베풀지 않으려 하는 사려(仁)가 필요하다. 이성호 씨가 말한다.

> 항상 책을 읽어 온 편이었습니다. 하지만 마음에 날이 서 있는 경우가 많았죠. 모임에 들어온 지 얼마 되지 않았지만, 책을 같이 읽고 이야기를 나누면서 마음이 많이 온화해졌다고 생각합니다. 가정이나 사회에서는 합리적이지 않아도, 흔히 현실적인 힘이 작용하면서 일이 진행되는 경우가 많습니다. 그런 일이 때때로 못 견디게 싫었죠. 모임에 나오면서 남의 의견에 귀 기울여서 자주 듣는 버릇이 생겼습니다. 후기를 쓰면서 덤으로 글 솜씨도 많이 늘었죠.

읽고, 쓰고, 얘기하고… 다양한 모임 활성화

독서 공동체는 민주주의의 연습장이다. 책의 저자들은 한 시대에서 가장 창조적이고 지혜로운 사람들이다. 독서는 정신의 눈높이를 높이고 마음의 웅덩이를 깊게 하며 영혼의 품을 너르게 만든다. 책을 같이 읽는 것은 그 높이와 깊이와 너비를 한층 확장하는 중요한 계기가 된다. 그러려면 서로 머리를 한데 모으고 사정을 살펴 가면서 공동체의 규칙을 정할 줄 알아야 한다. 낯선 이들이 모여서 오랜 시간을 함께 보내야 하는 만큼, 가능한 한 이른 시기에 대화를 배분하고 삶을 공유하는 규칙을 만들어 지키고 관계의 친밀함이 높아지면서 이를 조금씩 수정해 가는 실천이 반드시 필요하다. 규칙을 자주적으로 마련하는 치열한 시간 없이 일정 규모 이상으로 자라난 독서 공동체는 결코 유지되지 않는다. 현재 운영자 중 한 사람인 서헌 씨가 말한다.

> 2014년 모임에 다시 위기가 찾아왔습니다. 운영자가 이유 없이 회원들을 강제로 내쫓고 카페를 폐쇄해 버렸습니다. 창원독서클럽에서 독서클럽창원으로 이름을 바꾸어 다시 모일 수밖에 없었습니다. 현재 회원 숫자는 삼백다섯 명입니다. 백오십 명 안팎의 회원이 일고여덟 군데 모임에 열성적으로 참여 중입니다.

모임이 생긴 지 십 년이 못 되어 두 번이나 큰 위기를 겪고 불사조처럼 일어선 덕분에 독서클럽창원의 운영 규칙은 아주 꼼꼼하다. 다른 독서 공동체가 충분히 참고할 만하다. 김병주 씨가 이야기를 계속한다.

> 한 달에 한 번은 쉽게 읽히는 책을 이야기하는 정기 모임을 열고, 그 외에 진행자가 감동하거나 함께 읽고 싶은 책을 선정해서 공지한 후

선착순으로 10~12명 정도를 모집하는 책 번개 모임도 수시로 엽니다. 모임이 너무 커지면 토론하기 어려우니까 적당한 선에서 숫자를 제한하죠. 진행자는 모임별로 두세 명 정도 있습니다. 책은 한 달 전에 선정해서 공지하고, 토론 자료는 두 주 전에 배포합니다. 주로 진행자가 마련하는데, 간단한 내용 요약과 두세 가지 질문 정도입니다. 가입 후 세 달 이상, 책 모임 참여 세 번 이상, 모임 후기 세 번 이상을 공유한 회원은 성실 회원 자격을 줍니다. 성실 회원이 되면 누구나 책 모임을 개설할 수 있습니다.

이 달에 열린 모임은 다섯이다. 정기 모임은 레마르크의 『개선문』, '인문학 책번개'는 박웅현의 『책은 도끼다』, 과학 책 모임은 칼 세이건의 『코스모스』, 심리학 책 모임은 칼 로저스의 『사람-중심 상담』, 역사평전자서전 책 모임은 디디에 에리봉의 『미셸 푸코 1926~1984』를 읽는다. 다채롭고 풍요롭다. 책의 높낮이도 다르고, 분야도 너르다. 이동원 씨가 말한다.

어떤 책을 읽어야 할까, 내가 제대로 읽고 있는 걸까, 다른 사람은 어떻게 읽을까, 늘 궁금했습니다. 도서관 책 모임에도 나간 적이 있습니다. 하지만 주부 중심 모임이라서 저한테는 잘 안 맞더라고요. 좋은 모임이 없을까 해서 검색하다가 이 모임을 알았습니다. 모임이 체계적으로 운영되고, 다양한 책을 읽을 수 있어서 마음에 쏙 들었습니다. 책의 스펙트럼이 아주 넓어졌어요.

생각의 편식을 없애는 치유의 시간

독서의 편식은 흔히 생각의 편향을 불러일으킨다. 혼자 읽기는 때때로 그 기울기를 크게 만든다. 공동체를 이루어 같이 책을 읽는 것은 한 사람의 인생에 건강한 소통을 불러들일 뿐만 아니라 정신의 혈관들을 넓혀 생각을 자유롭게 한다. 이진희 씨가 말한다.

> 책 모임은 저를 치유하는 시간입니다. 이전까지는 독단에 빠져서 상대방한테 제 생각을 강요하는 경우가 아주 많았습니다. 지금은 제 머릿속을 100퍼센트 채우지 말고, 일부는 항상 비워야겠다고 생각하면서 살아갑니다.

창원은 아직 독서문화의 사막이다. 스스로 문제를 느끼듯, 행정구역의 숫자보다 서점 숫자가 더 적은 곳이다. 독서클럽창원은 그 사막에 시민들이 스스로 이룩한 소중한 오아시스다. 책에 목마른 이들이 같이 모여 이야기하고 글 쓰고 같이 삶을 나누는 정신의 어장이다. 창원 곳곳에 뿌리 내린 크고 작은 독서 공동체가 모두 이곳과 이어져 있다. 남쪽의 항구 도시에서 책으로 그물을 내려 둔 정신의 어부들에게 모자를 벗어 경의를 표한다.

독서클럽 창원이 권하는 열 권의 책

한국사 국정 교과서 논란을 비롯해 역사를 제대로 이해하는 것이 중요해졌다. 역사에 입문하려는 시민들에게 우선 조정래의 『태백산맥』과 『아리랑』을 권하고 싶다. 역사서나 교양서보다 문학이 더 큰 울림으로 다가오기도 한다. 우리가 배운 적 없는, 그러나 분명 있었을 법한 선인들의 삶과 사상, 역사의 굴곡에서 어떻게 대처하며 살았고 시대가 민중에게 어떤 삶을 살게 했는지를 오감으로 느낄 수 있으리라 믿는다.

공원국, 『춘추전국이야기』(전11권, 위즈덤하우스, 2017)

김삼웅, 『빨치산 대장 홍범도 평전』(현암사, 2013)

남경태, 『종횡무진 한국사』(전2권, 휴머니스트, 2015)

박찬영, 『조선왕조실록을 보다』(전3권, 리베르스쿨, 2015)

사마천, 『사기』(민음사, 2015)

윤명철, 『역사전쟁』(안그라픽스, 2004)

EBS역사채널e, 『역사e 시리즈』(전4권, 북하우스, 2013)

이태진, 『동경대생들에게 들려준 한국사』(태학사, 2005)

조정래, 『아리랑』(해냄, 2002)

조정래, 『태백산맥』(해냄, 2007)

홍익희, 『유대인 이야기』(행성B, 2013)

강원 홍천여고 독서동아리

1학년 독서 동아리 41개, 시골 학교에서 기적의 독서 만나다

"책 읽는 소리가 아름다운 홍천여고예요."

함께 외치는 아이들 목소리에 자부가 넘친다. 곧이어 웃음이 튀밥처럼 터진다. 타고난 명랑이 재주를 높이 부린다. 바깥의 찬 공기는 아랑곳없다. 이야기꽃이 온도를 올리면서 도서실이 저절로 따스해진다.

문을 들어서면 정면으로 서가에 책들이 가지런하다. 오른쪽 창가에 색색으로 서류 파일이 나란하다. '연화' '솔솔솔' '나이끼' '25시' '베리' '용팔이' '또바기' '늘봄' '말글터' '시나브로' '안다미로' 등이 흰 라벨에 적혀 있다. 2015년 한 해 동안 강원 홍천군 홍천여고 1학년 학생들이 꽃피운 독서 동아리 이름들이다. 교실 붕괴를 염려하는 교육 환경을 생각하면 아무도 믿지 않겠지만 무려 수십 군데에 이른다.

'2015 국민 독서 실태 조사'에 따르면 한국의 고등학생 열 명 중

한 명(8.7퍼센트)은 한 해 내내 책을 전혀 읽지 않는다. 다섯 명(51.9퍼센트)은 스스로 독서량이 부족하다고 느낀다. 세 명(31.8퍼센트)은 공부하느라 시간이 없어서, 네 명 중 하나(24.1퍼센트)는 책 읽기가 싫고 습관이 들지 않아서 책을 충분히 읽지 못한다고 고백한다. 열 명에 한 명쯤(7.2퍼센트)은 어떤 책을 읽어야 할지 몰라서 독서를 제대로 못하고 있다고 한다.

모든 학생을 위한, 모든 주제의 동아리

이 수치만 해도 이미 충격적이다. 하지만 교사들 체감은 이보다 훨씬 심각하다. 책을 읽지 않는 것은 명예를 잃는 행위이기에 아이들이 이를 의식해서 상당히 부풀려 답할 뿐 사실상 우리는 학생들이 책을 읽지 않아도 공부할 수 있는 나라, 어쩌면 학생들이 책을 읽지 않아야 공부할 수 있는 나라에 살아간다는 것이다. 서현숙 교사가 말한다.

> 지금까지 학생 독서 동아리는 많은 경우, 학생들 사이의 경쟁을 유발하는 독서 경연 중심으로 지도되었습니다. 그러다 보니 공부 잘하고 말 잘하는 엘리트 학생들 중심으로 흘러갈 수밖에 없었죠. 나머지 학생들은 들러리에 지나지 않았습니다. 책을 읽으라고 아무리 강조해도 이러한 조건에서는 건강한 흥미를 일으킬 수 없습니다. 저희

는 모든 학생을 위한 모든 주제의 독서 동아리를 지향합니다. 학생들이 자율로 모임을 만들고 서로 읽을 책도 정합니다. 모임 크기도 두 명에서 대여섯 명까지 제각각입니다. 동아리 운영 경험을 서로 나누는 자리에서도 자유롭게 발표하도록 형식을 정하지 않습니다.

홍천여고는 기적을 이룬 학교다. 2015년 단 한 해 만에 학생 독서 교육의 중대한 상징으로 떠올랐다. 250명에도 못 미치는 1학년 학생들이 결성한 독서 동아리만 무려 마흔한 군데, 교사가 모임을 주도하지 않아도 자율적으로 모이고 흩어지면서 책을 스스로 골라 읽고 토론을 한다. 본래부터 친해서, 관심이 비슷해서, 우연히 마음이 맞아서, 공부에 도움이 될까 해서, 모임을 함께하는 이유가 다양하다. 온 학교에 독서 동아리의 꽃이 활짝 피었다. 허보영 교사가 말한다.

책이 아니어도 학생들이 할 만한 자치 활동은 많습니다. 하지만 책을 읽는 것보다 아이들을 성장시키는 활동은 드물죠. 책을 읽으면 자신을 의식하게 됩니다. 지금 이대로 괜찮은 걸까, 이렇게 살아도 좋은 걸까 하는 '불편한 의식'이 생기죠. 주어진 답을 외는 게 아니라 스스로 사고하고 세상에 질문을 던질 줄 알아야 자기 삶의 주인이 될 수 있습니다. 생각하는 것 자체가 가장 중요한 성장입니다.

독서 교육 이대로 안 돼… 두 교사 의기투합

두 교사는 이미 십여 년 전에도 홍천여고에 함께 근무한 적이 있다. 같이 독서 교육을 고민했고, 그동안 각자 다른 학교에서 공부를 깊이 하고 경험의 두께를 늘렸다. 학교 현장은 독서를 일으키기에 척박했고, 혼자만으로는 항상 힘에 부쳤다. 이대로는 안 되겠다 싶어서 독서 교육을 제대로 해 보려고 근무지를 서로 맞추어 처음 만났던 홍천여고로 되돌아왔다. 오랫동안 고민하고 현장에서 절차탁마한 생각들을 꼼꼼하게 계획해 학생들 스스로 모임을 이루어 책을 읽을 수 있도록 밑거름으로 부렸다. 동아리 대표로 여섯 아이가 차례로 둘러앉는다. 하은이가 이야기한다.

> 저희 동아리 이름은 '나이끼'예요. 다섯 명이 뭉쳐서 이끼처럼 끈질기게 책을 읽겠다는 마음으로 이름을 지었어요. '나의 끼'를 마음껏 발산하자는 뜻도 있죠. 같이 책을 읽으니까 시야가 넓어진 느낌이에요. 훨씬 예민해진 것도 같고요. 『김선우의 사물들』이라는 책을 같이 읽은 다음에, 식사하는데 갑자기 밥이 생명이 있는 것처럼 느껴졌어요. 전에는 그런 일이 한 번도 없었는데요. 저희 동아리는 책 읽은 다음에 토론 대신 책을 가지고 놀아요. 책 내용을 사진으로 찍는다든지 하는 활동을 해요. 좋아하는 활동으로 책을 표현하다 보니 어느새 책을 읽는 것이 부담스럽지 않게 되었어요.

활동 이야기가 나오자 수민이가 말을 덧댄다.

> 저희 동아리 '25시'는 책 읽기에 24시간도 부족하다는 뜻이에요. 저희는 일상 속 과학을 다룬 『시크릿 하우스』를 읽고, 과학적 사실 네 가지를 골라 친구들이랑 동영상을 만들었던 활동이 좋았어요. 일인 다역을 해 가면서 카메라 애플리케이션을 이용해 발로 뛰면서 촬영한 게 기억에 남아요. 동아리 활동을 하면서 세상을 멋있게 살려면 책 읽는 여유를 부릴 줄 아는 사람이 되어야 한다는 걸 깨달았어요.

좋은 책은 움직임을 일으킨다. 책을 읽고 나면 심장이 두근대면서 입술이 근질거리고 몸이 들썩인다. 책은 사람을 춤추게 한다. 말은 글을 부르고, 글은 말로 이어지기 쉽기에 책을 읽으면 흔히 수다를 나누고 싶어하지만 풍선이 날아오르듯 자연스레 책이 일으키는 몸의 움직임을 따라붙는 것도 좋다. 책이 일으키는 연상을 활동으로 표현해 보는 것이다. '나이끼'는 『김선우의 사물들』을 읽고 본받아서 일상의 사물들을 사진으로 찍고 느낌을 기록한 『나이끼의 사물들』이라는 책을 만들었다. 성은이가 말을 쏟아 낸다.

> 저희 동아리 '베리'는 한 주일에 두 번 모여서 그림책이나 동화책을 읽어요. 저는 중학교 때까지는 책을 거의 읽지 않았어요. 그림책 독서 모임을 시작하고 나서 매일 책을 읽어서 참 좋아요. 처음에는 친구들이랑 약속했으니까 어쩔 수 없이 책을 읽었지만 점점 읽는 게 좋

아져서 지금은 꽤 두꺼운 책도 같이 읽을 수 있게 되었어요. 『꾸뻬 씨의 인생 여행』을 읽고 '나만의 인생 수첩'을 진지하게 써 본 게 가장 기억에 남아요.

독서, 지식 축적 넘어 자유로운 놀이

교사가 동기를 마련해 주고 자유를 연습할 수 있도록 내버려두면, 학생들은 스스로 활동을 기획하고 실천하면서 독서를 하나의 놀이로 이어 간다. 동화책에 나오는 각종 삽화들을 가지고 전시회도 하고 근처로 가볍게 독서 기행도 떠나면서 재미를 붙여 간다. 지식을 머릿속에 담는 것도 물론 중요하지만, 배움을 갖가지로 변주해 자신의 삶에서 실행해 보는 것은 더욱 중요하다.

인류가 이룩한 지식 전체가 이미 가상 공간에 옮겨져 있고, 손 안의 화면을 통해 언제 어디에서나 접속해 이용할 수 있는 세상에서는 지식 자체보다 지식을 새롭게 배치하고 편집하여 세상의 온갖 문제를 해결하는 데 응용할 줄 알아야 한다. 자유를 부여하면 학생들은 미래에 필요한 능력을 스스로 만들어 간다. 은경이가 활달하게 말을 잇는다.

저희 동아리 '연화'는 선생님이 꿈인 학생들 다섯이 모였어요. 교육을 주제로 한 책을 읽고 서로 격려해요. 예전에는 『트와일라잇』 같은 판타지 소설을 주로 읽었어요. 하지만 저희도 인생을 생각할 나이잖아요. 진로랑 결합해서 책을 읽기로 했어요. 카페 같은 데서 같이 점심 먹으면서 오래 토론해요. 마음에 맞는 친구들을 만나 다행이에요. 『책갈피에 담아 놓은 교육 이야기』『수업을 비우다, 배움을 채우다』『꼴찌도 행복한 교실』 등을 읽으면서 교육이란 무엇인지, 선생님이란 어떤 존재인지를 배우는 중이에요. 송정지역아동교육센터에 가서 같이 봉사활동을 하면서 미리 선생님이 되어 보기도 했어요.

"책 읽으며 세상의 진실에 눈떴어요"

"저희도 인생을 생각할 나이"라는 말에 아이들 모두가 웃음을 터뜨린다. 아이들도 고민이 많다. 틈만 나면 무엇을 하고 어떻게 살아야 하는가를 궁리한다. 인생이 자신에게 물어오는 것에 심각히 답하려 한다. 이럴 때 아이들한테 필요한 것은 경험을 갖춘 부모나 교사만은 아니다. 눈높이를 맞춘 우정의 연대가 더욱 필요하다. 친구들과 책을 같이 읽고 꿈을 나누는 것은 내면의 두께를 넉넉히 자라게 함으로써 평생의 힘이 된다. 수정이가 말을 보탠다.

『우리도 행복할 수 있을까』 같은 책을 읽고 질문을 뽑아서 이야기 나누고 생활글을 써요. 개인적으로는 처음 독서 토론에 참여했는데, 자기주장만 늘어놓으면서 다투지 않고 여럿이 함께 토론할 수 있다는 걸 알고 충격을 받았어요. 동아리 활동을 하면서 사소한 것부터 다시 보게 되었죠. 가령 마트 같은 데서 광고를 보면, 예전과 달리 그 상품에 얽힌 환경 문제 등도 같이 떠올리게 되었어요. 자기가 성장한 것을 느낄 수 있으니까 행복해요.

읽기는 가장 강렬한 대화다. 정신이 중첩되고 영혼이 뒤섞이는 내적 충격의 연속이다. 쌓아온 삶의 경험에 따라 다르게 연주될 수밖에 없기에 어떤 책도 나와 똑같이 읽는 사람은 존재할 수 없다. 같이 읽기를 통해 이 단순한 사실을 체험하는 것으로도 사유의 획일성은 깨어지고 창의의 몬스터들이 날뛰기 시작한다. 소연이가 수줍게 보탠 말이 긴 여운을 남긴다.

책을 읽기 전에는 진실을 모르는 채로 살았죠. 친구들하고 탈핵 관련 책을 읽고 강의도 들으면서 세상이 단순하지 않다는 것을 알았어요. 더 이상 바보가 되지 말자고 생각하면서 책을 열심히 읽게 되었어요.

전국 어디에나 흔한 시골 학교에서 '책의 학교'로 성장한 홍천여고. 해마다 새로 맞는 신입생은 또 어떤 동아리를 이루고 거기에서 기적이 일어날지 자못 궁금하다. 다시 찾고 싶다.

홍천여고 학생들이 읽고 권하는 책

학교에서 친구들과 독서 동아리 활동을 시작하려는 학생들이 함께 읽고 토론하기에 좋은 책을 골랐다. 그 중에서도 먼저 오연호의 『우리도 행복할 수 있을까』(오마이북, 2014)를 권하고 싶다. 친구를 상대로 경쟁하는 법부터 가르치는 한국의 현실을 살아가는 우리 청소년들에게 더불어 함께 성장하는 협동의 삶도 충분히 가능함을, 그런 꿈같은 삶을 현실로 살아가는 나라들이 있음을 알려 주는 책이다.

강수돌, 『강수돌 교수의 더불어 교육혁명』(삼인, 2015)
공지영, 『딸에게 주는 레시피』(한겨레출판, 2015)
김수완, 『열일곱 아트홀릭』(뜨인돌, 2015)
김혜원, 『나 같은 늙은이 찾아와 줘서 고마워』(오마이북, 2011)
배상민, 『나는 3D다』(시공사, 2014)
오연호, 『우리도 행복할 수 있을까』(오마이북, 2014)
오찬호, 『우리는 차별에 찬성합니다』(개마고원, 2014)
윤미향, 『20년 간의 수요일』(웅진주니어, 2010)
정은정, 『대한민국 치킨전』(따비, 2014)
진은영, 『니체의 차라투스트라는 이렇게 말했다』(웅진주니어, 2009)

순천 부꾸부꾸

부지런히 읽다 보니 경청하는 습관 몸에 뱄어요

어둠에 잠긴 도시를 내려다보면서 혼자 가만히 중얼거린다. 가벼운 입맞춤 하듯, 입술이 둥글게 모이면서 열렸다 닫혔다 한다.

부꾸부꾸, 부꾸부꾸, 부꾸부꾸. 한 번 발음할 때마다 둥근홀소리 '우'가 네 차례 이어지면서 리듬을 만들어 낸다. 에밀 아자르의 『자기 앞의 생』, 밀란 쿤데라의 『참을 수 없는 존재의 가벼움』, 모임 장소인 순천 카페브라운의 창에 붙어 있던 책 표지들이 창 밖 어둠 위로 문장들을 미끄러뜨린다.

어떤 말이든 한 번 소리를 내면 뜻 전하는 소리이지만, 두 번 되풀이하면 마음 간절한 기도가 된다. 말에는 본래 신성함이 깃들어 있는데, 한 번으로는 그 빛이 드러나지 않아 인간을 위해 사용하고, 두 번이라야 비로소 그 힘이 스미어 나와 신을 부르는 데 쓸 수 있는 게 아닐까. 김유경 씨가 먼저 말을 꺼낸다.

'안전한 만남'의 자리 독서 공동체

> 모임은 2010년에 처음 시작되었답니다. 책 좋아하는 사람 대여섯 명이 모였습니다. 처음 모임을 시작한 분은 여섯 달 만에 일이 생겨 서울로 올라가 버렸고, 나머지 사람이 이어받아 띄엄띄엄 모이다, 2012년부터 지금 같은 틀이 잡히면서 활발해졌습니다. '부꾸부꾸'는 부지런히 꾸준히 책을 읽자는 마음을 담아 지었습니다. 북(Book)을 꾸준히 읽자는 뜻도 있습니다. '시조새'님한테 들은 이야기예요.

'시조새'라는 말이 나오자 모두 웃음이 터진다. '시조새'는 모임 식구들이 이 모임을 가장 오래 나오고 또 부흥시킨 김인헌 씨를 존중해서 부르는 말이다. 처음 시작되고 난 후 다소 지지부진했던 모임을 부추기고 이끌어서 지금과 같은 단단한 성세를 이루는 데 헌신한 사람이다. 수많은 책 모임을 진행한 프로도 무섭다. 공들여 읽을 책을 선정해서 모임을 공지하고 사람들 반응이 올 때까지 기다리는 초조를, 텅 빈 공간에서 사람들을 기다리면서 조금씩 마음이 내려앉는 공포를 수없이 겪은 후에야 비로소 모임이 서는 법이다. 막내인 김형은 씨가 말을 잇는다.

> 고향이 해남입니다. 직장 때문에 여기로 왔어요. 짐 풀고 나니 이 도시에 아는 사람이 하나도 없구나 하는 생각이 들었습니다. 사람은 어딘가 소속될 때 행복하잖아요. '안전한' 모임을 찾고 싶었어요. 책 읽

는 사람이 낫지 않을까 생각했어요. 시골 살 때 골방에서 책 읽는 걸 좋아했죠. 같이 책 읽는 모임에 대한 로망도 있었고요. 살아 있는 사람을 만나서 책 이야기를 나누다니, 너무너무 행복할 것 같았습니다. 인터넷을 검색하다 이지성 선생님 카페에서 모임을 발견했습니다.

'안전한 만남'이라는 말에서 다시 웃음이 터진다. 지방 소도시는 서울 같은 대도시와는 사뭇 다르다. 직장을 얻어 온 타지 사람은 곧바로 티가 난다. 저녁이면 기대어 갈 곳 없고 마음 놓고 만날 이 없으니, 낯선 땅에 뿌리내린 가슴은 외로운 줄을 더욱 탄다. 이럴 때 독서 공동체는 마음을 내려놓을 '안전한' 만남의 자리를 제공한다. 너무나 안전한 바람에 부꾸부꾸에서는 간절한 기대에도 여섯 해 동안 아직 커플이 한 번도 이루어지지 않았다. 누군가 이 말을 하자마자 다시 웃음이 터진다. 모임에 삶의 우울을 건강한 웃음으로 바꾸는 마술피리가 있는 게 틀림없다.

"취미도 없이 '아저씨' 되는 게 싫었어요"

김형은 씨를 부꾸부꾸로 이끈 카페는, 이지성의 온라인 카페 '폴레폴레'를 말한다. 이지성은 『꿈꾸는 다락방』 『리딩으로 리딩하라』 등 자기 계발서로 유명한 베스트셀러 작가다. 그의 온라인 카페에는 다른 저자 블로그나 카페에는 없는 독특한 공간이 마련되어 있다. 서울을 제외하고 전국 각 지역의 독서 모임을 등록해서 같이 읽기를 독려하는 공간이다. 이 공간을 들여다보고 나니 독서 공동체를 이룩하는 데 저자가 어떤 역할을 할 수 있고 또 해야 하는지에 대해 작지만 중요한 실마리를 찾은 기분이다. 부꾸부꾸에도 이 카페를 통해 모임을 찾은 사람이 여럿 있다. 장정수 씨가 이야기를 보탠다.

> 간혹 야심을 품고 지적인 이성과 만나고 싶어서 참여하는 분도 있긴 합니다. 하지만 회장단 취임식이나 송년회 등 한 해 몇 번 정도 제외하면 저희 모임은 뒤풀이가 거의 없어요. 책 읽고 이야기하는 데 열중하는 '안전한' 모임이니까 썸 타러 오는 분들은 실망이 클 겁니다. 서른 살 넘어 취미가 없으면 남자는 급격히 초라해져요. 나날이 멋을 잃어가면서 '아저씨'가 되어 버립니다. 저는 그런 식으로 나이 들기가 끔찍이 싫었습니다. 모임에 나와 다양한 책을 추천 받고 읽어가면서 한 주 한 주 새로운 인생을 사는 기분입니다. 수요일 저녁마다 아름다운 풍경의 일부로 살아가는 게 좋습니다.

독서 공동체를 이루는 공동의 규칙은 없다. 부꾸부꾸는 가장 소박한 길을 택했다. 매주 수요일 책을 읽고 카페 브라운에 모여 열렬히 이야기를 나눈 후, 그 마음을 담아 일상으로 되돌아가는 것이다. 오십 대도 몇 있지만, 주로 이삼십 대 직장인들이 먹고살기에 바쁜 시간을 쪼개서 모이다 보니 다음 날을 생각하면 술 모임은 엄두를 내지 못한다. 회장단은 세 사람으로 이루어지는데, 정회원 중에서 맡아 여섯 달 임기로 일한다. 회장은 책 선정을 주로 지원하고, 부회장은 신입 회원을 도맡고, 총무는 모임 비용 등을 관리한다. 세 번 이상 모임에 참여하면 정회원으로 승격되어 책을 추천할 권리를 얻는다.

독서 공동체를 지속시키는 가장 큰 힘은 회원들간 결속력이다. 부꾸부꾸 회원들은 모임 뒤 서로 하고픈 말을 적는 롤링 페이퍼를 만들어 격려한다.

독서율 94퍼센트… 기적의 도서관이 낳은 기적

오직 책을 사랑하는 마음이 있을 뿐, 자라난 배경이 다르고 직장도 다르고 관심 역시 각자 다른 만큼, 같이 읽는 책의 다양성을 보장하는 게 독서 공동체의 가장 큰 일이다. 부꾸부꾸는 매달 둘째 주에 제비뽑기로 장르를 선정하고, 셋째 주에는 그 장르에서 읽고 싶은 책을 각자 한 권 이상 골라 와서 투표로 선정한다. 다음 달에 읽을 책이 정해지는 것이다. 체계적이고 민주적이다. 그다음은 곧바로 도서관 대출 경쟁이 시작된다. 도서관 이야기가 나오자 김유경 씨 목소리가 한껏 밝아진다.

저 역시 직장을 얻어 광주에서 여기로 왔습니다. 책 읽기를 좋아했

> 는데, 친구가 같이 모임에 가자고 해서 나왔습니다. 모임에 나오면서 같은 책을 다르게 읽는 경험이 신비하게 느껴졌습니다. 이곳으로 이사 와서 깜짝 놀란 것은 순천은 '책 읽기 좋은 도시'라는 겁니다. 인구 대비 도서관 숫자가 정말 많은 것처럼 느껴집니다. 순천에 와서 세 번 이사했는데 항상 10분 이내에 도서관이 있었습니다. 광주에 있을 때에는 도서관 가기 어려웠거든요. 작은 도시라서 그럴 수도 있고, 아니면 제가 운이 좋았는지도 모릅니다.

2003년 국내 최초의 어린이 전용 도서관인 '기적의 도서관'이 건립된 이래, 순천은 공공 도서관과 작은 도서관을 합쳐 쉰 곳이 넘는 도서관이 도시 곳곳에 실핏줄처럼 뻗어 나가 '도서관 도시'라는 영예를 얻었다. 2015년 발표된 국민독서실태조사에 따르면, 성인 평균 독서율이 65.4퍼센트밖에 되지 않는 참담한 상황이지만, 순천 시민들의 독서율은 놀랍게도 94.4퍼센트에 이른다. 기적의 도서관이 독서의 기적을 이룬 것이다. 이처럼 순천에 도서관은 넉넉하지만, 모임 회원 또한 서른 명이 넘기에 자칫 방심하면 책을 빌리기 어렵다. 그럴 땐 어쩔 수 없이 모임에서 쓰는 메신저인 틱톡 단체방에 빨리 읽어 달라고 호소하거나, 지역 서점에 부탁해서 구입할 수밖에 없다. 순천 토박이인 최명은 씨가 뒤를 받친다.

독서와 토론은 타인에 귀 기울이는 연습

어릴 때 친하던 친구들이 하나씩 서울 가고, 결혼하면서 주변을 떠나다 보니 어느새 혼자더라고요. 모임을 찾아 산악회 등도 기웃거렸는데, 결국 술 모임이었어요. 실망이 컸죠. 이 모임에 나와서 비로소 모임 하는 보람을 얻었어요. 특히 『책은 도끼다』를 읽었을 때 충격이 컸습니다. 독서 방법이 잘못되었다는 것을 깨달았습니다. 그 전에는 얼마나 많은 책을 읽었느냐에 매달렸는데, 한 권을 읽더라도 나한테 무엇이 얼마나 와닿았느냐가 더 중요하다는 걸 알았습니다. 그 다음부터는 마음에 남는 게 많은 인문학 책을 읽기 시작했어요. 파이팅이 너무 넘치는 바람에 『성학집요』를 선택해 읽다가 모두 멘붕에 빠진 적도 있죠.

『성학집요』 이야기에 다시 웃음이 터졌다. 모임에 나오기 싫었다는 둥, 딴이야기만 했다는 둥 스스럼없고 자연스럽고 자유롭다. 분위기를 타자 말릴 수 없을 정도로 순식간에 모임 이야기가 쏟아진다. 『이기적 유전자』는 천재가 일부러 스캔들을 불러일으키려고 쓴 책이라느니, 『미친 듯이 심플』은 내용이 허망해서 남는 게 없다느니, 하나같이 화제작들 흉을 보기 시작한다. 모임 분위기가 떠올라 슬며시 웃음이 난다. 김유경 씨가 스르륵 수습에 나선다.

부꾸부꾸는 캐주얼한 모임입니다. 남을 가르치려는 태도가 없습니다. 책을 읽고 내용은 함께 나누지만, 의견을 하나로 모으지는 않습니다. 다른 사람 생각을 굴복시키고 자신이 간직한 하나의 결론에 도달하려고 논쟁을 거는 분도 가끔 있지만 저희는 자유를 좋아합니다.

독서 공동체는 민주주의 사회에서 가장 중요한 시민적 가치인 경청을 두 번에 걸쳐 연습하도록 만든다. 첫 번째 단계는 저자가 말하는 바를 귀 기울여서 잘 파악하는 일이다. 두 번째 연습은 거기에 덧다는 사람들 의견을 존중하면서 차이를 듣는 일이다. 타자에 대한 인정이 가장 큰 자유다. 타자에 의해 억압 받지 않는 내 자유의 기초가 거기에 있기 때문이다. 경청의 오랜 실천을 통해 부꾸부꾸는 이 땅에서 각자의 자유가 억압되지 않는 시민들의 공간을 또 하나 이루어낸 셈이다. 김형은 씨가 말을 맺는다.

모임 하면서 제가 추구하는 가치를 지속할 수 있다는 자신감이 생겼어요. 풀뿌리 같은 작은 공동체에서도 아름다운 일들이 계속해서 일어날 수 있다는 것을 보면서 제 안이 조금씩 단단해졌어요. 어떻게 살아야 할 것인가에 대한 답을 찾았습니다.

부꾸부꾸 추천 '함께 읽으면 더 맛난 책'

혼자 읽는 것보다 여럿이 함께 읽을 때 더 맛을 느낄 수 있는 책들이 있다. 뻔할 거라 생각했던 고전이 그러하고, 짧지만 다양한 해석이 나올 수 있는 시집이 그러하다. 또 너무 어려워서 혼자서는 읽을 엄두를 못 냈던 과학 서적도 함께 읽으면 맛이 배가되는 책이다. 또 같이 읽고 문학 기행이나 관련된 곳을 가볼 수 있는 책도 독서 모임에서 함께 읽으면 좋다. 마지막으로 '책을 읽는다는 것'에 대한 책은 독서가 좋아 모인 사람들이라면 꼭 함께 읽고 서로에게 독서란 어떤 의미인지 이야기해 보길 추천한다.

고은, 『순간의 꽃』(문학동네, 2001)

김상복, 『엄마 힘들 땐 울어도 괜찮아』(21세기북스, 2004)

김승옥, 『무진기행』(민음사, 2007)

리처드 도킨스, 『이기적 유전자』(을유문화사, 2010)

무라카미 하루키, 『채소의 기분 바다표범의 키스』(비채, 2012)

밀란 쿤데라, 『참을 수 없는 존재의 가벼움』(민음사, 2009)

박웅현, 『책은 도끼다』(북하우스, 2011)

신영복, 『감옥으로부터의 사색』(돌베개, 1998)

이충렬, 『간송 전형필』(김영사, 2010)

한병철, 『피로사회』(문학과지성사, 2012)

서울 과학독서아카데미

과학 책 읽고 세상을 보니 인생이 달라지네요

"당신이 옳았어요, 아인슈타인."

중력파 검출 덕분에 세상이 온통 떠들썩하다. 100년 전, 아인슈타인이 '일반상대성이론'을 통해 이론적으로 예측한 일이 55년 동안의 기나긴 노력 끝에 실제 관측되면서 마침내 현실로 변했다. 신문에 담긴 뉴스를 보면서 인간적 상상의 위대함에 대한 경탄, 중력파 시대가 열어갈 새로운 세상에 대한 기대, 온 우주의 비밀을 무차별하게 벗겨 가는 과학의 힘에 대한 경이 등이 가슴에 물결을 쳤다.

장대한 세계를 바라본 한 인간의 감격과, 그 감격을 온전히 감당할 수 없어 느끼는 두려움이 하나로 섞인 마음을 '숭고'라 한다면, 과학은 평범한 시민들한테 항상 숭고하다. 무지(無知)의 영역에서 지(知)의 영토로 넘어오지 못하고 미지(未知)의 두렁으로 남아 있다. '과학독서아카데미'는 이 두렁에 우뚝 서서 시민들을 과학의 대지로 안내한다. 전 회장이자 운영 위원인 이덕환 교수가 운을 뗀다.

저희 모임은 책 읽기 자체가 목적은 아닙니다. 과학의 가치를 함께 알아 가려고 책을 읽습니다. 독서보다 과학에 무게 중심을 두는 거죠. 과학에 대한 시민들의 의식을 높이고, 과학의 합리성을 생활화하는 게 목적입니다. 책에는 시민들이 알아야 할 과학 지식의 정수가 집약되어 있습니다. 따라서 과학의 가치를 알리는 데에는 책을 통로로 삼는 게 가장 훌륭합니다. 과학자와 시민이 함께 모여 과학 책을 읽고 이야기를 나누는 소통 공간이 있어야 한다고 생각했습니다.

산파 이용수 씨, 매달 한 번 200회 '기적'

모임의 산파는 과학 전문 기자를 지낸 이용수 서울낫도 대표다. 과학 전문 기자의 길을 열어 간 선구자 중 한 사람인 이 대표는 신문사 은퇴와 함께 과학 발전에 헌신한 공로로 대한민국 과학기술상을 받는다. 그때 상금이 1,000만 원. '과학 대중화'를 소명으로 받은 그는 이 상금을 쾌척해 책 구입 자금으로 쓰라면서, 한 달에 한 차례 과학 책을 읽고 저자를 초빙해 이야기 나누는 시민 독서 모임을 제안한다. 이에 박택규, 서정돈, 신종오, 오세정, 이덕환, 홍욱희 등 전문가들이 뜻을 뭉치면서 과학 독서 운동의 새 아침이 열린다.

씨앗 없이 피는 꽃이 있으랴, 황하의 거대한 물줄기도 결국 어딘가에 떨어진 빗방울 하나로부터 시작되는 법이다. 루쉰의 글이 생각난다. "원래 땅 위에는 길이 없었다. 걸어가는 사람이 많아지면 그게 곧 길이 되는 것이다." 이 세상에 나서 자신이 해야 할 바를 알고 그 앎을 길로 바꾸어 간 이들이 없었다면, 역사라는 지도에는 혼돈이 있을 뿐 어떠한 길도 새겨질 수 없었을 것이다. 이덕환 교수가 과거를 더듬었다.

대담한 분이죠. 당시 을지로에 한국전력 본사 건물이 있었습니다. 모임 장소가 마땅하지 않자, 이용수 초대 회장님이 불쑥 거기로 들어가 사장과 담판을 지었습니다. 낭만이 있던 시절이었을까요. 모임 취지를 들은 후 한전에서 무료로 회의실을 빌려주었습니다. 한 해 만에 모임이 커지면서 장소가 비좁아서 옮길 때까지 잘 썼습니다. 이 회장님 사모님 생각도 나네요. 모임 때마다 50인분 샌드위치를 만들어 가져오셨습니다.

과학독서아카데미 첫 모임은 1999년 5월이었다. 2015년 12월에 200회 모임을 할 때까지 한 달에 한 번, 매달 셋째 화요일에 열여섯 해 동안 거의 빠짐이 없었다. 장소는 서울 광화문에 있는 교보문고 이벤트홀이다. 고정 독자층이 옅기로 이름난 과학 책 분야에서 이토록 오랫동안 모임을 이어온 것 자체가 '미러클'이다. 회장 여인형 교수가 이야기를 받는다.

책 읽는 것 자체는 개인만 만족해도 괜찮습니다. 하지만 함께 읽으려면 더 많은 고민이 필요합니다. 과학 지식과 정보를 시민들과 공유해 확산하는 데 목적을 둔 만큼, 단지 과학 책을 읽는 데에서 그치지 않고 의미와 맥락을 짚어가는 게 중요하다고 생각했죠. 저자 또는 관련 전문가를 초청해 강연을 듣고, 토론자를 배치해 심도 있게 논의를 진행하는 이유입니다. 여기에서 강의는 촉매 역할을 합니다. 시민들의 흥미를 유발해서 책으로 향하는 길을 열어 줍니다. 책을 읽고 미흡했던 부분을 강연이나 질의응답을 통해 확인하거나, 강연을 듣고 나서 현대 과학의 필수 지식에 체계적으로 접근할 수 있는 디딤돌을 놓아 주는 거죠.

독서 모임 경험이 과학 교육에 큰 도움

이 모임에는 회원들이 자발적으로 참여하는 것 말고는 아무 규칙도 없다. 전화나 문자를 보내 참석을 다짐받는 일도, 소감이나 후기를 올리라고 재촉하는 일도 없다. 모여서 과학 이야기하는 것만이 의무이고, 각자 삶에는 일절 간섭하지 않는다. 등록 회원은 이백여 명에 이르며, 평소 모임에 참석하는 이들은 마흔 명 안팎이다. 대중적 주제를 정하면 참석자 수는 급격히 늘어난다. 읽을 책은 운영위에서 정해 일괄 구입한 후, 그 전달 모임에서 나누어 준다. 한 달 동안 책을 읽고 강연자와 나눌 내용을 생각해 오라는 뜻이다. 성산중학교 교장으로 은퇴한 과학 저술가 정근화 씨가 말을 붙인다.

물리 교사로 평생 가르치면서 살았는데, 과학을 더 다양하게 알아야겠다는 생각으로 모임에 나왔습니다. 과학은 인생에서 반드시 알아야 할 지식인데도, 학교의 과학 교육은 그다지 성공적이지 못합니다. 초등학교 3, 4학년까지는 아이들 관심이 대단한데, 그 이후 급격히 멀어집니다. 과학이 '재밌다'에서 갑자기 '어렵다'로 바뀌는 거지요. 이럴 때 부모들이 조언을 해 주면 그 시기를 잘 넘길 수 있습니다. 그러려면 독서 모임 같은 데서 부모들이 먼저 공부를 해야 합니다.

과학 교육 이야기가 나오자 갑자기 치열해진다. 과학이 아니라 과학 개념의 분류학을 가르친다든지, 최신 정보가 아니라 낡아 빠진 지식에 얽매여 있다든지, 생활에 필요한 과학은 정작 배제된다든지 하는 말들이 와르르 쏟아진다. 초등학교 교사로 '책으로 따뜻한 세상 만드는 교사들'에서 과학 책을 주로 골라 주는 유연정 씨가 수습에 나선다.

그래서 책을 읽어야 합니다. 학교의 과학 교육은 과학적 소양을 갖춘 사람을 길러내는 일이 큰 목표입니다. 따라서 교과서만으로 부족합니다. 교과서를 공부하고 수업 듣는 일은 길잡이에 불과합니다. 아이들이 지식의 균형을 잡고 시야를 넓히려면 반드시 과학 책 읽기가 필요합니다. 저는 오랫동안 아이들 과학 책을 읽어 왔습니다. 하지만 저 자신을 위한 독서를 한 적이 별로 없었습니다. 그래서 갈증이 있었는데, 모임에 나온 후 비를 맞은 듯했습니다. 아이들 책을 고르는 눈도 더 깊어졌지요.

고등학교에서 학생들을 가르치는 윤영신 씨가 손뼉을 마주친다.

동료 교사 대신 참석했다가 모임에 푹 빠졌습니다. 지금까지 무비판적으로 읽던 책을 전문가가 짚어 주고 때때로 잘못까지 지적해 주어서 좋았습니다. 수업 자료 등을 준비할 때 배경 지식이 늘어 재미있게 수업할 수 있다는 자신감을 얻었죠.

"과학 책 읽고 새로운 가능성에 눈떴어요"

누구의 삶이든 접혀진 채 보이지 않는 가능성이 무수히 존재한다. 무언가를 마주쳐 촉발되지 않는다면 이들은 삶의 지층 밑에 머무른다. 살아온 대로 살고, 사는 대로 살아갈 평탄 속에서 생의 봄날은 조금씩 지나간다. 같이 읽기는 때때로 한 사람의 인생을 촉발한다. 평소라면 전혀 읽지 않았을, 모임에 나와 우연히 마주친 책이 둔덕을 만들면서 생의 물줄기를 다른 쪽으로 흐르게 한다. 경찰 공무원으로 일하는 정승희 씨가 말한다.

혼자 과학 책을 읽으면 남는 게 없는 경우가 많았어요. 모임에 나오면서 활발한 의견 교환을 통해 책의 감동을 더 오래 간직할 수 있었습니다. 중 · 고교 때 이 모임을 알았더라면 아마 과학자가 되었을 거예요. 모임에 나오면서 제 인생도 조금 달라졌습니다. 여기서 『미래 보고서 2010~2100』이라는 책을 접했습니다. 앞으로 어떤 임무를 맡아야 할까 고민할 때였어요. 그 책에서 교통의 미래를 다룬 내용을 읽고 강연을 들으면서 눈이 틔는 느낌을 받았습니다. 서슴없이 교통공학을 전공으로 택해 공부하고 있습니다. 현재는 비 인기 직종이지만 미래가 열려 있으니까요.

사물이든 사람이든, 무언가를 만나 접혀 있던 가능성이 펼쳐지는 것을 자유라고 부른다. 『잃어버린 시간을 찾아서』에서 프루스트는 홍차에 적신 마들렌 한 조각으로부터 접혀 있던 기억들이 풀려나 이야기의 기나긴 연쇄를 이루는 것을 느낀다. 책을 읽는 것은 이처럼 자유의 무한한 촉매들과 마주치는 소중한 경험을 만들어낸다. 십여 년 전 모임에 나와 뒤늦게 과학 책을 읽기 시작한 강영자 씨가 말한다.

과학 독서를 안 했으면 드라마나 보며 지냈을 거예요. 잘 해야 옛 이야기를 뒤적였겠죠. 과학 책을 읽으면서 늘그막에 새로운 삶도 시작했어요. 진화론 책을 읽을 때 머릿속에 잘 들어오지 않아 본문에 있는 개 그림을 따라 그려 봤어요. 기적처럼 이해가 되는 거예요. 책을 읽을 때마다 그림을 그렸죠. 주기율표도 그렸는데, 사람들이 훌륭하다고 하더라고요. 저한테 그림 그리는 재주가 있는 걸 처음 알았습니다. 그림 그리는 게 점점 재밌어져서, 지금은 민화를 정식으로 배우고 있습니다.

이순의 나이에 과학 책 읽기를 시작해 삶을 다시 그려 가는 모습이 씩씩하다. 읽기를 통해 과학을 시민 사회로 퍼뜨리려 했던 한 사람의 정열이 여기저기에서 꽃피우는 중이다. 아름답다.

과학독서아카데미가 추천하는 처음 읽기 좋은 과학 책 10종

오늘날 시민 교양의 핵심에는 과학이 있다. 과학에 대한 지식 없이 현대 사회를 이해하는 것은 불가능하다. 과학은 분야가 아주 많고, 분야마다 처음 읽기 좋은 책이 모두 다르다. 과학독서아카데미에서 함께 읽었던 이백 권 넘는 책 중에서 수학, 물리학, 화학, 생물학, 지학, 과학사, 과학철학, 의학 등 분야별 입문서를 추천 받았다.

기울리아 앤더스, 『매력적인 장(腸) 여행』(와이즈베리, 2014)
김성호, 『동고비와 함께한 80일』(지성사, 2010)
김웅진, 『생물학 이야기』(행성B이오스, 2015)
빌 브라이슨, 『거의 모든 것의 역사』(까치, 2003)
빌리 우드워드, 『미친 연구 위대한 발견』(푸른지식, 2011)
앤서니 기든스, 『기후변화의 정치학』(에코리브르, 2009)
여인형, 『퀴리부인은 무슨 비누를 썼을까? 2.0』(생각의힘, 2014)
제래드 다이아몬드, 『총 균 쇠』(문학사상사, 2005)
최무영, 『최무영 교수의 물리학 강의』(책갈피, 2008)
클레망스 강디요, 『인생은 오묘한 수학 방정식』(재미마주, 2010)

서울 보라매독서동아리

'줌마 놀터'에서 만난 책, 세상 보는 눈이 열렸죠

어느새 봄이 내렸다. 보라매 하늘은 맑아서 높고, 불어오는 바람은 산들산들 따스하다. 두꺼운 외투 단추를 풀고, 골목을 세어 길 찾아 들어간다.

한때 이 언덕 가득 층층이 쌓였던 판잣집들은 간 데 없다. 재개발을 거쳐 새로 지은 아파트 단지들이 늘어서 무심히 맞을 뿐이다. 기억이 통째로 씻기는 기분이다. 철저한 가난 속에서도 인정을 다지던 사람들은 어디로 갔을까. 생각에 잠겨 걸음을 옮기다 보니 보라매동사무소다.

2층 다사랑문고. 책들이 빼곡한 작은 공간이 아늑하다. 창으로 들어온 오후 햇빛이 가득한 중에 올망졸망 아이들이 코를 박고 책을 읽는다. 재미난 대목이라도 읽는지 온 얼굴이 웃음이다. 아득하던 마음이 절로 누그러진다. 봉혜영 씨가 입을 연다.

오랫동안 서로 함께했습니다. 2005년부터니까 벌써 강산이 바뀌었네요. '땅을 지키는 모임'이라는 소비자생협이 동네에 있었어요. 생산자와 직접 연결해 유기농 농산물 등 바른 식품을 소비하려고 주부들이 힘을 합친 곳이었습니다. 지금은 두레생협과 합쳤죠. 저희는 모두 '땅모임' 조합원이었어요.

생협 조합원끼리 모여 시작한 책 읽기

지금은 유기농도 생활협동조합도 당연하고 익숙하다. 그러나 '땅모임'이 결성된 1993년만 해도 일반인들은 그 뜻을 제대로 알지 못했다. 이사장을 맡아 '땅모임'을 이끈 한손남 씨는 생활협동조합 활동가로 긴 세월을 헌신하면서 사람과 자연이, 생산과 소비가 서로 순환하면서 건강하게 공생하는 세상을 만들려고 애써왔다. 봉 씨가 말한다.

무엇보다 엄마들이 책을 읽어야 한다고 항상 말씀했어요. 세상이 바뀌려면 사람이 바뀌어야 하고, 사람이 바뀌려면 책을 읽어야 한다고 하셨죠. '땅모임'보다 먼저 책 읽는 모임이 있었다고 들었어요. 조합에 들자마자 저희한테도 책을 같이 읽자고 권하셨죠. 몇몇이 의기투합해서 모임을 꾸려 환경이나 육아에 대한 책을 같이 읽었어요.

살아가면서 답을 찾는 것이 아니라, 먼저 답을 내리고 살아가는 것이다. 스스로 삶의 규칙을 세워 세상에 낯선 길을 내고, 자꾸 그 주변을 걷고 다지면서 길을 이룩한다. 세상의 헛됨에 지지도 않고 유혹되지도 않으면서, 또 다른 삶의 가능성을 계속 시도하여 진지를 구축해 간다. 그러려면 무엇보다 읽어야 한다. 자본이 밀고 권력이 당기면서 비틀어진 세상의 법을 가로질러 지금까지와는 다르게 살겠다 선포하고, 이후에 밀어닥칠 어렵고 힘든 삶을 살아가려면 먼저 진리에 적합한 몸으로 영혼을 단련해야 한다.

가령, 농약을 쓰지 않은 유기농 음식을 먹는 간단한 규칙조차도 철저히 하려면 얼마나 무수한 난관을 지나야 하는가. 좁디 좁은 사육장에 가두어 일부러 비만을 유발한 고기를 먹지 않는 일은 또 어떠한가. 마음 먹기 전에는 엄청나게 풍요롭던 세상이 마음 먹은 후에는 갑자기 삭막한 사막 같을 것이다. 지배적 규칙에 맞추지 않는 삶을 살아 보려는 일은 사막을 걷는 일과 같다. 오아시스에 이를 때까지 체력을 아끼면서 앞으로 나아가는 수밖에 없는 것이다. 그러니 자아에 갑옷을 입혀 두지 않으면 몇 걸음 가지 못하고 속절없이 넘어질 게 틀림없다.

하나의 법을 무너뜨리고 또 다른 법을 세우려 할 때, 읽기만이 쉽게 우리를 도울 수 있다. 타자의 혀로써 내면을 다시 씀으로써, 읽기는 삶의 기존 규칙을 시험에 들게 하고, 그 규칙의 근거를 흔들어 자유를 확보하도록 해 준다. 책 한 권을 읽을 때마다 우리는 인생을 다시 산다. 읽기 전의 자아는 죽어 버리고 새로운 자아로 거듭난다.

읽을 때마다 죽음과 부활의 과정을 되풀이하면서, 나이테를 두르는 나무처럼 자아가 튼실해진다. 유정영 씨가 말을 잇는다.

> 세 해쯤 지나 독서 모임에서 몇몇이 돈을 추렴해 아예 작은 공부방을 마련했습니다. '아줌마들 놀이터'라고 해서 '줌마 놀터'라는 이름을 달았죠. 몇 해 여기에서 모였는데 이 시절이 가장 기억에 남아요. '자기만의 방'이 생겼다 할까요. 같이 모여 책 읽고 공부하고, 북아트나 수지침 등도 배웠어요. 각자 반찬을 가져온 후 밥만 해서 나누어 먹기도 했죠. 일종의 생활 공동체였어요. 거기서 사람들과 어울리면서 세상 바라보는 눈도 키우고, 사람 대하는 자세도 달라졌죠.

"네가 부르기 전에 나는 이미 꽃이었다"

공동체 경험은 사람을 성장시킨다. 나이 들어 독립하거나 가족을 이루면 생활의 틀이 만들어지면서 어느새 일상이 쳇바퀴를 벗어나기 어렵다. 매일의 반복이 쌓여 권태를 부르고, 권태를 벗어나려고 여행을 가거나 친구를 만나는 등 갖은 애를 쓰지만 어느새 똑같이 사는 자신을 발견한다. 무의미가 찾아온다. 그러고 나면 삶의 보람을 어떻게든 찾으려고 아파트 평수에 집착하거나 아이들 성적에 몰두하거나 뒤끝을 남기는 허무한 수다에 빠져든다. 이게 정말로 잘 사는 걸까? 그러지 못함을 스스로 안다.

열 명 정도 돈을 추렴해 작은 공간을 마련한 후, 일상의 근심을 내려놓고 평소 해보고 싶었던 갖가지 상상을 함께 실험했던 경험은 무척 소중하다. 보라매독서동아리가 2011년 이래 좀처럼 거르지 않고 한 달에 두 번 모임을 계속한 것은 아마도 약해진 자아를 되찾을 수 있었던 그때의 경험 덕분일 터이다. 줌마 놀터의 벽에 이런 말을 붙여 두었다고 한다. "이제 내 삶은 내가 말한다./ 네가 부르기 전부터/ 나는 이미 꽃이었으므로…." 물론 이때도 읽기가 빠질 수 없었다. 읽기로 세상에 대한 눈을 열고 쓰기로 자신의 삶을 풀어낸 경험이 가장 기뻤다. 이처럼 서로 지지하고 함께 지탱하면, 새로운 나를 마련해 세상을 사는 일이 훨씬 덜 무섭게 느껴진다. 임정화 씨가 이야기한다.

> 다른 모임이 햄버거를 먹는 간식이라면, 책 읽는 모임은 한 상 잘 차려서 먹는 정식입니다. 아주 영양가 있는 시간이죠. 수다 모임 나가서 아이들 뒷이야기를 하거나 신세 한탄을 주고받는 일에 지쳤습니다. 그러고 나면 남는 게 하나도 없습니다. 정말 허무하죠. 책을 같이 읽는 모임은 나 자신을 축복하는 일과 같습니다. 읽고 이야기하면서 한없이 나 자신의 새로운 모습을 발견하죠. 다른 사람이 말하는 걸 들을 때마다 책에서 또 다른 사람이 보입니다. 같이 읽었으니까 공감이 커지고, 소리굽쇠처럼 공명하는 사랑을 느낍니다. 무엇보다 소중하고 가치 있는 일입니다.

덕과 지식 단련해 삶의 변화 일궈내

독서 공동체는 화려하지 않다. 읽은 책을 들고 와서 마음에 와닿았던 구절을 짚어 가면서 낮은 목소리로 도란도란 이야기하는 게 전부다. 그러나 그 작은 공간에 세상 모든 일이 지나간다. 이야기를 타고 우주로 여행을 떠나기도 하고, 시간을 움직여 머나먼 과거로 들어가기도 한다. 사랑과 미움, 정의와 불의, 선함과 악함 등 인생의 가장 중요한 가치들이 격렬한 논쟁과 조분한 발화 속에서 성찰된다. 오랫동안 모임을 함께한 덕분인지 다들 자매같이 편안하다. 개인사 탓에 나고 들기도 했고 때때로 모임을 쉰 적도 있지만, 오랫동안 큰 단절 없이 모임을 이어가며 인생을 주고받아 온 사랑의 공간이다. 한정아 씨가 말한다.

> 저는 뒤늦게 모임에 참석했습니다. 학부모 모임에 지친 참이었어요. 아이들 이야기가 아니라 나한테 집중하고 싶었습니다. 어떻게 할까 고민하던 차에 여기서 독서 모임을 한다는 말을 듣고 제 발로 찾아왔어요. 눈빛만 봐도 아는 분들이라 어울리지 못할까 걱정했는데, 잘 받아 주셔서 쉽게 적응할 수 있었어요. 모임에 나오면 여행 떠나는 기분이 들어요. 새로운 세상을 만나고 집으로 돌아가는 느낌이에요.

보라매독서동아리 같은 오래된 독서 공동체의 경우, 서로 다져진 관계로 생긴 고유한 분위기 때문에 자칫 새로운 이가 함께하는

데 부담을 가질 수 있다. 기존 회원들의 넉넉한 배려와 의식적 노력 없이는 외연이 좀처럼 넓어지지 않는다. 보라매독서동아리는 이 부분에서 노하우가 생기면서 고비를 넘어선 듯하다. 한 씨에 이어 최근에는 장형선 씨가 모임에 합류해 활발히 활동 중이다. 유주희 씨가 책으로 말을 돌린다.

> 에밀 아자르의 『자기 앞의 생』을 읽고 이야기했을 때가 생각납니다. 슬프고 아름답고 행복한 작품입니다. 문장이 정말 좋았어요. 이 책을 읽고 나서 살아온 세월의 길이는 그다지 중요하지 않다는 걸 알았습니다. 사랑하면서 살아가지 않으면 무슨 소용 있겠어요. 저는 성소수자에 대한 이해가 전혀 없었는데, 이 책을 읽고 나서 있는 그대로 사람을 바라보는 법을 깨달았습니다.

같이 읽기는 사람을 바꾼다. 편견에 사로잡힌 시야를 열어 주고, 경험에 붙잡혀 고집하는 태도를 줄여 준다. 인간으로서 누구나 비슷한 삶을 살아간다는 공동의 경험을 환기하면서 어느 하나도 같지 않은 차이를 호명함으로써 '따로 또 같이'라는 아크로폴리스적 가치를 실현한다. 거기로부터 새로운 세계가 열린다.

단테는 『신곡』에서 오디세우스의 입을 빌려서 "너희는 짐승처럼 살려고 태어난 것이 아니라 덕과 지식을 구하려고 태어났다."라고 말한다. 고향 이타카로 돌아가 일상 속에서 무뎌져 가는 자신을 채찍질해 몸을 일으킨 후, 옛날 함께 항해했던 수부들을 불러 놓고 연설한 말이다. 격정이 살아난 수부들은 배에 올라 다시 바다로 나선다. "덕과 지식"은 일상을 깨는 모험 속에서만 인간에게 주어진다. 같이 책을 읽는 일은 오디세우스의 항해와 같다. 낯선 의식의 침투 속에 온 정신을 노출하면서 덕과 지식을 이룩하는 실천이다. 이러한 종류의 실천을 통해서만 인간은 단련되고, 단련을 통해서만 인간은 진리에 적합한 몸으로 변화한다. 같이 읽기로 덕과 지식을 쌓고, 생협 활동으로 바른 삶을 고민하는 보라매독서동아리의 앞이 빛으로 가득하기를 소망한다.

보라매독서동아리가 추천하는 책

더 늦기 전에 자기 인생의 의미를 찾고 싶은 이 땅의 주부들에게 페터 한트케의 『소망 없는 불행』을 추천한다. 아내로, 엄마로 주어진 삶을 두려움과 불행 속에서 살아가던 여인은 아들도, 남편도 떠나 보낸 후 뒤늦게 책을 읽으면서 인생이 의미를 찾기에 너무 늦었음을 깨닫고 자살한다. 이처럼 인간은 삶의 무의미를 견딜 수 없다. 하지만 내 삶의 의미는 나한테 나 자신이 주는 것이므로, 지금 이 순간을 나 자신의 언어로 표현하며 살아야겠다고 이 책을 읽으면서 생각했다.

기시미 이치로, 『늙어갈 용기』(에쎄, 2015)

김찬호, 『모멸감-굴욕과 존엄의 감정사회학』(문학과지성사, 2014)

김태진 · 백승휴, 『아트인문학 여행-이태리』(카시오페아, 2015)

매튜 매케이 등, 『살며 배우며 성장하며』(유노북스, 2015)

미겔 데 세르반테스, 『돈키호테』(열린책들, 2014)

박경리, 『버리고 갈 것만 남아서 참 홀가분하다』(마로니에북스, 2008)

신영복, 『담론』(돌베개, 2015)

에밀 아자르, 『자기 앞의 생』(문학동네, 2003)

장일순, 『나락 한 알 속의 우주』(녹색평론사, 2009)

페터 한트케, 『소망 없는 불행』(민음사, 2002)

인천 마중물
세상을 함께 읽고 허심탄회한 얘기 나누는 '풀뿌리 소통'

> 어느 날 갑자기 주민증을 잃고 주소와 생년월일을 까먹고 갑자기,/
> 왜 사는지 도무지 알 수 없고 (이성복, 「그러나 어느 날 우연히」)

세상이 '저렇게' 무참해 보일 때가 있다. 열린 문은 갑자기 닫히고, 뻗은 길은 돌연 끊긴다. 언어는 제멋대로 뜻을 잃고, 열정은 더 이상 불꽃을 당기지 못한다. 살아왔던 대로는 살지 못하는데, 앞날은 짙은 어둠에 잠겨 보이지 않는다. 삶의 주소가 통째로 사라지고, 알 수 없는 비애와 견딜 수 없는 허무가 덮친다. 상실의 시대에 세계의 변혁을 꿈꾸었던 청년들은 줄줄이 무의미에 항복한다. 직장을 얻어 재산을 꾸리고, 자리를 얻어 출세를 갈망한다. 바쳐진 시간을 벌충하는 듯 더욱 그 길에 집요하다.

청년 유범상 역시 '노동'에 좌절한다. 노동 운동이 더 이상 변화에 대한 열망을 담지 못한다고 느낀다. 힘차게 희망을 실어 나르던

노선이 어느새 환승역에 다다른다. 어디로 갈아탈 것인가를 불안해하다가 불혹을 앞두고 스코틀랜드로 공부 길을 떠난다. 사회복지를 전공하면서 '1980년대 문제가 지금도 여전히 유효한가?'라는 질문에 끝끝내 매달린다. 유범상 방송대 교수가 말한다.

권력에 버려져 공동체에 결박되기

버니 샌더스는 절대로 이길 수 없습니다. 그는 잠시 불어 닥친 바람에 불과합니다. 그에게는 신념은 있을지 몰라도, 아래로부터 떠받치는 풀뿌리 조직이 없습니다. 설령 대통령이 될지라도 세상을 바꿀 수 없습니다. 백악관에 갇혀 좌충우돌할 뿐이겠죠. 중앙으로부터 내려온 혁명은 불가능합니다. 세상을 좀 더 살기 좋은 곳으로 바꾸려면 지역에서부터, 아래로부터 시작해야 합니다. 영국에 유학하면서 무엇을, 어떻게 할 것인가를 고민했습니다. 그러다 시민들이 자발적으로 모여 책을 읽으면서 세상 문제를 학습하는 스웨덴의 스터디 서클에서 한 희망을 보았습니다. 민주주의 정치에 시민들이 적극적으로 참여할 수 있도록 돕는 독일의 정치 교육에서도 영감을 얻었습니다. 책을 친구로 삼아 세상을 깊게 읽고, 나와 내 친구들이 살아가는 공동체에 대한 정치를 고민하는 '독서 공동체 민주주의'가 자연스레 떠올랐습니다. 제 인생을 이러한 공동체를 이룩하는 일에 마중물로 쓰는 데 헌신하기로 했습니다.

고민은 길고 치열했지만 답은 간결하고 소박하다. 심훈의 『상록수』가 증언하듯, 사회 운동의 모든 뿌리는 '독서회'가 아니었던가. 오늘날 한국의 많은 시민 사회 단체들은 명망가 몇몇의 활동만 격렬할 뿐, 조용히 성찰하고 참여하는 시민들을 얻지 못한 채 늙어 가는 중이다. 이유는, 섣부른 지도 의식에 사로잡혀 해답을 열어둔 채 바닥부터 시민 사회 문제들을 고민하는 '같이 읽기'를 버렸기 때문은 아닐까.

2009년 한국으로 돌아온 후, 유 교수는 고향인 인천에서 시민 독서 공동체 '마중물'을 꾸린다. 마중물은 "혼자 힘으로 세상 밖으로 나올 수 없는 지하수를 마중하는 한 바가지 물"을 말한다. 땅을 파서 지하 샘물에 닿아도, 물은 저절로 솟지 않는다. 물이 얕아서 우물을 채우지 못할까 마음이 졸아드는 이때, 우물에 한 바가지 물을 살짝 쏟으면 지하 샘물이 솟아올라 우물을 채우기 시작한다. 땅 밑으로 자신을 던져 형제를 맞이하고, 공동체를 새롭게 이루는 이 실천을 유 교수는 "(땅 위의)권력으로부터 버려져서 스스로 공동체에 결박되는 행위"라고 말한다.

책을 동료 삼아 듣고 말하고 읽고 쓰다

마중물 모임은 이 주에 한 번, 토요일 오후 3시에 열린다. 학기제로 운영 중인데, 아무나 참여할 수 있다. 참가비는 무료다. 한 학기

동안 여덟 번에 걸쳐 정해진 주제를 놓고 책을 읽고 토론을 하고 강의를 듣는다. 이번 학기 주제는 '이념과 인권'이다. 인권의 기본 개념에서부터 시작해 자유주의, 진보주의, 인종, 종교, 장애, 북한 등 주요 쟁점 별로 시민들이 함께 나누어야 할 인권 문제를 이야기한다. 주제 도서를 중심으로 두 시간에 걸쳐 발제와 토론을 먼저 한다. 모임을 함께하는 정연정 마중물정책연구소 부소장이 말을 덧붙인다.

> 듣고 말하고 읽고 씁니다. 책은 이야기를 위한 동료입니다. 나와 내가 속한 공동체의 등장을 위한 또 하나의 마중물이죠. 2009년 박사 학위를 받고 나서, 술자리 수다로 흔히 끝나는 공허한 만남이 아니라 생각하는 '나'들의 모임에 대한 갈증이 있었습니다. 이 모임을 우연히 알고 참여했는데, 시민들이 일상에서 깨달은 지식에 담긴 통찰력에 커다란 놀라움을 느꼈습니다. 제가 배우고 연구해 온 지식이 현실과 다소 거리가 있는 스테레오타입의 지식이라면, 이 모임에서 함께 생각하면서 만들어지는 지식은 살아 숨 쉬는 역동성이 있습니다. 모임에 올 때마다 놀랄 준비를 하고 옵니다.

'마중물'은 책을 읽고 거기 담긴 지식을 챙기는 것보다 듣고 말하는 것을 우선으로 한다. 책 자체를 전혀 물신 삼지 않는다. 책을 읽어 오면 그로부터 더욱 풍성히 이야기할 수 있겠지만, 읽어 오지 않는다 해도 모임을 참여하는 데 아무 제한을 두지 않는다. '같이 읽기'에서 책이란, 그 안의 주장이나 내용을 계기로 생각을 촉발하는 훌륭한 도구 상자 중 하나일 뿐이다. 책은 "나와 우리 그리고 공동체를 둘러보는" 일을 말하려는 데 좋은 계기가 되면 족하다. 책에 '대해' 학습하지 않고 책을 '통해' 같이 생각하는 일에 무게 중심을 두면, 모임을 같이하는 일이 좀 더 즐거워진다. 정향진 씨가 이야기한다.

> 정리해서 말하지 않고 말하면서 정리합니다. 저희 '마중물'의 토론 원칙입니다. 2014년부터 모임에 참여했습니다. 이런 공부를 시작한 것은 모임에 들고 나서입니다. '부담은 없고 가치를 얻고 돌아가는 모임'이라는 모토에 걸맞게 '마중물'에 와서 삶을 깊이 있게 고민하는 시민들을 자주 만나면서 매번 놀라고 돌아갑니다. 모임에는 보호자 손을 잡고 나온 여덟 살부터 여든 살 어르신까지 함께합니다. 그만큼 폭이 넓은 이야기가 쏟아집니다. 제도권 바깥에서 제대로 공부하는 느낌입니다. 저는 늘 세상이 변해야 한다고 생각하면서 살아왔습니다. 그런데 모임을 나오다 보니까 어느새 제가 조금씩 바뀌어 있는 겁니다. 제가 잘 안다고 생각했던 부모 형제들에게서도 새로운 면을 발견하면서, 가족과의 만남도 깊이 있게 변했습니다.

시민 사회 뿌리 내리는 책 읽기 실천

다른 사람들과 차이를 이루는 나를 확인할 때 사람은 비로소 성숙한다. 어린아이는 자기밖에 모르지만, 철든 다음에는 자신과 주변을 배려하면서 조금씩 조화를 이룬다. 굳어지고 딱딱한 자아의 껍데기를 무너뜨리고 나를 다시 이룩하는 지름길은 나와는 다른 인생길을 걷는 이들과 깊게 이야기를 나누는 것이다. 차이에 놀라면서, 겸손히 그 경이를 몸에 새기는 것이다. 그러고 나면 삶의 길이 유연하고 부드러워지면서 전에 없던 활력이 생긴다. 무심히 지나쳤던 사물들이 빛을 던지고, 무감히 대했던 친인들이 눈에 들어온다. 일찍이 워즈워스는 "저 하늘의 무지개를 보나니, 내 가슴은 뛰노네."라고 했다. 무지개를 보고 뛰노는 가슴이 없는 한 인간은 결코 자신을, 사회를, 세상을 바꿀 수 없으리라. 이연수 마중물 시민교육센터장이 이어서 말한다.

> 유 교수님하고는 에든버러 대학에서 같이 공부했습니다. 유학생 독서 모임이 있었는데, 거기에서 함께했습니다. 2010년부터 모임에 나왔습니다. 책상물림인 저로서는 삶을 배우는 공간입니다. '마중물'은 지식과 현장이 만나 형성되는 '실천 지혜'를 추구합니다. 모임을 함께하면서 지식을 많이 갖춘 분은 오히려 말을 잘 못하고, 살면서 치열한 고민을 많이 하던 분들이 강하다는 걸 느꼈습니다. 삶의 현장에서 단련되며 얻어진 자기 이야기가 있는 사람이야말로 지혜가

> 있는 사람입니다. 이런 분들은 솔직하고 주관이 뚜렷하지만, 다른 사람들 의견을 존중합니다. 인생을 살아오면서 자기를 고집해서는 아무것도 이룰 수 없다는 차이의 지혜를 획득하신 거죠.

읽기와 말하기를 축으로 하는 공부를 통해 시민 사회의 뿌리를 든든히 하겠다는 '마중물'의 실천은 처음에는 한 사람의 깊은 헌신으로 소박하게 시작했지만, 일곱 해 만에 사단법인으로 크게 자라났다. 연구소, 교육센터, 문화예술센터 등을 두고 본래 하던 독서 공동체 모임인 마중물 세미나 말고도 시민 인문 축제를 기획하고 인문학 강좌를 진행하는 한편, 시민 교육과 정책 분야의 전문가를 양성하는 아카데미 등을 운영하는 중이다. 한 그루씩 나무를 심어 황무지를 숲으로 이루어 낸 '나무를 심는 사람'을 보는 느낌이다.

> 전문가와 시민이 함께 어우러져서 공부하지만 '전도'가 아니라 '전파'가 되도록, '소유'가 아니라 '소통'이 되도록 힘껏 애쓰는 중입니다. 차이가 편안하게 드러나는 풍성한 공론장을 만드는 것이 '마중물'의 목표입니다. 흔히 '손은 마주잡되 발까지 맞추지는 말자'고 하고 있습니다. 서로를 존중하고 공동체를 함께하면서 지혜를 모으되, 몸까지 모두 한 방향으로 전진할 까닭은 없습니다. 나와 남을 돌아보면서 삶의 처지에 맞도록 각자 실천하면 되지요. 중요한 것은 '내가 생각한다'라는 독단에서 벗어나 '우리가 생각한다'는 공동 사유를 발전시키는 것입니다. 실제로 세상을 변화시키는 힘은 어디로 가

> 야 하는가를 명확히 말해 주는 근거 없는 낙관주의가 아니라 '우리'가 만나 같이 대화하고 시도하면서 낙관의 근거를 현실로 만드는 일입니다.

말하는 그 얼굴이 찬란히 밝다. 권력과 자본의 무차별적 공세로 인간적 삶의 의미가 무색해진 이 궁핍한 시대에 1980년대의 참된 의미를 묻고 좇는 이가 있다. 창 밖으로 4월 꽃들은 이미 세상을 바꾸고 있다. 파울로 프레이리를 빌려 유 교수가 한 말이 마음의 북을 연신 두드린다.

> 아무것도 모르는 사람은 없습니다. 모든 것을 아는 사람도 없습니다. 우리는 모두 무언가는 압니다. 하지만 모든 것을 아는 것은 아닙니다. 그래서 우리는 만나서 이야기해야 합니다.

'마중물'이 선정한 질문, 성찰, 상상을 위한 책

책은 나와 나를 둘러싼 공동체에 대해 질문하고, 성찰하고, 더 나은 삶과 세상에 대해 상상하는 매개이다. 좋은 질문은 근본적인 성찰과 상상을 이끌기 때문에 특히 중요하다. 쉽고 짧으면서도 깊은 울림과 여운이 있는 질문을 던지는 책으로 『지금은 없는 이야기』를 함께 읽으라고 권하고 싶다. 이 책은 영원할 것처럼 보이는 이 시대의 상식에 대해 질문하고 이를 전복하여 미래를 희망하기 때문이다.

질문

밀턴 마이어, 『그들은 자신들이 자유롭다고 생각했다』(갈라파고스, 2014)

윌리엄 피터스, 『푸른눈 갈색눈』(한겨레출판, 2012)

최규석, 『지금은 없는 이야기』(사계절, 2011)

성찰

공지영, 『의자놀이』(휴머니스트, 2012)

김원영, 『나는 차가운 희망보다 뜨거운 욕망이고 싶다』(푸른숲, 2010)

리오 휴버먼, 『휴버먼의 자본론 』(어바웃어북, 2011)

토머스 게이건 외, 『미국에서 태어난 게 잘못이야』(부키, 2011)

상상

알베르 카뮈, 『페스트』(민음사, 2011)

파울로 프레이리 외, 『우리가 걸어가면 길이 됩니다』(아침이슬, 2006)

하워드 진, 『달리는 기차 위에 중립은 없다』(이후, 2016)

서울 청춘독서모임

SNS 시대, 청년들이 나서면 독서도 진화한다

마르크스의 표현을 빌리자면, '소셜(Social)'이라는 유령이 지금 전 세계를 떠돌고 있다.

'홀로'에서 '함께'로, '소유'에서 '공유'로, '나'에서 '우리'로, 문명의 거대한 물줄기가 어느새 한 흐름을 끝내고 다른 골짜기 쪽으로 흘러가는 중이다. 인터넷이라는 전자 정보를 사용한 관계의 그물망이 새롭게 펼쳐지고, 연결 도구의 지속적 혁신에 힘입으면서 만인과 만인이 연결되는 초연결사회가 서서히 윤곽선을 그리고 있다. 시간을 가로지르고 공간을 뛰어넘는 '초연결'을 기반으로 만들어지는 새로운 사회적 관계를 우리는 '소셜'이라고 부른다.

소셜은 유대(bond)가 아니라 접속(access)을 지향한다. 유대는 같은 시공간에서 오랫 동안 함께 생활하면서 맺어지는, 주로 핏줄로 이어져 있기에 어느 한쪽이 일방으로 관계를 단절할 수 없는 '강한 연결'을 추구한다. 반면에 접속이란 비동기로 이어져서 서로 가치를 함께할 때에만 맺어지는, 공감을 잃으면 어느 한쪽이 가볍게 관계를 취소할 수 있는 '약한 연결'을 추구한다. 지그문트 바우만은 오랫동안 쌓아 왔던 사회관계가 한순간에 증발하는 이러한 '액체성 관계'를 비판하지만, '소셜'이란 오로지 '나'로 남아 있고 싶으면서 도저히 '함께'를 포기할 수 없는 현대인들의 실현될 수 없는 욕망을 상징적으로 보여 주는지도 모른다.

2010년 초, 페이스북을 통해 두 사람이 마음을 맞춘다. 한 번도 얼굴을 직접 본 적은 없었지만, 둘 모두 좋아하는 일은 이미 잘 안다. 그동안 책을 읽고 밑줄 쳐 둔 글귀를 페이스북에 올려서 자신을 표시하고, 그 아래 댓글을 달아 활발히 생각을 주고받아 온 까닭이다. 말은 생각을 완전히 표현하지 못하고, 글은 말을 담기에 많이 부족하다. 마음을 통했으나 주고받음이 부족했던 두 사람은 마침내 같이 만나 마음껏 책 이야기를 나누기로 한다. 무협의 고수들이 일합을 겨룰 기회를 찾듯. 그리고 둘이 오프 모임을 하는 김에 주변 페이스북 친구들도 같이 부른다.

SNS 책 이야기 오프라인으로 전개하다

책 읽기를 좋아하는 두 청년 송화준과 이강민이 동을 뜨고, 두 사람의 소셜 친구들이 어깨를 겯어 이룩한 '청춘독서모임'이 거기로부터 시작된다. '책 읽는 지하철'의 대표이자 새로운 독서 문화 설계사인 소셜 디자이너 송화준 씨가 말한다.

> 학교 다닐 때에도 책을 싫어하지는 않았습니다. 하지만 소셜미디어에서 책 구절이나 감상을 나누면서 자극을 받은 덕분인지 더 많은 책을 읽게 되었습니다. 세상에는 이렇게나 좋고 훌륭한 책이 흔히 있고, 책을 좋아하는 사람들도 많이 있다는 걸 알았습니다. 그전에 독서 모임을 따로 하고 있었는데, 페이스북 책 친구들하고 만나서 같이 독서 모임을 하고 싶다는 갈증이 생겼습니다. 슬쩍 이야기를 건넸는데, 엄청난 호응이 있었습니다. 모두 만나고 싶었던 거죠.

현명한 많은 어른들은 '소셜'의 공허함을 경계하지만, 어떤 젊은 이들은 '소셜'이라는 새로운 사회관계를 적절히 도구로 써서 사회적 '유대'를 발명하려고 한다. 살해 도구로 쓰일 수도 있는 망치를 벽돌을 깨고 못을 박는 데 쓰고 싶어 한다. 이란 사람들이 서구 자본주의 문화의 상징인 워크맨을 파괴하고 불태우는 대신, 호메이니의 연설을 돌려 들으면서 진실을 확산하는 혁명의 도구로 이용했듯이, 이들은 자본이 구축해 놓은 사물의 새로운 사용법을 발견하는 자유를 실천한다. 장벽에 구멍을 내고 도로에 굴을 파서 세상의 지형을 다시 그린다. 모임을 함께 설계한 이강민 씨가 말을 받는다.

> 책을 읽고 노트한 책은 기억의 깊이가 확연히 달라집니다. 같이 읽기는 듣고 말하면서 책에 대해 노트하는 일입니다. 그러면 혼자 읽

고 노트할 때와는 다른 깊이가 생깁니다. 책을 읽고 소셜미디어에 알리고, 같이 읽고 이야기하고 모임을 다시 소셜미디어에 알리는 일을 반복하면서 덤으로 주변에서 사회적 공신력 같은 것도 생겼습니다. '책 많이 읽는' '믿을 수 있는' 사람이 된 거죠. 청춘독서모임은 한 달에 한 차례, 토요일 오후에 합정동 '책 읽는 지하철' 사무실에서 모입니다. 책은 발제자가 정해 한 달 전에 알려 줍니다. 가능하면 남녀가 번갈아 하도록 정하고, 책도 문학과 비문학을 교차로 진행하려 애씁니다. 친목 모임처럼 되지 않도록 주로 책 이야기에 집중하려는 편입니다. 진행 방식은 완전히 발제자한테 맡깁니다. 발제자의 준비와 창의성에 따라 모임이 아주 다채롭게 진행됩니다.

사진으로 음악으로 나누는 독서

같이 읽기는 읽기를 해방한다. 책을 읽고 이슈를 발제하고 의견을 나누는 일을 주로 하지만, 아주 창조적인 발제도 있을 수 있다. 발제를 좇다 보면 어느새 모두가 몸과 마음이 동시에 책을 기억하는 기적 같은 모임도 생겨난다.

책 읽는 모임이라 해서 책만 읽고 마는 게 아니다. 여행의 추억을 공유하기도 하고 피아노 연주를 함께 즐기기도 한다. 책이 더 좋아지게 되는 경험들이다.

'청춘독서모임'에서 이병률의 『바람이 분다 당신이 좋다』를 같이 읽을 때 있었던 일이다. 이 책은 감성 돋는 여행 에세이로, 특별한 이해가 필요한 책은 아니고 편안한 감상을 나누면 그만일 뿐 토론할 내용도 많지 않다. 그런데 발제자는 여행 중 찍은 사진 중 가장 인상 깊었던 사진을 회원들한테 보내 달라고 했다. 모임 장소에 프로젝터를 설치한 후 그 사진들을 띄워 놓고 돌아가면서 이야기했다. 묵은 앨범을 꺼내고 저장한 폴더를 열어서 사진을 한 장씩 넘기는 일은 인생을 다시 쓰는 일과 같다. 마음은 설레고 가슴은 두근거리는 경험이다. 이승민 씨가 이야기한다.

> 피아노 독서 모임도 좋았습니다. 김영옥의 『피아노 홀릭』이라는 책이었는데, 그날은 피아노를 전공하는 분이 발제했습니다. 독서는 종이로 된 것으로만 하는 것이 아니라는 사실을 알았습니다. 그 책에 담긴 여러 피아노곡들에 대해 이야기하고 나서, 그 자리에서 피아노로 그 곡을 연주해서 들려주었습니다. 독서는 피아노로도 할 수 있는 일이었습니다. 그 모임을 한 후에 책에 대해 아주 관대해졌습니다. 책이 정말 좋아졌죠.

하현주 씨가 생각을 덧붙인다.

> 무무의 『사랑을 배우다』는 아주 짧은 이야기가 이어지는 책입니다. 몇 쪽이 채 되지 않는 무한히 이야기가 이어지는 것을 보고 정말 책을 소화하는 데에는 끝이 없구나 하는 생각이 들었습니다. 어떤 선

입견이 허물어지면서 저 자신을 발견하는 좋은 기회가 되었습니다.

책이 어떤 내용을 담고, 어떤 상태로 존재해야 한다고 생각하는 일은 어리석음을 불러들인다. 마찬가지로 책을 특정한 방식으로 읽어야 한다고 주장하는 일은 메스꺼움을 일으킨다. 같이 읽기는 효용이나 효율을 따로 챙기지 않고, 그저 자율과 자유를 의무로 삼을 뿐이다. 같이 모여 책을 나누면서 각자 인생을 돌려받으면 그만이다. 김관하 씨가 이야기한다.

> 김유정역 근방의 민박집에 가서 1박 2일로 밤새워 책을 읽은 기억이 납니다. 정기 모임이 아니라 번개 모임이었는데, 결국 나중에는 음주 토크로 진행되었습니다. 이석원의 『언제 들어도 좋은 말』하고 지그문트 바우만의 『모두스 비벤디』를 같이 읽었습니다. 가벼운 책과 무거운 책을 번갈아 하루에 읽고 이야기했는데, 이런 기막힌 경험은 처음이었습니다. 예전엔 책과 함께 주는 사은품이 예뻐서 책을 사거나, 인스타그램 등에서 사진을 올리려고 책을 사는 일도 많았습니다. 그러다 보니 사은품을 많이 주는 온라인 서점을 주로 이용했죠. 모임에 나오면서 책은 읽으려고 주로 사는 것 같습니다. 내용을 꼼꼼히 확인하는 습관이 생겼습니다. 오프라인 서점에서 직접 책을 확인해서 사는 재미를 알게 되었습니다.

민혜영 씨가 살짝 말을 받는다.

안도현의 『연어』를 같이 읽었습니다. 함축적인 우화라서 오히려 사람들 사이에서 이야기가 폭발했습니다. 다양하게 살아온 만큼 모두 하고 싶은 이야기도 많은 모양이었습니다. 서로 내밀한 이야기조차 털어놓다 보니, 그 후 같이 이야기했던 사람들끼리 친해졌습니다. 별도로 오프 모임을 갖기도 합니다.

지하철은 읽기 넘쳐나는 책 읽기의 대지

읽기는 인생에 또 다른 길이 있음을 알려 준다. 아홉 책을 읽고 나면 아홉 갈래 삶과 만나고, 그 갈래들 모두가 '내가 가지 않은 길'로 존재한다. 하나의 길을 정해 그대로 온전해지는 삶도 있지만, 만남을 겪으면서 분기해 전혀 다른 길로 이어지는 삶도 있다. 박주오 씨가 말한다.

저는 군대에서 비로소 책을 읽기 시작했습니다. 전역할 무렵이 되니까 시간은 엄청 남고, 할 일은 별로 없더라고요. 병영 도서관에 책이 있기에 일단 무작정 읽기 시작했습니다. 읽다 보니 어느새 푹 빠졌습니다. 그래서 전역한 후에 사람들하고 같이 책 이야기를 나누고 싶었습니다.

책을 같이 읽는 이유나 동기는 정말 다양하다. 또한 모임은 그 다양성을 이자 쳐서 돌려준다. 하나의 책에 숨어 있던 가능성들이 가닥 뻗어 펼쳐지면서 만 가지 빛깔의 옷감을 짠다. 마치 인생을 여러 번 사는 것과 같다. 이동영 씨가 이야기한다.

> 모임에 참석하려고 처음에는 군산에서 오르내렸습니다. 독서력이 짧아 한마디도 못하고 메모만 잔뜩 하고 가는 경우도 많았습니다. 모임에 나오면서 정말 놀랐습니다. 제목만 가지고도, 표지만 가지고도, 구절 하나만 가지고도, 이렇게 많은 이야기들이 가능하구나 하는 것을 느꼈습니다. 책의 기운에 덧붙여 사람들 기운까지 듬뿍 받고 가는 기분이 듭니다.

박진은 씨가 덧댄다.

> 같이 책을 읽다 보니 문장에 예민해졌어요. 좋은 문장이 있으면 공유하고 싶다는 욕구가 커졌습니다. 바빠서 모임에 나오지 못하면 가족이나 친구한테 책에서 읽는 구절을 읽어 주곤 합니다. 어느새 그게 취미가 되었습니다.

책에 충실하면서도 흥미로워 만남을 기대하는 모임은 정말 어렵다. 책 내용에 집중하면 지루하기 쉽고 이야기에 홀리면 허무해진다. '청춘독서모임'의 활달한 균형은 아마도 책의 문화를 새롭게 구축하려는 회원들의 창조적 발상에서 가능했을 것이다. 그 발상이 뻗어간 자리가 '책 읽는 지하철'이다. 송화준 씨가 말한다.

> 이 모임을 모태로 하지만 '책 읽는 지하철'은 분리해서 운영 중입니다. 모임 회원들은 자율로 가끔씩 참여할 뿐입니다. 정해진 시간에 정해진 지하철에 올라타서 같이 책을 읽는 이 플래시몹 퍼포먼스는 현재 사천 명 정도의 회원이 가입되어 함께하고 있습니다.

지하철은 읽기가 넘쳐나는 책들의 기름진 대지였다. 그러나 모바일 혁명 이후, 지하철은 모두가 스마트폰 화면에 코를 박는 책의 황무지로 바뀌었다. '책 읽는 지하철'은 이 공간을 책의 공간으로 되돌리려는 운동이며, 송 씨가 소셜 친구들의 도움을 받아 여러 해 동안 진행 중이다. 역사의 아이러니일까. 사람들이 책을 읽지 않는 것은 스마트폰 탓인데, 책을 살리려는 이 운동은 스마트폰을 이용한 소셜 캠페인으로 진행되다니. 아아, 사람의 창조는 끝이 없다. 유대를 파괴하고 접속을 활성화하는 '소셜'을 이용해 새로운 유대를 이룩하는 혁명을 시작한 '청춘독서모임'에 갈채 있으라.

청춘독서모임이 함께 읽고 싶은 청춘의 책들

청춘의 의미에 대해 함께 이야기하고 싶은 이들에게 무엇보다 김호연의 『망원동 브라더스』를 추천하고 싶다. 이십 대부터 오십 대까지 망원동 옥탑방에 모인 네 남자가 서로 부딪히고 의지하면서 조금씩 희망을 찾아가는 이야기가 감동을 준다. 이 책과 함께라면 적당한 마음가짐으로 각자 삶의 고민을 나누는 시간이 될 것이다.

김연수, 『사랑이라니 선영아』(작가정신, 2008)
김호연, 『망원동 브라더스』(나무옆의자, 2014)
니코스 카잔차키스, 『그리스인 조르바』(열린책들, 2009)
밀란 쿤데라, 『참을 수 없는 존재의 가벼움』(민음사, 2009)
에밀 아자르, 『자기 앞의 생』(문학동네, 2003)
에밀 파게, 『단단한 독서』(유유, 2014)
윌리엄 파워스, 『속도에서 깊이로』(21세기북스, 2011)
장 폴 뒤부아, 『이 책이 너와 나를 가깝게 할 수 있다면』(밝은세상, 2006)
전영수, 『이케아 세대 그들의 역습이 시작됐다』(중앙북스, 2013)
제프리 밀러, 『연애』(동녘사이언스, 2009)

서울 심야독서모임

강남의 불금, 책으로 자신을 되찾는 '젊은 몽테뉴'들

> 학교 다닐 땐 거의 안 읽었죠. 즐거움을 몰랐다고 해야 할까요. 읽었다고 해도 기억나는 게 별로 없어요. 『파이 이야기』였어요. 군대 가서 읽었어요. 재미있고 흥미진진하고, 삶을 다시 깨우는 책이었죠. 진중문고에 있었는데, 제 인생의 책입니다. 틈만 나면 화장실로 도망쳐서 읽었습니다. 평생 책과 함께 살아도 좋겠다는 생각이 들었습니다.

박종원 북티크 사장이 말한다. 자정이 넘은 지 이미 한 시간이다. 은은한 주광색 조명이 몸을 감싼다. 예순 평 좁은 공간 곳곳에서 책과 사람이 만난다. 숨 막힐 듯 조용하다. 하지만 마음을 조급하게 하는 무서운 적막이 아니라 세사를 누그러뜨리는 평온한 고요다. 따로 또 같이, 책을 향한 열의가 공기를 데운다. 묘한 연대감이 마음의 온도를 만든다. 따뜻하다.

서울 강남구는 무려 스무 해 동안 서점이 그저 사라질 뿐 새로운 서점은 생겨나지 못한, 책의 시베리아다. 바깥 거리에는 소비주의의 환금성 축제가 계속된다. 욕망의 배설을 재촉하는 울긋불긋한 불빛, 곧고 넓게 뻗은 도로를 질주하는 자동차, 넋을 잃고 거리를 헤매는 취객의 소란이 밤새도록 이어진다. 거리에 들어서고 나면 정신이 나가고, 돌아서고 나면 마음에 칼바람이 몰아치는 황홀한 지옥이다. 북티크는 이곳 강남구에 마련된 독서의 이글루다. 박 사장이 말한다.

한밤중에 누구라도 와서 책 읽는 공간

금요일 심야독서모임에 오는 분들은 아무래도 혼자 사는 사람이 많죠. 외로우니까 오는 겁니다. 두 가지 외로움이에요. 하나는 홀로인 삶에서 필연적으로 오는 외로움이고, 또 하나는 책 읽는 사람이 별종이 되어버린 세상에서 책 읽는 사람으로 살아가는 외로움이죠. 금요일 밤에 이곳에 오면 둘 다 해소할 수 있습니다. 함께 있지만 온전히 나만의 시간을 가질 수 있는, 서로 아무도 간섭하지 않지만 읽기로 충만한, 책 읽는 사람이 이상하지 않은 마법의 공간이 열리는 겁니다.

오후 10시, 텅 비었던 서점으로 하나 둘 사람들이 들어선다. 살짝

문을 열고 들어와 음료 하나를 주문한 후, 보아둔 자리로 스르르 움직여서 살금살금 가방을 푼다. 속에는 책이 한 무더기다. 한 모금 음료를 들이켠 후 곧바로 책 속으로 빠져든다. 한밤의 빛을 타고 여기저기에서 독서의 꽃이 벙근다. 약간 높은 곳에 자리한 사무 공간에 앉아서 책을 읽다 문득 내려다보면 어느새 몇 사람이 늘어 있다.

엄숙하면서도 포근한 긴장이 감돈다. 도서관이자 카페이자 독서 학교이기도 한 복합 문화 서점 북티크가 '책 안 읽는 사람들을 위한 서점'이라는 말이 정녕 무색하다. 구린내 나는 퀴퀴한 군대 화장실에 쪼그리고 앉아 책으로써 사는 삶을 갈망했던 한 젊은이가 책의 황무지를 개간해 이룩한 독서의 아름다운 정원이다. 정원에 내려앉은 꽃씨 황명연 씨가 이야기한다.

> 수학 강사로 밤에 일하고 아침에 자는 삶을 오랫동안 살아왔습니다. 늦은 밤, 제 일이 끝나면 카페 등에서 새벽 서너 시까지 보내는 날이 많았죠. 주로 책을 읽었습니다. 혼자 몽상에 젖어 시간을 보내거나 했죠. 그러다 여기 오게 되었습니다. 밤에 혼자 있고 싶을 때, 하지만 혼자는 왠지 싫은 느낌일 때, 누구나 그런 기분이 들 때가 있잖아요, 그럴 때 여기 오죠. 여기 와서 책을 읽으면 함께 있는데 온전히 나만의 시간을 보낼 수 있습니다.

심야독서모임은 약속을 따로 정하지 않는다. 회원도 따로 없다. 기분이 내키거나 틈이 나면 와서 자유롭게 책을 읽는 게 전부다. 한밤중에도 열리는 책 공간이 있으니까, 읽는 사람들이 일단 모여들어 밤새워 같이 책을 읽을 뿐이다. 자정 전후의 초저녁(?)에는 서점 곳곳에 각자 둥지를 틀고, 고개를 틀어박은 채 가져온 책을 그저 읽는다.

"같이 읽기는 인생에 우애를 돌려줘요"

북티크가 서점이니까 때때로 읽을 책을 미리 주문해 둘 수도 있다. 책은 구입한 즉시 열망에 차서 곧장 읽는 게 가장 효과적이므로, 어쩌면 이 방법은 독서를 촉진하는 중요한 지름길을 제공한다. 그러다 새벽 2시 무렵, 흩어져 있던 이들이 슬금슬금 사무실로 몰려든다. 자리에 남아서 계속 읽을 사람은 읽고, 같이 책을 말할 사람은 모인다. 처음 온 사람이 있으면 성명을 나누고, 아니면 곧바로 이야기를 시작한다. 송정연 씨가 말을 잇는다.

> 집에서 혼자 읽어도 되는데, 심야에 여기까지 오는 이유를 주변에서 많이 묻습니다. 하지만 회사는 일하는 공간으로, 집은 휴식하고 잠자는 공간으로 쓰다 보니, 도저히 책을 읽을 수 없는 거예요. 저녁 늦게 일이 끝나는데 도서관에 갈 수도 없고요. 직장에 다니면서 너무 바쁘게 살다 보니 마음이 계속 허전했어요. 우연히 여기 들렀다가 제가 정말 좋아하는 일을 깨달았죠. 일상에 시달리다 보니 제가 책을

좋아했다는 사실조차 잊어버리고 살았던 거예요. 금요일 밤에 여유 있게 저 자신한테 몰두할 수 있다는 게 축복과도 같아요. 제 눈앞에서 누군가 저랑 같이 책을 읽고 있다는 것 자체가 마음이 놓입니다. 게다가 한밤중엔 이렇게 평소에 어디에서도 나눌 수 없었던 이야기를 할 수 있다는 게 정말 좋습니다.

서울 논현동 콜라보 서점 북티크의 심야 책읽기. 홀로 책읽기를 바라는 이들이 알음알음 모여든다.

현대 자본주의가 가장 열렬하게 생산하는 것은 고립된 개인이다. 가족이나 친구와 시간을 보내는 한, 사람은 소비에 몰두하지 않는다. 어린 시절, 골목에서 어떻게 시간을 보냈는지 떠올려 보자. 우리 인간은 엎드려 등을 내주며 말타기를 하거나 힘껏 달려서 옷깃을 잡는 숨바꼭질로도 충분히 즐겁다. 길가 바위에 걸터앉아 도란도란 이야기하거나 풀꽃으로 반지를 지어 손가락에 거는 것으로도 하루가 쏜살같다. 친구만 있으면 다른 건 필요 없다. 우애는 시간을 가득 채우는 비결이다.

그래서 우애는 자본주의의 가장 강력한 적수가 된다. 친구랑 함께하면 소비는 지연되거나 증발한다. 자본주의는 무엇보다 먼저 우애부터 살해해 인간을 고립으로 몰아넣는다. 사회학자 지그문트 바우만은 "사람은 동료가 없을 때 과연 자신의 시간과 나날을 어떤 식으로 채워 나가야 하는지 알지 못한다"라고 말한다. 같이 읽기는 인생에 우애를 돌려준다. 함께 이야기할 책 친구가 있다면, 홀로인 시간도 그다지 무섭지 않다. 책으로 친구를 만나고 친구로 인간을 바로잡는 일은 물신의 압도를 거슬러서 삶을 아름답게 축조하는 선명한 길이다. 한슬기 씨가 말을 받는다.

> 퇴근 후 집에 가서 방에 틀어박히는 것은 아무래도 휴식이에요. 오랜 습관 탓인지 제 방에서는 억지로 책을 읽으려 해도 집중하기 힘듭니다. 때때로 회사에서 점심시간에 책을 읽곤 하는데, '슬기 씨, 책 봐아!!' 같은 비아냥대는 소리를 들어요. 별종이라도 된 듯해서 짜증이 확 치밀죠. 금요일 밤에 여기에 오면 책 읽는 사람밖에 없으니까 마음이 탁 놓여요. 아무도 눈치 주지 않으니까 온전히 책에 집중할 수 있는 시간이 무척 좋습니다. 은희경 소설을 모조리 챙겨 읽는 중이에요. 단단한 문체로 제 마음을 꾹 집어서 이야기하는 듯한 글입니다. 읽고 있으면 마음을 씻어내는 기분이 듭니다. 나만 그런 게 아니었구나, 하는 느낌이 들면서 일상의 상처가 저절로 치유가 돼요. 읽을 시간을 온전히 얻고 나서 저한테 생겨난 축복이지요.

와인이 바닥나면 이야기는 풍성해진다

읽기는 인간의 기본적 권리에 속한다. 집약된 문화로 정신의 심층을 세우고 가려 뽑은 지혜로 내면의 깊이를 축조하여 마음의 척추를 세우는 일은 인간됨의 출발선이다. 출발선에 서 보지 않은 자는 그 누구라도 결코 사람으로 직립했다고 할 수 없으리라. 따라서 어느 누구도, 어떤 이유로든 타인의 읽기를 훼방할 자격은 없다. 시간을 가로지르고 공간을 뛰어넘어 찾아온 '천년 벗과의 대화'로써 자신을 완전히 하려는 인간 마음의 본연에 상처를 입히는 모든 행위는 야만에 속한다. 『일리아드』를 손에 들고 앉은 최효민 씨가 이야기한다.

> 책 읽는 투자자인 조지 소로스가 제 인생의 모델입니다. 두꺼운 고전 위주로 읽고 있습니다. 평일에는 업무 탓에 거의 못 읽어서, 주말이라도 열심히 읽자고 생각해 독서실을 빌려 책을 읽기도 했습니다. 초저녁에는 열심히 읽고, 한밤중에 모여서 가끔은 와인 같은 걸 나누면서 책 모임 하는 건 또 다른 재미입니다. 술자리에서는 술이 오로지 술만 위한 것인데, 이 모임에서는 술이 말문을 트고 여유를 확인하는 촉매여서 좋습니다. 독서란 남의 말을 듣고 이해함으로써 내가 어떤 인간으로 살려는지 알아가는 것이라고 생각합니다.

준비한 와인이 바닥을 서서히 드러낸다. 나르시소스는 결코 자신을 알지 못한다. 타자의 얼굴을 보면서 자신을 구별 짓는 것이다. 저마다 고유한 삶이란 저 홀로 마련되는 게 아니라, 소통의 고통을 겪고서야 간신히 윤곽을 더듬을 수 있다. 돌아가면서 오늘 읽은 책을 이야기하는 말들은 맛이 나고, 이야기가 갈래를 치면서 풍성해진다. 군대에서 말년 휴가를 나왔다가 같이 읽기에 맛들인 이명구 씨가 마지막으로 말을 보탠다.

> 즐기지 않는 모임에 억지로 가는 게 가장 싫었죠. 어떻게 해서든 물러서서 제 시간을 따로 얻고 싶었습니다. 본래 책은 거의 안 읽었습니다. 여기 와서 책에 재미를 붙였습니다. 특히 『소년이 온다』를 읽고 나서였어요. 소설을 읽는 이유를 알게 해 준 작품입니다. 어렸을 때부터 워낙 실용적 독서만 강요 받다 보니, 저희 세대는 이야기의 맛을 잘 모릅니다. 주로 사실에만 치중해 공감을 못하는 거죠. 이 작품을 읽고 나서야 비로소 왜 이야기를 읽어야 하는지 알았습니다. 책은 제 인생의 터닝 포인트와 같습니다. 저 자신을 잃고서 살아왔는데, 책을 읽으면서 비로소 제 길이 아닌 다른 길로 가는 걸 바로잡을 수 있었습니다.

성으로 서재를 세우고 틀어박혀 세상의 소란을 차단하고 오로지 자신에게 집중함으로써 몽테뉴는 비로소 자신을 되찾을 수 있었다. '불타는 금요일', 한국의 젊은 몽테뉴들은 바깥의 활기에 아랑곳없이 한밤을 틈타 오늘도 책으로써 자신을 되찾아가는 중이다.

심야독서모임이 추천하는 밤에 읽기 좋은 책

낮의 독서와 저녁의 독서와 한밤의 독서는 아무래도 결이 다르다. 한밤중에 모여서 같이 책을 읽으려는 이들에게 황경신의 『밤 열한 시』를 추천한다. 밤 열한 시는 "하루가 다 지나고 또 다른 하루는 멀리 있는 시간"이다. 나직한 목소리로 읽다 보면 책 속에 담긴 일상의 감정들이 힘들었던 하루를 다독이면서 위로하는 기쁨을 맛볼 수 있을 것이다.

공지영, 『네가 어떤 삶을 살든 나는 너를 응원할 것이다』(오픈하우스, 2016)

김민철, 『모든 요일의 기록』(북라이프, 2015)

김이경, 『시의 문장들』(유유, 2016)

미셸 르미유, 『천둥치는 밤』(비룡소, 2000)

박광수, 『문득 사람이 그리운 날엔 시를 읽는다』(걷는나무, 2014)

오지은, 『익숙한 새벽 세시』(이봄, 2016)

온다 리쿠, 『밤의 피크닉』(북폴리오, 2005)

이병률, 『바람이 분다 당신이 좋다』(달, 2012)

퍼엉, 『편안하고 사랑스럽고 그래』(예담, 2016)

황경신, 『밤 열한 시』(소담출판사, 2013)

히가시노 게이고, 『나미야 잡화점의 기적』(현대문학, 2012)

나주 한전 KDN 향추회

함께 일하고 함께 낭송하고, 일터에 스미는 삶의 향기

함께 일하고 같이 읽는다. 노동으로 땀의 공동체를 같이 이루고, 책으로 마음의 텃밭을 함께 일군다. 정신의 양식을 얻는 곳에서 육체의 밥을 벌 수 있다면, 또는 식구를 먹이러 나가는 일터가 곧 영혼의 학교이기도 하다면…. 이야말로 모든 사람이 바라는 이상적인 삶의 모습이리라.

일찍이 예수는 따르는 이들과 함께 공동체를 이루어 지상에서 천국이 존재할 수 있음을 보여주었다. 예수는 "무엇을 먹을까 무엇을 마실까 무엇을 입을까 하지 말라"라고 하면서, 굶주림을 근심하는 무리를 떡 다섯 덩이와 물고기 두 마리만으로 배불리 먹였다. 공중의 새처럼, 들의 백합처럼, 오직 존재 자체에만 집중하라고 간절히 이야기했다. 영혼의 어긋난 축을 바로잡지 않는다면, 육체의 오늘 양식을 해결한들 무슨 의미가 있으리. 곧이어 저녁이 되면 더욱 큰 공허가 찾아오리라. 윌리엄 모리스의 표현대로, 장미로 장식하지 않는다면 노동이란 쓸모 없는 고역에 지나지 않는다.

나주로 가는 기차가 들을 연이어 지난다. 지평선 가까이 가서야 아슬히 산이 가물거리는 너른 들이다. 시야가 먼 곳까지 열린 덕분인지, 기대와 설렘에 생각이 깊은 곳으로 꼬리를 문다. 택시를 타고 한전 KDN에 내린다. 2004년부터 직장으로 인연을 맺고 읽기로 생각을 다져온 독서 공동체 향추회가 여기 있다. 창립 이래 지금까지 모임을 끌어 온 이창열 씨가 말문을 튼다.

이천여 명 직원 중 백칠십여 명 가입한, 가장 두각을 나타내는 모임

> 향기 향(香), 송곳 추(錐). 책의 향기가 사내에 널리 퍼지라는 마음을 담아서 향(香)을, 낭중지추(囊中之錐)처럼 사내 어느 모임보다 두각을 나타내라는 뜻을 실어 추(錐)를, 이 두 글자를 택해서 모임 이름을 지었습니다. 이름 덕분인지는 몰라도, 처음에 스물여덟 명으로 시작한 모임이 지금은 백칠십이 명까지 늘어났습니다. 사내 전 직원이 이천 명 조금 안 되니까, 놀라운 일이라고 할 수 있습니다.

한전 KDN은 한국전력의 정보통신기술(IT) 업무를 책임지는 회사다. 아무래도 직원들 중에서 책에 본래부터 익숙한 사람은 많지 않다. 기술 관련 전문 서적을 제외하면, 책 자체를 가까이 하는 직원이 드물 정도로 독서에 척박하다. 향추회는 회사에는 책 읽는 문화를 뿌리 내리고, 직원들에게는 독서의 실마리를 마련하려는 데 우선을 두어 활동한다. 이창렬 씨가 말을 잇는다.

저희는 여느 독서 동아리와 조금 성격이 다릅니다. '책 읽는 사람들'의 모임이 아니라, '책을 읽으려는 사람들'의 모임이라고 불러야 더 좋을 것 같습니다. 모임을 처음 시작할 때에는 책을 읽고 와서 소감을 나누는 모임으로 생각했는데, 몇 번 되지 않아 보기 좋게 실패했습니다. 업무에 쫓기다 보니 정해진 시간 동안 같은 책을 읽는 것은 무리였던 거지요. 독서에 익숙한 사람들이 아니었으니까요. 그래서 책을 가까이 하려는 욕구가 있는 직원들한테 책 읽기의 작은 동기를 제공하는 쪽으로 모임 방향을 틀었습니다.

모임은 매달 셋째 주에 열린다. 때때로 가족까지 초청해서 주말에 특별 모임을 갖기도 한다. 하지만 책을 읽고 와서 감상을 나누지 않고, 책 관련 행사나 공연에 참석한 후 이야기한다. 책을 읽으려고 함께 모여서 서로 다짐을 엮는 것이다. 『노예 12년』, 『페인티드 베일』, 『냉정과 열정 사이』 등 원작 있는 영화를 관람하고 느낌을 공유한 후, '이 달의 추천 도서'를 소개 받고 지난달 읽은 책에 대해 소소히 이야기를 나눈다. 김태훈 씨가 뒤이어 이야기한다.

2016년 말에 가입했습니다. 저녁마다 술이었어요. 아무래도 안 되겠다 싶었는데, 선배 한 분이 다양한 문화 활동을 접해 보라고 권해서 모임에 나오기 시작했어요. 거기서 아주 오랜만에 시를 읽었습니다. 대학에서 연애할 때 이후로는 시를 접할 일이 별로 없었는데, 남들 앞에서 갑자기 시를 읽으려니까 무척 쑥스럽기도 하고 떨리기도 하더라고요. 아무래도 시는 어려워서 잘 와닿지 않으니까요. 그런데 모임 사람들이 모두 진지하게 시를 즐기는 걸 보고 감동했습니다. 기억에서 잘 잊히지 않네요.

시 읽고 공연과 영화 보고… 책 읽을 분위기 마련하는 게 목표

뒤풀이 자리에서 돌아가며 시를 읽는 행사는 향추회에서 마련한 비장의 무기다. 짤막한 시를 직접 낭송하고 소감을 돌림으로써 회원들이 읽기의 문턱을 '가볍게' 넘어서도록 배려한 것이다. 낭송할 시는 추천 받은 작품들을 모아서 만든 '시랑(詩浪)'이라는 시집에서 고르지만, 가끔은 회원들이 자기가 읽을 작품을 별도로 준비하기도 한다. 목소리를 타고 시가 물결쳐 가슴을 파고들고, 심장으로 고여 기나긴 울림을 만든다. 김승희 씨가 말을 받는다.

선후배들하고 정 나눌 자리가 정기적으로 있는 게 참 좋았습니다. 어색하고 낯설었던 직장에 적응하는 데에도 도움이 되었죠. 소설 등을 주로 읽고, 시는 낯설고 어려워요. 하지만 시 낭송을 할 때마다 어떻게 하면 잘 전달할 수 있을지 고민해 봅니다. 시인의 감성뿐만 아니

> 라 읽는 사람의 감성이 와닿는 게 신기하게 감동적입니다. 직장에서 동료들과 감정적 교류를 하는 경우는 많이 없는데, 생활이 삭막하지 않아지는 게 힘이 됩니다. 영화 '모비 딕'을 보러 갔을 때가 생각나요. 그 날따라 일이 몰려 무척 피곤했는지, 부끄럽지만 영화 보다가 깜빡 잠들어 버린 거예요. 결말 부분이 궁금해서 책을 주문해 끝까지 읽었습니다. 상당히 어려웠지만 덕분에 완독한 것 같습니다.

책 자체가 아니라 책 활동을 중심으로 삼다 보니 향추회 모임은 아주 다채롭다. 서점을 방문해서 읽고 싶거나 갖고 싶은 책을 찾아보는 '북서핑'을 한 적도 있고, 도서전이나 북 콘서트 같은 책 관련 행사에 참석하여 작가를 직접 만난 적도 있다. 또한 『메밀꽃 필 무렵』을 읽고 소설 속의 배경이 되는 문학 유적지를 방문한 적도 있고, 역사책과 함께하는 해외 역사 문화를 탐방하는 여행을 떠난 적도 있다. 대마도에서 조선통신사 길을 답사하거나, 석도와 위해의 장보고 유적지를 찾아서 공부한 적도 있다. 나주 혁신도시로 내려오기 전에는 서울 경복궁 등 궁궐을 찾아서 우리 문화유산에 깊게 심취한 적도 있다. 그런 후에는 반드시 그와 관련한 서적을 추천하고, 서로 읽을 것을 독려하면서 독서를 습관으로 가져오는 데 노력을 기울인다. 회비를 모아서 분기에 한 번씩 추천 도서를 구입해 나누어 주는 까닭도 비슷한 이유다. 이 책들을 통해 독서에 재미를 붙인 이들이 사내에 적지 않다. 체험이 독서를 낳고, 독서가 다시 체험을 강화하는 선순환이 이룩한 책 향기가 짙어진다. 박지혜 씨가 이야기한다.

지금도 책을 자주 읽는 편은 아닙니다. 모임에 나오면서 시간 날 때마다 조금씩 자주 읽으려 애쓰고 있습니다. 모임에 나오지 않았으면 '노예 12년' 같은 영화는 아마 보지 않았을 것 같습니다. 심각한 걸 일부러 찾는 성격은 아니어서요. 독서와 관련해서 가장 어려운 일은 읽을 책을 고르는 거예요. 모임에 들고 나서 매달 다양한 활동을 통해 도서를 추천 받고, 석 달에 한 번씩은 골라서 보낸 책이 책상에 올려지니까 행복합니다. 김연수의 독서 에세이 『우리가 보낸 순간』이 가장 기억에 남아요. 문학에 그다지 익숙한 편이 아닌데, 정갈한 문장으로 짧은 시간 안에 다양한 작품을 접할 수 있도록 해 주어서 흠뻑 기뻤습니다.

내게 맞는 책 고르는 기술을 알려 드립니다

독서에 익숙지 못한 이들한테 자신의 몸에 맞는 책을 고르는 일은 쉽지 않다. 늘어선 책들 속에서 현기증을 앓다 보면 순식간에 책과 멀어지기 일쑤다. 도쿄의 모리오카 서점이 일주일에 단 한 권만 책을 선정하여 진열함으로써 독자들에게서 선별의 고통을 덜어낸 것처럼, 누군가 나한테 적당히 맞는 책을 골라 주기만 한다면 어쩌면 그를 위해 춤을 출 수도 있으리라. 이주아 씨가 이야기한다.

심오한 토론을 할까 봐 걱정이었는데, 다행히 시만 읽고 토론은 없었어요. 생각할 거리가 많이 있으면서도 편하게 읽을 수 있는 책이 좋습니다. 『1℃ 인문학』처럼 어렵지 않으면서 업무 중에 틈틈이 읽을 수 있는 책이 좋습니다. 책을 읽으면서 평범하고 지루한 일상이 다시 살아나는 느낌을 받았어요. 친구랑 둘이서 따로 책 모임을 하면서 읽은 『시민의 교양』도 좋았어요. 고등학교까지 배운 지식이 깨끗하게 정리되는 기분이었습니다.

낯선 책을 읽는 것은 자기 안에 숨어 있는 또 다른 나를 발굴하는 일과 같다. 일상을 둘러싼 전문 기술의 세계를 빠져 나와 인문, 사회, 문학, 역사로 떠나는 여행은 굳어 버린 코드에 신선함을 불어넣는다. 창의성이란, 우연한 발상이 아니라 집중된 훈련이다. 두개골의 억압 아래 갇혀 있는 의식에 싱싱한 자극을 반복함으로써 예민한 촉수를 세우는 일이다. 김민상 씨가 설명한다.

대전에서 서울로 발령이 났을 때 이 모임에 처음 들었습니다. '혼밥' 생활이 지치고, 외로움에 힘들었어요. 저녁 식사도 해결하고, 좋은 공연도 보고, 책도 선물 받는 일석삼조였죠. 모임에서 『심플 – 세상에 단 하나뿐인 글쓰기 공식』을 추천 받아 읽었는데, 글은 이렇게 쓰는 것이로구나 하는, 생각이 뒤집히는 좋은 경험을 했습니다. 보고서 쓰는 문제로 e러닝 강의를 들었을 때와는 완전히 다른 느낌이었어요. 덕분에 책 읽기가 좋아져서 여기로 내려와서는 마음에 여유가 없어도 애써 읽고 있습니다. 요즈음 읽은 이현세의 『인생이란 나를 믿고 가는 것이다』도 인생의 깊은 지혜를 마음에 남겨서 행복했습니다.

책은 안으로 접혀 생각을 이루고, 밖으로 펼쳐져 대화를 만든다. 활동을 통해 책의 높다란 문턱을 뛰어넘고, 읽기를 통해 침체된 내면을 일으키며, 친교를 통해 서로의 벽을 무너뜨리려는 항추회의 끈질긴 활동에 멀리까지 빛 있으라.

앞으로 책을 읽으려는 이들에게 향추회가 추천하는 책

독서가 익숙하지 않지만 앞으로 책을 읽어 보려고 하는 이들한테 가장 먼저 권하고 싶은 책은 플랜투비의 『1℃ 인문학』이다. 짧은 글과 그림, 사진으로 구성되어 쉽게 읽을 수 있는 데다, 다른 이들에 대한 배려를 통해 사회의 작은 변화를 이끌고 있는 아름다운 이야기들을 모은 책이어서 누구나 마음 편히 읽을 수 있을 것이다.

레몽 장, 『책 읽어주는 여자』(세계사, 2008)
말로 모간, 『무탄트 메세지』(정신세계사, 2003)
에크낫 이스워런, 『마음의 속도를 늦추어라』(바움, 2010)
엘리자베스 스트라우트, 『올리브 키터리지』(문학동네, 2010)
주제 사라마구, 『눈먼 자들의 도시』(해냄, 2002)
테리 트루먼, 『아빠, 나를 죽이지 마세요』(책과콩나무, 2009)
콜린 윌슨, 『아웃사이더』(범우사, 1997)
플랜투비, 『1℃ 인문학』(다산초당, 2015)
하상욱, 『서울 시』(중앙books, 2013)
함민복, 『눈물은 왜 짠가』(이레, 2003)

보론 1

책, 어떻게 같이 읽을까

독서 공동체를 찾아가다

책을 왜 같이 읽어야 할까? 책은 혼자 읽어도 좋은데 말이다. 게다가 책 읽는 일은 본래부터 대화가 아니었던가. 책이란 여러 사람의 목소리가 담겨 있는 다성적 매체이고, 읽기는 간접적으로 저자와 주고받는 대화이기도 하니까, 책을 읽고 나서 굳이 지인끼리 모여 따로 이야기하지 않아도 상관없지 않을까. 하지만 이 세상에는 같이 모여 책을 읽는, 수많은 독서 공동체들이 있다. 문화체육관광부에서 실시한 조사 연구 자료만 보아도 '독서 동아리' 숫자가 적지 않다. 이 사람들은 왜 모여서 같이 책을 읽는 것일까. 언제, 어디에서, 무슨 책을 읽고, 또한 어떤 이야기를 나누는 것일까.

한국독서학회는 독서 동아리를 "소집단에서 직접 책을 선정하고 자율적인 방법으로 책을 읽은 뒤 정기적으로 토의 모임을 갖는 활동"으로 정의한다.[1] 「독서 문화 확산을 위한 조사 연구」에서는 독서 동아리를 "자발적인 평생 학습의 장이자 관심사를 함께하는 사람들의 책읽기 공동체"[2]로 정의한다. 하지만 이 책에서는 사람들에게 익숙한 독서 동아리라는 말 대신 '독서 공동체'라는 말을 선택했는데, 이는 모여서 같이 책을 읽는다는 본원적 활동에 그치지 않고, 함께 삶을 꾸리고 지역 사회를 가꾸는 데까지 독서 모임의 활동 영역이 넓어졌으면 하는 기대를 담고 있기 때문이다. '같이 읽고 함께 살자'는 바람을 강조한 것이다.

2010년에 발표한 「독서 단체 등의 프로그램 및 활동 현황 조사」에 따르면, "독서 프로그램 및 동아리 현황 조사 설문에 응답한 총 2,821곳의 학교 중 1,788곳의 학교가 2,506개의 독서 동아리를 운영한다고 응답"했다. 다시 세부적으로, "총 2,506개의 독서 동아리의 대상을 조사한 결과 중학생을 대상으로 한 동아리가 701개(28퍼센트)로 가장 많았으며, 그 다음으로는 고등학생 595개(23.7퍼센트), 학부모 522개(20.8퍼센트), 초등학생 448개(17.9퍼센트), 교사 196개(7.8퍼센트), 구분 없음이 44개(1.8퍼센트)의 순으로" 나타났다.[3] 학교의 전체 숫자를 따지면, 터무니없이 적지만 그래도 학교와 직간접적으로 연결되어 운영되는 독서 동아리 숫자만 해도 2,506곳이다.

같은 연구는 포털 사이트 내 독서/토론 카테고리 안에서 활동 중인 정회원 5인 이상 독서 동아리를 조사하는 식으로 온라인 독서 동아리 현황도 조사했다. "네이버에서 활동 중인 독서 동아리가

401개로 가장 많은 것으로 나타났고 다음이 398개, 싸이월드가 127개인 것으로 조사"[4]되었다. 모두 합쳐서 926곳이다.

2012년에 도서관, 문화원 등 공공 문화 시설, 정부 및 지방자치 단체, 공공 기관 및 일반 기업 등 직장, 독서 단체 등을 대상으로 실시한 「전국 독서 동아리 실태 조사」에 따르면, 문화 시설에서 운영되는 독서 동아리가 1,669곳, 직장에서 운영되는 독서 동아리가 165곳, 독서 단체에서 운영되는 독서 동아리가 16곳으로 모두 합쳐서 1,850곳으로 조사되었다.[5]

요약하면, 학교 독서 동아리 2,506곳, 도서관 등 문화 시설 독서 동아리 1,669곳, 직장 독서 동아리 165곳, 독서 단체 독서 동아리 16곳 등 공식적으로 활동하는 독서 동아리가 전국에 4,356곳 존재한다.[6] 물론, 이 동아리들은 전체 독서 공동체의 극히 일부에 지나지 않을 것으로 짐작된다. 출판사나 서점이나 북카페, 사회복지시설 등과 연계되어 있는 독서 공동체는 저 숫자에는 전혀 잡혀 있지 않다. 게다가 단체와 연계되지 않은 채로 운영되는, 마음 맞는 친구들과 카페 등을 빌려 삼삼오오 모여서 하는 자율적이고 자발적인 독서 공동체는 더 많다.

책을 읽고 이야기를 나누는 일에는 어떤 기쁨이 숨어 있기에, 이렇게 많은 모임이 결성과 해체를 반복하면서도 명맥을 유지하는 걸까. 서평가 이현우는 독서 공동체의 존재 이유를 다음과 같이 이야기한다.

> 책에서 얻은 지식과 경험을 공유하는 사람들의 집단이 독서 공동체다. 독서 공동체야말로 지식 사회의 기초 단위다. 책 읽는 인구가 줄어들면서 독서 공동체가 붕괴 위기에 놓였다. 독서 공동체 없이 사회에 대한 성찰적 토론을 벌이는 건 불가능하다.

그렇다. 사람들은 "책에서 얻은 지식과 경험을 공유"하려고, 같은 책을 읽고 한 곳에 모여서 몇 시간이고 이야기를 나눈다. 책은 한 사회의 가장 지적 정수를 압축적으로 구현하는 미디어이므로, 같이 읽고 이야기를 나누는 독서 공동체의 존재는 확실히 한 사회의 문제를 지적으로 이해하고 해결책을 마련하는 데 기여할 것은 틀림없다.[7]

하지만 공동체의 적절한 삶을 고민하려고 모여서 책을 읽는다고 말하는 것은 다소 어색하다. 결과적으로 독서 공동체가 그러한 종류의 사회적 효과를 빚을 수 있겠고, 그 일은 상당히 바람직하지만, "사회에 대한 성찰적 토론"을 하려고 같이 책을 읽는 모임은 어쩐지 신기루 같아 보였다. 다른 이유는 없을까. 좀 더 개인적이고 내밀한 동기들이 있는 것은 아닐까.

독서 공동체와 관련한 여러 가지 자료를 읽고, 공부를 더할수록 나는 독서 공동체에 대한 구체적 실감을 얻고 싶어졌다. 정말로 사람들은 "사회에 대한 성찰적 토론"을 하려고 독서 공동체를 하는 것일까. 실제로 독서 공동체 속에서 사람들이 하는 일은 무엇일까. 독서 공동체 모임은 어떻게 진행하는 걸까. 책은 어떻게 고르고, 토론이나 서평 말고 하는 활동은 없을까. 모임은 왜 하게 되었고, 모이는 사람은 누구이고, 얼마나 빈번하게 모이고, 책은 어떻게 구하고, 새로운 멤버는 어떻게 구하는지, 지역 사회를 위한 각종 활동을 하는지 등이다. 한편, 이에 덧붙여서 같이 읽기에 좋은 책은 무엇인지, 혼자 읽는 책과 도대체 어떤 차이가 있는지도 대단히 궁금했다. 하지만 설문에 의한 연구는 많았지만, 이러한 질문을 해소해 줄 만한 구체적인 현장 조사 연구는 극히 드물었다.

할 수 없이 직접 관련한 조사를 해 보기로 결심하고 2015년 한 해 동안 전국 방방곡곡의 독서 공동체 24곳을 직접 찾아다니면서 질문과 대답을 모았다.[8] 독서 공동체를 선정할 때에는 가능하면 3년 이상 지속적으로 운영한 곳을 중심으로 했다. 주로 5년 이상 활동한 곳이 대부분이고, 상록독서회나 할머니독서모임 같이 무려 30년 넘은 곳도 있었다. 길게 활동한 곳을 만나려 했던 것은 그동안의 활동 경험이 쌓여 있어서, 이들이 독서 동아리 활동에서 있을 수 있는 온갖 경우를 집약해서 이야기해 주리라 기대했기 때문이다.

가장 먼저 묻고 싶었던 것은 "책을 왜 읽는가?" 하는 것이다. 세상에는 책 말고도 여가를 활용할 수 있는 활동이 많이 있다. 모바일 혁명으로 인해 인간이 즐길 수 있는 콘텐츠는 폭발적으로 증가하고, 끝없이 울리는 여러 알림 메시지로 인해 독서에 쓰는 시간은 갈수록 줄어든다. 이 때문에 국민 독서율은 해가 갈수록 떨어지고, 출판 산업은 위기를 입에 달고 사는 그로기 상태로 몰린다. 한 달에 한 번만 모임을 해도, 한 해 동안 12권 이상 책을 읽을 수 있기에 독서 공동체에 참여하는 이들은, 책을 비교적 자주 읽는 '습관적 독자'에 해당한다. 이들로부터 책을 읽는 이유를 알 수 있다면, 비독자를 설득하는 데 도움이 되지 않을까 하고 기대한 바가 컸다.

책을 왜 읽는가

독서 공동체 사람들을 인터뷰한 결과, 사람들이 책을 읽는 가장 큰 이유는 '자아의 확장'을 위해서인 듯하다. 일반적으로 독자 관련 조사에서 '지식과 정보를 얻고 싶어서'가 가장 앞에 있는 것과 차별화된다. 어쩌면 이것이 책을 같이 읽는 이유이기도 할 것이다. 반복되는 생활 때문에 습관이 되어 굳어 버린 사고에서 벗어나 자신이 속한 세계를 확장하며, 일상의 이면에 놓여 있는 삶의 진정성을 체험하고 싶은 깊은 열망이 인간을 책으로 이끄는 것이다. 제주도 남원북클럽에 갔을 때 다음과 같은 이야기를 들었다.

> 자기 삶터에 관한 책을 함께 읽는 것은 정말 중요합니다. 주변을 알아가는 즐거움이 있고 생활에 이어지는 기쁨이 있습니다. 그런 일이 반복되다 보면 자기 안에 좁게 갇혀 있던 눈이 생활 세계 전체로 확장되면서 삶의 호흡이 무척 깊어집니다.

직접적으로 업무에 도움을 주는 책이 아니더라도, 독서를 통해 넓어진 세계는 생각에 유연성을 불어넣고 사회 문화적 영향성을 고려하도록 함으로써 업무에 창조성을 불어넣는다. 김해의 한 공무원은 다음과 같이 말했다.

> 시민인문학교를 기획하거나 어린이기자단과 함께할 때, 저희가 읽고 이야기한 책이 저희를 이끌어 갑니다. 책은 플랫폼입니다. 책을 통해 인간은 세상 모든 것과 이어집니다. 그리고 책은 거기에서 우리가 나아갈 길을 알려 줍니다.

자존감 회복도 중요하다. 일터나 가정에서 주어진 일을 반복하다 보면 점차 자신이 소진되어 사라지는 것 같은 기분이 든다. 특히 한국과 같이 장시간 노동에 시달리다 보면, 지성과 감성의 충전 같은 것은 꿈조차 꿀 수 없다. 때때로 술자리나 여행 등으로 분위기를 전환해 보지만, 잠깐의 기분 전환이 전부인 경우가 대부분이다. 일상의 업무로 복귀한 후에는 여행의 충격이 자아의 넓이나 깊이를 확보하는 데까지는 좀처럼 이어지지 않기 때문이다. 하지만 읽기는 이와 다른 것 같다. 부천에서 만난 한 교사는 말했다.

> 나이 들면 무슨 일을 하더라도 자신이 없어지죠. 사람들이 자신을 무시하는 것만 같아요. 책을 읽으면서부터는 그런 기분이 감쪽같이 없어졌습니다. 하고 싶은 일이 자꾸 생겨나고, 머리와 행동의 간격이 좁혀졌어요.

이 이야기들을 한마디로 요약하면 '변화'다. 정보 습득이나 여가 시간 선용 같은 기존의 독서 요인들은 (물론 앞으로도 여전히 중요하겠지만) 스마트 미디어를 이용하는 쪽으로 빠르게 옮겨 가는 것 같다.[9] 그러나 적어도 독서 공동체에 참여하는 사람들의 독서에서는 자기 변화에 대한 갈망이 뚜렷하게 나타난다. '이대로 사는 것은 안 되겠다'는 것, '또 다른 삶이 있을 수 있다'는 것 등이 대화하다 보면 거의 빠짐없이 드러난다. '의미를 향한 갈망'이라고 불러도 좋을 것이다. 덧없음으로 기울어 가는 일상의 삶을 '일단정지' 하고, 삶의 흐름에 단절적 변화를 만들어 내려는 마음이 사람들을 독서로 이끌어 간다. '깊이를 향한 열망'이라고 불러도 좋겠다. 높낮이 없이 반복되는 삶이 가져오는 지루함으로부터 벗어나 삶의 심층을 탐구해 보려는 추구가 사람들을 책의 세계로 불러들인다.

자신의 삶에서 '고통'을 느낀 사람들이 책을 읽는다. 인간의 삶이란 필연적으로 병들어 있고, 건강한 삶은 저절로 얻어지는 게 아니라 필사적 분투를 통해서만 간신히, 그러나 일시적으로 획득할 수 있는 자질에 해당한다. 따라서 건강을 유지하려면 지속적이고 반복적인 노력이 요구된다. 독서 공동체 사람들에게 책을 읽는 일은 자기 삶의 건강을 지키기 위해 가장 손쉽게 할 수 있는 실천이었다.

일찍이 우리 삶의 근본적 무의미를 설파한 사람은 붓다였다. 붓다는 "인생은 고통"임을 깨닫고, 고통에서 벗어나 진정한 기쁨(열반)에 이르는 길을 찾는 것이 무엇보다 중요하다고 말한다. 이는 한 종교의 진리이지만 또한 문학 일반의 진리이기도 하다.

『일리아스』에서 호메로스는 말한다. "신들은 비참한 인간들의 운명을 정해 놓으셨소. 괴로워하면서 살아가도록 말이오."(24권 525~526행)[10] 현대 물질문명이 이룩한 놀라운 풍요 덕분에 나날이 기쁨의 축제가 계속되는 듯해도 인간이 고통에서 벗어날 길은 없다. 순간의 쾌락을 구입하기 위해 신용이라는 이름으로 얻은 '부채'의 노예가 되어서 시시포스처럼 나날을 힘겹게 굴릴 뿐이다. 뼈가 녹을 듯한 쾌락과 아무리 대단한 영화를 누리더라도 마지막에 인간을 찾아오는 것은 절대적인 무(無, nothing)인 죽음이고, 죽음의 징조로 육체가 쇠퇴하면서 생겨나는 병이다. 이 사실은 어느 누구도 피할 수 없다. 「황무지」에서 엘리엇은 말한다. "살아 있던 그는 지금 죽었고, / 살아 있던 우리는 지금 죽어 간다. / 약간씩 견디어 내면서."[11]

따라서 자신의 삶이 병들어 있음을 인지하고, 즉 자신을 찾아온 육체적 또는 정신적 질병으로부터 삶의 궁극적 무의미를 깨닫고, 그러한 인식의 지극한 고통 속에서 의미를 추구하는 사람이야말로 오히려 행운의 열쇠를 쥔 것이나 다름없다. 자신의 삶에 치유의 메스를 들이댈 수 있기 때문이다. 독서는 그러한 사람들이 자기 삶을 고쳐 쓰는 데 필요한 참조의 도구들을 제공한다. 책 그 자체에는 아무 목적도 없다. 책은 인생에 닥쳐 온 여러 가지 문제를 해결하는 데 필요한 수단을 제공하는 무한한 공구 상자와 같은 것이다. 필요할 때마다 꺼내서 병든 삶을 치료하는 일에 써먹으면 되는 것이다.

독서가 한 사람의 인생을 변화시키는 도구로 쓰일 수 있는 가장 큰 까닭은 독서와 동시에 이루어지는 '추체험(Erinnerung)' 작용 때문이다. 최신 과학의 연구 성과에 따르면, 음악을 듣거나 영화를 보는 것과 달리, 읽기는 인간의 뇌 전체를 사용하는 능동적 행위이다. "책을 읽으며 몰입할 때는 뇌 전체가 활성화되고 활용된다. 뇌 전체가 상호 작용하는 사람들은 남들이 보지 못한 것들을 보고, 기존에 연결하지 않았던 지식들을 연결할 수 있"다.[12] 책을 읽는 일이 '관객이 참여하는 유일한 예술'이라고까지 말하는 것은 이 때문이다.

독서는 저자의 관점과 생각을 빌려서 세계와 인간을 이해하는 간접 체험이지만, 뇌 전체를 이용하는 능동성을 포함하기에 직접 체험과 맞먹는 변화를 우리 안에서 일으킨다. 독서 활동의 중심에 있는 내적 작용인 추체험에 대해 릴케는 다음 같은 시로 읊은 적이 있다. "그리고 너는 기다리고 있다. / 너의 삶을 늘려 주는 한 가지 것을. / 강력한 것을, 예사롭지 않은 것을, / 돌이 눈뜨는 것을, / 너를 향한 깊숙한 것을."[13] 그렇다. 독서로 인한 추체험은 인생을 확장해 주는 강력하고 예사롭지 않은 체험을 우리 안에 불러일으킨다. 그것은 돌처럼 딱딱해진 우리 삶이 저 깊숙한 곳으로부터 눈뜨는 경험을 우리에게 제공한다. 따라서 독서는 인생을 바꿀 수 있는 가장 손쉬운 방법이다. 책을 읽는 것은 내면의 돌이 깨어지는 인식의 고통을 주지만, 그 고통을 넘어서고 나면 우리 안에서 또 다른 삶의 이야기가 생겨나도록 만든다. 인천의 독서 공동체 얘기보따리에서 만난 한 주부는 말했다.

> 책을 읽는 것은 자신이 경험하지 못했던 세계, 생각지 못했던 세계, 보지 못했던 세계와 꾸준히 마주치는 일입니다. 이런 낯선 만남을 통해서 사람은 조금씩 바뀌어 갑니다.

그렇다. 우리는 더 이상은 이대로 살 수 없어서, 또 다른 삶을 불러들이기 위해서 책을 읽는 것이다.

책을 왜 같이 읽는가

독서 공동체에 참여하는 이들은 삶의 변화에 민감한 사람들이다. '혼자'를 벗어나 '같이'를 갈망하는 마음도 이로부터 생겨난다. 또 다른 삶에 대한 갈망은 '좋은 삶'에 대한 갈망으로 흔히 이어진다. 같이 읽기는 인생에 우애를 불러오고, 공동의 추구를 형성한다. 오랫동안 책을 같이 읽는 것은 결국 삶을 함께하는 일이다. 책으로 자신을 바꾸고, 가족을 바꾸고, 지역을 바꾸는 아름다운 혁명을 일으킨다. 좋은 삶이란, 혼자서는 도무지 이룰 수가 없고, 타인과 함께 살아가면서 타자의 인정과 수용을 통해서만 간신히 획득되기 때문이다. 독서 공동체는 '좋은 삶'의 연습장이다. 그렇다면 독서 공동체는 어떻게 이런 작용을 하는 걸까.

프랑스의 철학자 폴 리쾨르는 말한다. "독자에게, 자기를 이해한다는 것은 곧 텍스트 앞에서 자기를 이해한다는 것이고, 그 텍스트로부터 나와 다른 자기, 즉 독서가 부추기는 나와 다른 자기의 출현 조건들을 받아들이는 것이다."[14] 독서는 궁극적으로 자기 안에서 타자의 출현을 받아들이는 것이고, 나와 다른 존재를 통해 자기를 새롭게 정초하는 것이다. 책을 읽는 일은 그 자체로 고도의 윤리적 실천이다. 독서는 "타자의 목소리"(레비나스)를 들으면서 자기 이야기를 고쳐 쓰는 일이고 "타자와 더불어 공생과 공유를 추구하는"[15] "남 같은 자기 자신"(리쾨르)을 생성하는 일이다. 그리고 이 모든 것이 "독서의 산물"이고 "텍스트의 선물"[16]이다. 한국에서 가장 오래된 독서 공동체인 상록독서회 사람한테서 '남 같은 자기 자신'과 마주친 이야기를 들었다.

> 책을 읽고 같이 이야기하다 보면, 내 안에서 생각의 폭발 같은 것이 일어납니다. 내 안에 있으리라고 한 번도 생각지 않았던 '나'가 갑자기 앞으로 튀어나오는 겁니다. '같이 읽기'는 억눌렸던 나를 찾아 내면의 지층을 파고드는 일과도 같습니다.

사랑할 때와 마찬가지로 책을 읽을 때, 우리는 '홀로'가 아니라 '함께'로 존재함을 깨닫는다. 이러한 변화가 즉각적이라고 말할 수는 없지만, 독서를 반복하면서 우리는 자신을 성찰하고 타인을 배려할 줄 아는 '또 다른 사람'이 점차 되어 간다. 독서를 통해 얻는 타자에 대한 개방적인 수용성이 없다면, 독서 공동체는 아마도 불가능할 것이다. 역으로, 독서 공동체의 경험은 자기 안에서 타자를 발견하는 경험을 강화한다.

원주 그림책연구회는 책을 통해 아이를 잘 키우고 싶다는 이유로 그림책을 읽고 공부하고 만드는 강좌를 함께 들으면서 시작했다. 강좌 졸업생들이 흩어지지 않고 함께 모여서 그림책 공부를 계속하다가, 지금은 협동조합까지 함께 이루어 그림책 문화를 활성화하는 데 앞장서고 있다. 그곳을 찾아갔을 때 들은 이야기가 가슴에 오래도록 남았다.

> 아이와 함께 책을 읽으면, 아이를 이해할 수 있습니다. 아이도 저를 이해합니다. 공감은 연습을 통해서라도 몸에 반드시 붙여야 할 습관입니다. 같이 책을 읽으면서 공감하는 게 가장 빠릅니다.

'같이 읽기'는 읽기를 통해 생겨난 타자에 대한 이해를 '곁으로' 옮긴다. 같이 읽기를 통해 우리는 가정이나 학교나 직장이나 지역 등과 같은 공동체에서 삶을 함께하고 있는 사람들을 더욱 잘 이해하는 힘을 붙일 수 있다. 책을 모여 같이 읽는 일은 타자에 대한 '공감의 연습장'을 구축하는 일이다. '홀로'를 벗어나 '함께' 살아가는 것은 인간의 가장 위대한 자연에 속한다.

인간을 '사회적 동물'이라고 하지 않던가. 그 누구도 저 홀로는 인간답게 살아갈 수 없다. 하지만 타자와 함께 어울려 살려면, 자신에게 주어진 자유를 행사해 스스로 자신의 욕망을 제한할 수 있는 힘이 있어야 하고, 다른 이의 삶을 나의 삶으로 느낄 수 있는 '공감의 힘'도 필요하다. 일반적으로 이 과정을 '사회화'라고 부른다.

그런데 사회화 과정은 한 개인한테 한 번만 일어나는 것은 아니다. 가정에서, 또래 집단에서, 학교에서, 사회에서, 국가에서, 세계에서, 활동 영역이 확장됨에 따라 여러 번 반복되면서 일어난다. 인생의 각 시기마다 우리는 기존의 자아를 초월해서 확장된 세계에 걸맞은 새로운 자아를 얻어야 한다. 완고한 고집을 부리고 과거의 자신에 갇혀 있으면 변화하는 세계에 맞추어 적절한 자아를 생성하지 못하는 부진에 빠진다. 보령의 독서 동아리 책익는마을에서 만난 한 회원은 말했다.

> 같이 읽기는 서로 힘을 줍니다. 이 힘은 세상을 바꾸기에는 너무 미약합니다. 하지만 다양한 생각을 접하고 이를 받아들이다 보면, 나는 항상 옳고 너는 항상 그르다는 식의, 권력의 허위를 이겨내는 힘이 생깁니다.

앨빈 토플러가 말했듯, 오늘날의 세계는 변화의 속도가 극심해져 미래가 연속적 충격으로만 다가온다. 이러한 세계에서는 주체성을 잃고 남의 말을 추종하기 쉽다. 세계가 좀처럼 익숙해지지 않고, 언제나 낯설기 때문이다. 몇 달 전, 고속도로 휴게소에서 한 노인이 수돗가에서 애쓰는 것을 보았다. 손을 수도꼭지 아래로 넣으면 센서가 감지해 자동으로 물이 나오도록 되어 있는데, 수도꼭지를 손으로 자꾸 누르면서 물이 쏟아지기만 기다리는 것이었다. 상당히 직관적인 것 같은데도, 변화에 민감하지 못하면 이런 일이 생긴다. 수돗물을 사용하는 방법조차 순식간에 바뀌니까 말이다.

이러한 세상에서 혼란에 빠지지 않으려면 변화를 좇아 자아를 꾸준히 혁신하는 일이 중요하다. 물론 세상의 변동에 발맞추면서도 여전히 자신이 소중하게 생각하는 정신적 가치를 지켜야 하는 것은 당연하다. 하지만 변화된 세상은 가치를 실현하는 낡은 방법이 작동하지 못하도록 만들므로, 자칫 자기의 낡은 사고를 고집하는 허위에 빠지기 쉽다. 사회를 바라보는 눈을 유연히 가져가면서 자기 삶의 가치를 꾸준히 점검할 필요가 있는 것이다.

책을 같이 읽는 일은 세상의 가혹한 변화를 좇을 수 있도록 하는 동시에 거기에 일방적으로 함몰되지 않도록, 변화 속에서도 여전히 함께 추구해야 할 인간적 가치를 놓치지 않도록 만들어 준다. 세상이 변화하는 속도는 기하급수적인데, 사람이 적응하는 속도는 거기에 미치지 못하는 시대다. 이럴 때일수록 정치, 경제, 사회 전반에서 권력이 생성하는 온갖 허위를 이기고 변화를 인간적 가치를 실현하는 기회로 바꾸어 갈 수 있는 내면의 힘을 길러야 한다. 잘 고른 책을 통해 세상의 중대한 변화들을 확인하고, 그 변화가 자기 삶에 어떤 의미가 있는가를 자유롭고 생생하게 이야기하고 다른 사람들 이야기도 들으면서, 세상을 바라보는 여러 겹의 눈을 체험한 경험이 있는 사람은 변화에 쉽게 휩쓸리지 않는다. 고요함 속에서 움직이고 움직임 속에서 고요한 묘리를 얻을 수 있는 것이다.

공동 대화 경험으로 사람들이 흔히 몸담아 즐기는 것 중엔 '수다'

도 있다. 하지만 책을 같이 읽는 일은 수다와 다르다. 피터 펜베스는 수다를 "그 어떤 가치 있는 것도, 중요한 것도, 흥미로운 것도 포함되지 않는" 이야기라고 말한다. "커뮤니케이션은 계속되지만, 전달되는 것이 어떤 의미에서는 '아무것도 아니'기 때문에 커뮤니케이션이 더 이상 작동하지 않는다고 볼 수 있"는 상태다.[17] 하지만 수다의 사회적 기능이 전혀 없지는 않다. 주부 등 특정한 사회 집단에서 자기의 감정과 생각을 자유롭게 털어놓으면서 삶의 무의미성을 조금이라도 털어내려는 노력이라고 할 수 있다. 발화를 통한 '자기 치유'야말로 수다의 사회적 역할이다. 문제는 수다의 무한한 반복 또는 수다 외의 깊은 대화가 부재한 상태다.

하이데거는 『존재와 시간』에서 수다, 즉 '잡담(Gerede)'의 문제를 다룬다.[18] 하이데거에 따르면, 말하는 것은 '함께 나누는 일'이다. 이것이 가능한 것은 모두 '평균적 이해 가능성'에 기반을 두고 이야기하기 때문이다. 잡담은 인간이 주어진 '평균적 이해 가능성'을 넘어서려 하지 않고, '이야기된 것 그 자체'로, 즉 피상적으로 대화하는 것이다. 이야기되는 말을 깊게 숙고하기보다 평균적 이해를 한없이 반복하는 것, 즉 "퍼뜨려 말하고 뒤따라 말하는" 것이다. 이 일을 반복하면서 사람들은 무한정 주제를 옮겨갈 수도 있고, 무한한 메아리처럼 서로의 입술을 쳐다보면서 '피상성'에 '진실'의 권위를 부여한다. 하이데거는 이러한 상태에 대해 다음과 같이 단언한다. "사실이 그렇다. 왜냐하면 사람들이 그렇게 말했으니까."

잡담 상태가 지속되면, 사람들은 대화에서 공허를 느끼기 시작한다. 모임에 나가 수다를 실컷 떨었는데, 집으로 돌아오는 길이 더없이 쓸쓸한 것이다. 페이스북이든, 네이버 밴드든, 카카오톡이든, 대부분의 소셜미디어 활동 역시 무한한 수다라 할 수 있다. 아무리 열심히 해도 삶에 의미를 더하지 못한다. 기껏해야 '즐거운 공허'로 떨어질 뿐이다. 그렇다면 누군가와 같이 시간을 보내는 더 의미있는 경험은 불가능할까. 운동을 같이 하거나, 연주를 함께 하는 것이 우선 떠오른다. 노동이나 활동에 힘을 합하는 것도 좋다. 함께 무언가를 이룩할 수만 있다면, 우리의 삶은 대부분 즐거움과 동시에 충만한 의미(보람)을 얻을 수 있다. 읽기를 함께하는 것도 분명히 좋은 대안 중 하나일 것이다. 서울 관악구의 보라매독서동아리에서 만난 한 주부는 말했다.

> 다른 모임이 햄버거 먹는 간식이라면, 책 읽는 모임은 한 상 잘 차려 먹는 정식입니다. 수다 모임 나가서 아이들 뒷이야기를 하거나 신세한탄을 주고받는 일에 지쳤습니다. 허무하죠. 책을 같이 읽는 모임은 나 자신을 축복하는 일과 같습니다.

책을 같이 읽고 이야기 나누는 것은 '수다'와 같은 치유 기능을 가질 뿐만 아니라, 수다를 넘어서 함께 의미를 탐구하는 깊은 관계를 만들어 낸다. 혼자는 무섭고, 수다는 싫고, 소셜미디어는 공허한 이들이 독서 공동체를 찾는다. 사람이 만나서 깊이 있는 관계를 이룩하려면 성숙함과 탁월함에 대한 일정한 추구, 즉 삶의 높이를 끌

어울리려는 갈망이 필요하다. 수다 모임엔 이런 욕망이 존재하지 않는다. 수다에서는 우정이 싹트지 않는다. 아리스토텔레스의 『니코마코스 윤리학』의 우정 개념을 탐구한 전재원에 따르면, "진실로 깊은 관계를 맺기 위해서는 일정한 만큼의 성숙함과 탁월한 품성이 필요하다. 깊이 있는 사람만이 깊이 있는 사랑을 할 수 있으며, 깊이 있는 사람들은 유사한 깊이의 사람에 의해 그들의 가장 풍부한 사랑을 자극 받는다."[19] 좋은 삶을 살아가려면 공동으로 추구할 만한 삶의 가치에 대한 논의가 필수적이다. 책이 있을 때, 우리는 인생을 나누는 깊이 있는 이야기를 '자연스럽게' 할 수 있다.

때때로 가치의 공유는 지역 사회 활동으로 이어지기도 한다. 서울 명륜동의 '풀무질책방 독서모임'은 독특한 형태로 운영된다. 책방 곁에 있는 작은 공간에서 주로 모이지만, 지역 유기농 밥집이나 헌책방 등 널리 알리고 싶은 곳이 생기면, 그곳 주인장들과 함께 모임을 진행하기도 한다. 여기에서 만난 중년의 한 남성은 말했다.

> 저희는 돈 없이도 꿈을 크게 꿀 수 있는 사람들 모임입니다. 좋은 삶을 살아가려는 사람들이 서로 도울 수 있도록 저희 모임이 쓰였으면 좋겠습니다. 지역에 헌책방과 같은 의미 있는 공간이 생기면, 주인과 연락해서 그곳에서 모임을 진행합니다. 응원 가는 거예요.

약자들은 우애와 연대를 통해서만 일어설 수 있다. 강자와 약자의 차이는 무엇일까? 일본의 사상가 우치다 다츠루는 "'강자'는 '계속 승리할 수 있는 자'가 아니라 '몇 번이고 패할 수 있는 여력을 갖춘 자'를 말한다. '약자'는 '한 번의 실패도 용납되지 않는' 막다른 궁지에 몰린 인간을 가리킨다. 인간의 강약은 궁극적으로 '승률'이 아니라 '지는 여유'에 의해 정해진다."라고 이야기했다. 아울러 "현대의 '강자'들은 거의 예외 없이 '집단에 깊이 참여하는' 대가로 풍부한 수익 기회를 누리고 있다. 반대로 현대의 '약자'들은 거의 예외 없이 집단으로부터 소외되어 있다."라고도 말했다. 한마디로, 현대의 강자들은 안정된 집단에 소속되어 있으면서, 새로운 아이디어를 다양하게 시도하면서 몇 번이고 실패해도 좋은 삶을 살아간다. 하지만 현대의 약자들은 불안정한 환경에서 하루하루 닥쳐오는 일들을 단 한 번의 실패도 없이 성공적으로 치러야 하는 곡예사 같은 삶을 살 수밖에 없다. 한국처럼 사회 안정망이 허술해서 한 번의 패배가 영원한 패배로 귀결되기 쉬운 사회에서는 약자들이 세상을 살아가는 일은 힘들고 무섭기까지 하다. 사회가 약자들의 패배에 관심이 없다면, 우애의 힘으로 약자들 스스로 연대해서 새로운 공동체를 일구어 가는 수밖에 없다. 마을 만들기 운동 같은 것이 전 세계적으로 활성화된 이유다. 책을 같이 읽는 것은 '우애의 공동체'를 향한 첫 번째 계단이 될 수 있다.

독서 공동체의 기본 성격

책을 같이 읽는 이유로부터 우리는 독서 공동체의 기본 성격을 다음과 같은 세 가지로 나눌 수 있다.

첫째, 독서 공동체는 깊은 만남을 추구하는 우아한 친교 모임이다. 독서 공동체는 무엇보다 '함께 읽는 즐거움'을 추구한다. 이러한 추구의 이면에는 삶으로부터 소외되어 고독에 시달리는 현대인들이 책을 통해 인생을 함께 나누는 반복적 체험을 통해, '강한 연결'을 가져다주는 관계, 즉 깊은 관계를 이룩하고 싶다는 갈망이 담겨 있다. 이러한 성격의 독서 공동체는 특별한 형식 없이, 책을 매개로 일상의 삶을 성찰할 수 있는 대화를 주고받는 경우가 많다.

둘째, 독서 공동체는 공동으로 배우는 토론 모임이다. 빠르게 변화하는 세상에서 독서 공동체는 새로운 지식과 정보를 갈망하는 현대인에게 함께 공부하는 즐거움을 추구하도록 만든다. 이러한 성격의 독서 공동체는 지식이나 정보의 주체적 습득을 목표로 한다. 강의 등을 통한 일방향 학습과는 다르다. 같이 읽기는 참여자들이 스스로 궁금한 점을 설정하고 치열한 토론을 거쳐 주체적으로 답을 찾아가는 탐색의 공부라고 할 수 있다. 이러한 성격의 독서 공동체에서는 발제 등을 통한 형식적 의무를 나누는 경우가 많다. 때로는 주체적 학습을 이끌 수 있는 리더를 두는 경우도 적지 않다.

셋째, 독서 공동체는 삶을 함께 나누는 시민 공동체다. 독서 공동체는 책을 통해 일터와 삶터의 여러 문제들을 함께 성찰하고, 깊이 있게 논의함으로써 '깨어 있는 시민 되기'를 추구한다. 정치적, 경제적, 사회적 권력이 송출하는 정보들을 일방적으로 수용하기보다는, 그 장단점을 꼼꼼히 따지고 살펴서 공동체에 바람직한 대안을 마련해서 제시하는 일을 적극적으로 해 나간다. 참여는 자발로, 생각은 스스로, 고민은 함께 나누면서 이러한 성격의 독서 공동체에서는 지역 사회에 어울리는 크고 작은 실천을 기획해서 실행한다.

물론, 현실의 독서 공동체는 이 세 가지 성격을 복합적으로 가지는 경우가 많다. 무엇보다 처음에는 '친교의 공동체'나 '학습의 공동체'로 시작했다가, 나중에 '시민의 공동체'로 발전하는 경우를 자주 볼 수 있다. 특정한 성격의 독서 공동체가 더 좋다거나 더 흥미롭다고 할 수 없는 것은 당연하다. 각자 구성원들의 사정과 흥미에 맞추어, 적절한 성격의 독서 공동체를 이룩해 가면 그만이다.

같이 읽을 때 어떤 일이 일어날까?

그렇다면 같이 읽기는 실제로 구성원의 삶에 어떠한 변화를 가져올까. 독서 공동체에서 책을 같이 오래 읽은 사람들은 모임을 거듭함으로써 무엇을 이루어 가고 있을까.

무엇보다 독서 공동체에 참여하는 이들은 '인생에 쌓이는 만남이 있다'는 행복을 누리는 듯하다. 이는 일종의 소속감을 말한다. 서울 상계동의 상경다락방에서 만난 한 학부모는 말했다.

> 매주 모임에 나오니까 사회생활을 다시 시작하는 것 같습니다. 가족 말고 소속감이 생겨서 참 좋아요. 고등학교 때 이후로는 깊이 사람을 사귄 적이 없었는데, 책 마실 나와서 수다 떨고 나들이도 같이 다니면서 정이 아주 깊어졌습니다.

이 모임은 상경초등학교 학부모 모임에서 '내 아이한테 어떻게 좋은 책을 읽힐까' 하는 관심에서 시작했다가 아이들과 상관없이 자신의 책을 읽는 모임으로 변화했다.

『소속된다는 것』에서 몬트세라트 귀베르나우는 "소속은 일정한 친숙성을 수반"[20]한다고 이야기한다. 현대 자본주의 사회는 어느 곳에도 소속되지 않을 자유에 가장 높은 가치를 부여하지만, 이 때문에 우리는 어디에서도 '깊은 소속감'을 느끼지 못하고 외로움에 시들어 간다. 누군가와 깊은 관계를 맺고 어딘가에 소속되어 있다는 감정 없이 인간은 결코 행복할 수 없다. 소속은 인간에게 자신의 가치를 꾸준히 확인받을 수 있는 안정감을 제공한다. 공동체에 대한 애착은 자신의 존재 이유에 대한 확인이기도 한 것이다. 한국 사회처럼 마을이 모두 해체되고 이사가 잦은 곳에서 소속감을 얻는 것은 정말로 어렵다. 특히, 임신과 출산 등의 이유로 직장을 갖지 못한 주부들의 경우, 지역 사회에서 '수다'를 넘어 삶을 함께 고민할 수 있는 우애의 공동체를 만나기란 쉽지 않다. 책을 같이 읽는 것은 삶에 대한 깊은 체험과 함께 강렬한 소속감을 불러일으킨다. 이 소속감은 아마도 책을 통해 인생의 의미를 성찰하는 숙고, 좋은 말을 하고 또 들음으로써 생겨나는 고양감 등이 누적되어 만들어지는 삶의 성숙에서 오는 것 같다. 독일의 문학비평가 안나 크뤼거는 말한다. "수년 동안 자신이 읽은 텍스트에 대해 비판적이고 생생하게 자신을 표현할 수 있는 데 익숙해진 사람은 성숙한 독자가 되는 길에 들어선다."[21]

나 자신의 경험만 생각해도 어느 정도 납득이 간다. 책을 함께 읽으면 오랜 시간이 흘러도 무슨 책을 읽고, 어떤 이야기를 했는지 기억에 남는다. 같이 읽기를 준비하는 과정에서 고민했던 것들, 참여해서 나누었던 이야기들은 아주 오랫동안 기억에 남아 있다. 대학교 때 같이 모여 책을 읽었던 기억은 지금 떠올려도 두근두근, 언제든지 그 시절로 다시 돌아가고픈 생각이 든다. 같이 책을 읽는 일은 그만큼 인생에서 깊은 경험이다. 인생에 쌓이는 모임이 있다는 것, 이는 바로 우리의 인생이 나날이 의미 있어진다는 뜻이다. 의미 있는 삶이란 무엇인가. 내 인생에 기억할 만한 시간이 쌓이고, 내 기억에 타인의 삶이 꾸준히 들어서며, 타인의 삶에 나에 대한 기억이 누적되어 가는 것이 아닐까.

둘째, 독서 공동체에 참여하는 사람들은 '남의 이야기를 들을 줄 아는' 경청의 능력을 획득한다. 회원 수만 수백 명에 이르는 경남 창원의 독서클럽 창원에서 만난 한 시민은 말했다.

> 항상 책을 읽어 온 편이었습니다. 하지만 마음에 날이 서 있는 경우가 많았죠. 모임에 들어온 지 얼마 되지 않았지만, 책을 같이 읽고 이

야기를 나누면서 마음이 많이 온화해졌다고 생각합니다. 모임에 나오면서 남의 의견에 귀 기울여서 자주 듣는 버릇이 생겼습니다.

경청이란 단지 조용히 듣는 것이 아니다. 경청은 남의 이야기를 내 이야기로 만들 수 있는 능력이다. 다른 사람의 진실을 나의 진실을 구성하는 데 가져다 쓸 줄 아는 능력이다. 이는 진실을 추구하는 시민이라면 반드시 획득해야 하는 능력으로, 경청은 타자가 진실을 말할 수 있도록 충분히 기다리는 것이요 타자가 진실을 말할 때 주의를 다하는 것이기도 하다.[22]

『문학비평에서의 실험』에서 C. S. 루이스는 좋은 독자가 되기 위한 첫 걸음을 '기다리기'라고 불렀다. "작품이 자신에게 무언가를 행하기를 기다리는 것"[23]이 잘 읽는 출발점이라는 것이다. 루이스가 말하는 '기다리기'가 바로 경청이다. 읽기는 늘 책의 목소리에 귀 기울이는 일로부터 시작한다는 점에서 경청의 능력 없이 읽기는 불가능하다. 잘 읽는다는 것은 곧 잘 듣는 것이기도 하다. 함께 읽기는 여기에 더해 친구들의 목소리에 귀 기울이는 힘을 가져다준다. 현대 자본주의 사회는 타자를 추방함으로써 우리를 고통스럽게 만든다. 타자의 목소리에 귀 기울이는 것은 고도의 윤리적 실천으로, 공동체 회복을 위한 첫걸음이기도 하다. 『타자의 추방』에서 한병철은 "경청은 타인들의 현존재에 대한, 그들의 고통에 대한 행동이자 적극적인 참여다. 경청은 사람들을 연결하고 매개하여 비로소 공동체를 만들어 낸다."[24]라고 말한다. 이처럼 공동체를 만드는 것은 타자의 목소리에 대한 조용한 관심으로부터 시작된다. 독서 공동체가 지역 사회의 삶에 자주 관심을 품는 이유도 이 때문이다.

셋째, 독서 공동체에 참여하는 이들은 자기 혼자라면 절대 읽지 않거나 읽지 못할 책을 읽는 발견의 기쁨을 누린다. 충남 보령의 독서 공동체 '책익는마을'에서 만난 회원은 말했다.

> 내가 읽고 싶은 책만 읽는 '독서 편식'에서 벗어날 수 있어 좋았습니다. 친구들 정성이 담긴 선물이니까 취향이 나랑 다른 책이라도 존중해서 끝까지 읽을 수밖에 없습니다.

책을 선정한 사람이 친구들 전체한테 책을 선물하고 함께 이야기하자고 권하는 방식으로 운영되는 이 독서 공동체는 정말 다양한 책을 함께 읽으면서 치열한 토론을 통해 새로운 생각을 만들어 간다.

독서 공동체는 참여자들로 하여금 자기 취향과 한계를 넘어서게 만든다. 읽기를 바꾼다는 것은 자신의 인생에서 만나지 못할 경험을 하는 것과 같다. 자신의 인생을 확장하는 것이다. 더 높고, 더 깊고, 더 먼 곳의 '또 다른 삶'이 존재함을 확인하고 이를 자신의 내면으로 받아들이는 것이다. 이러한 경험을 자주 한다는 것은 세계가 넓어지는 것이나 마찬가지다. 『사피엔스』에 따르면, 인류는 언어, 문자, 책, 인터넷 등 자신이 경험하지 못한 것을 자신의 것으로 가져오는 수단을 발명함으로써, 또한 자신이 존재하지 않을 때에도 살아가면서 획득한 지혜를 전달하는 수단을 발명함으로써, 문명의 동력을 확보해 만물의 영장이 될 수 있었다.[25] 일상의 덫에 갇혀 자신이 보고 싶은 것만 보고, 듣고 싶은 것만 듣는 인간은 필연적으로 퇴화한다.

문제는 이러한 퇴화가 오히려 책을 통해서도 만들어진다는 것이다. 미디어 학자 마셜 매클루언은 인쇄 미디어의 산물인 책을 '시각의 연장'으로 보고, 책을 통해 만들어진 인간을 '문자 인간'이라고 부른다. 문자 인간은 오감을 통해 들어오는 인간의 다양하고 다층적 경험을 무시하고 시각이라는 단일 감각에만 전적으로 의존하기 십상이다. 그 결과 구어적 소통에서는 커다란 역할을 하던 소리나 몸짓 등이 소통 과정에서 철저하게 배제되고 화자와 청자의 맥락에 따라 강세나 어조 등을 덧대면서 풍부한 의미를 낳던 '감성적 뉘앙스'가 사라져 버린다. 이로써 낭송 또는 대화에서 순간순간 획득할 수 있었던 세상 읽기의 다양성과 역동성이 박탈된다. 문자 인간은 타자와 직접 만나 이야기하면서 공감을 통해 지혜를 얻지 않고 읽는 행위를 통해서만 세상을 판단하고 해석해서 행동하는 인간, 즉 '책상물림'이라고 할 수 있다.[26] 이러한 인간은 자신을 둘러싼 세계를 합리적 분석을 통해서만 판단하기 때문에, 총체적 사고능력을 상실하는 정신적 외상(자폐증)에 시달리기 쉽다. '같이 읽기'는 문자 인간이 빠지기 쉬운 이러한 정신적 외상을 치유한다. 우리는 책을 통해서 자신의 경험 세계를 확장해야 할 뿐만 아니라, 인간을 만나 대화함으로써 책을 통한 상처를 치유하기도 해야 하는 것이다.

독서 공동체를 어떻게 운영하면 좋을까?

수많은 독서 공동체를 만나본 결과, 독서 공동체의 일반 운영 원칙은 다음과 같은 네 가지로 요약할 수 있다.

첫째, 참여와 탈퇴가 자유로운 '자발성의 공동체'여야 한다. 둘째, 공동체의 운영과 진행은 서로 협의해서 결정하는 '자율성의 공동체'여야 한다. 셋째, 대화와 토론은 권위적 형식 없이 스스로 규칙을 정해 자유롭게 펼쳐지는 '창발성의 공동체'여야 한다. 넷째, 특정한 운영자의 헌신과 수고에 의존하지 않고 공동체 관리의 의무와 책임을 균등하게 나누는 '평등성의 공동체'여야 한다.

구체적으로 모임은 그날그날 '즐겁게' 운영되어야 한다. 지나치게 진지하거나 심각해 참석에 부담을 느낀다면 오래 지속할 수 없을 것이다. 하지만 단순히 수다 모임에 그치지 않도록, 재미를 주려면 어떻게 할까를 끝없이 고민해야 한다. 이를 '즉시성'의 규칙이라 부르고 싶다. 청춘독서모임처럼 때때로 큰 부담이 되지 않는 선에서 아주 작은 이벤트를 마련하는 것도 좋은 방법이다.

공동체 모임은 나중에 떠올릴 수 있도록 간단하면서도 구체적으로 모임마다 기록을 해 두어야 한다. 공동체에서 함께 읽은 책들의 서지 사항을 살펴 두고, 모임에서 누가 무슨 이야기를 했고 어떤 일이 있었는가를 기록해 두었다가 기념할 일이 생길 때마다 함께 읽는 것만으로도 큰 의미가 있다. 이를 '기록성'의 규칙이라 부르고 싶다. 부천 언니북처럼 나중에 모아서 책자로 만들어 나누어 보관하는 것도 좋겠다.

책을 체계 없이 무작정 읽지 말고, 적당한 간격으로 목적을 두고 읽는 것도 나쁘지 않다. 일종의 시즌제로 운영하는 것이다. 성공 경험이 누적될 수 있도록, 순간순간 매듭을 잘 짓고 가는 게 중요하다. 가령, '페미니즘 고전 읽기' '셰익스피어 4대 비극 읽기' '요리의 정석' 등 다양한 주제의 책들을 묶어 읽는 임무를 부여하고, 그때그때 미션을 수행하는 것이다. 가령, 열 번 정도 모여서 일정한 주제의 책을 소화하고 기분 좋게 헤어지는 것도 나쁘지 않다. 다른 주제로 다시 만나면 되니까 말이다. 이를 '단계성'의 규칙이라 부르고 싶다.

독서 공동체는 평등성을 기초로 하므로, 한 사람이 과중한 부담을 지지 않도록 매번 회원들이 균등하게 임무를 나눌수록 좋다. 누군가는 음료를 준비하고, 누군가는 사탕을 준비하고, 누군가는 서평을 복사해 오는 등 적절하게 작은 임무들을 나누어 맡을수록 운영이 충실해지고, 참석률도 높아질 수 있다. 이를 '균등성'의 규칙이라 부르고 싶다.

독서 공동체가 너무 느슨히, 임의로 운영되지 않도록 규약을 갖는 것이 옳다. 규약을 정할 때에는 다음과 같은 점을 주의했으면 한다. 첫째, 너무 많은 규약은 사람을 피곤하게 하므로, 실제로 실행 가능한 최소한의 규약을 정한다. 둘째, 회원 자격, 회비, 모임 횟수 등 각자 필요하다고 생각하는 규약을 돌아가면서 이야기하고, 간단히 토론을 거쳐 규약으로 정할지 결정한 뒤, 그 자리에서 정리해서 프린트한 후 모두 서명해 둔다. 신입 회원이 들어올 때도 같이 낭송한 후 서명을 받는다. 셋째, 한 해에 한 번 정도는 불필요한 규약은 없는지, 새로 추가할 규약은 없는지 살펴서 개정하거나 수정하는 게 좋다. 이를 '규약성'의 규칙이라 부르고 싶다.

요약하면, 독서 공동체 운영에는 자발성, 자율성, 창발성, 평등성의 원칙과 즉시성, 기록성, 단계성, 균등성, 규칙성 등 다섯 가지 규칙이 있는 셈이다.

그러나 독서 공동체 운영에서 무엇보다 중요한 것은 책을 읽고 난 후 자기한테 부딪쳐 온 경험을 두려움 없이 교환하는 것이다. 책 내용을 스스로 요약할 수 있다면 좋겠지만, 부담이 된다면 반드시 그래야 할 까닭은 없다. 인터넷 등에 훌륭하게 정리된 것들이 많이 있기 때문이다. 독서 공동체에서 나누고 싶은 이야기는, 내 친구가 이 책을 어떻게 읽었느냐 하는 것이다. 내 이야기를 하면서, 친구의 이야기를 들으면서, 내 안에 있는 경험들이 터져 나오면서 이야기가 끝없이 이어지는 것이야말로 아름다운 일이다. 체홉의 운영자는 말했다.

어떤 책이든 자기 목소리로 들리는 구석이 반드시 있죠. 그 부근에

> 집중해서 이야기하다 보면, 어느 순간 각자 읽은 것이 연결되면서 대화가 폭발하곤 합니다. 봇물이 둑을 넘듯, 다른 이들의 읽기 속으로, 삶 속으로 들어서면서 새로운 감각과 사유가 생겨나는 걸 느낍니다.

때로는 치열한 싸움도 두려워하지 말아야 한다. 토론이 깊어지면 서로의 생각을 더 정밀하게 들을 수 있으므로, 내 생각에 넓이와 깊이를 더하는 계기로 삼을 수 있다. 따라서 토론이 격해지는 것을 오히려 좋아해야 한다. 지식이 많다고 해서, 나이가 많다고 해서 반드시 토론을 잘하는 것도 아니다. 인천 마중물의 한 운영자는 말했다.

> 지식을 많이 갖춘 분은 말을 잘 못하고, 살면서 치열한 고민을 많이 하던 분들이 강하다는 걸 느꼈습니다. 삶의 현장에서 단련되면서 얻은 자기 이야기가 있는 사람이야말로 지혜가 있는 사람입니다. 이런 분들은 솔직하고 주관이 뚜렷하지만, 다른 사람들 의견을 존중합니다. 인생을 살아오면서 자기를 고집해서는 아무것도 이룰 수 없다는 차이의 지혜를 획득하신 거죠.

그렇다. 토론을 잘하려면 논리를 갖추는 것도 중요하지만 타인에 대한 존중이 우선이다. 타인을 존중하지 않고 자기 이야기만 늘어놓지 않도록 토론을 하기 전에 사회자를 두는 것이 현명하다. 사회자는 한 사람이 지나치게 이야기를 독점하지 않도록 시간과 발언 순서를 적절히 배분하고, 특히 고도의 인권 감수성을 발휘해 타자의 인격을 훼손하는 태도가 생겨나지 않도록 주의를 기울여야 한다. 독일의 예슨 휴트만은 토론의 한계에 대해 다음과 같이 말했다. "침착하게, 흥분하지 말고, 문제를 세분화해서 살펴보는 토론 문화를 정착시키는 것이 중요하다. (중략) 타인의 존엄이 토론의 한계다."[27]

독서 공동체로 무엇을 이룰까?

독서 공동체를 통해 같이 읽음으로써 우리는 다음과 같은 네 가지를 이룩할 수 있다. 첫째, '책 읽는 나'를 만들 수 있다. 책을 같이 읽는 것은 '책 읽는 습관'을 붙이는 가장 능동적인 방법에 속한다. 독서 공동체를 오랫동안 유지함으로써 우리는 평생 책을 읽는 나를 만들 수 있다. 둘째, '함께 읽는 우리'를 만들 수 있다. 앞에서 강한 연결을 이야기했는데, 책을 함께 읽는 것은 인생을 함께 나눌 수 있는 우애를 쌓는 일이기도 하다. 우리는 소외를 부추기는 현대 자본주의 사회의 고독을 이겨내고 연대를 통해 새로운 사회적 관계를 구축할 수 있다. 셋째, '좋은 책 문화'를 만들 수 있다. 같이 읽기에 적합한 책을 고르고 이야기하는 과정에서 양서와 악서를 가려내고, 좋은 책이 널리 알려지고 보존되는 데 영향을 끼침으로써 양서가 꾸준히 출판될 수 있도록 격려할 수 있다. 마지막으로 가장 중요한 것은 '책을 사랑하는 지역 사회'를 만들 수 있다. 책 읽는 사람은 유리하고, 책을 읽지 않는 사람이 불리한 사회를 어떻게 만들 수 있을까. 모여서 같이 읽고 연대를 통해 힘을 합침으로써 우리는 책 읽는 사람이 존중 받는 사회를 만드는 일에 앞장설 수 있다. 어쩌면 이것이 독서 공동체를 이룩하는 궁극의 이유에 해당할 것이다.

미주

1 한국독서학회, 『21세기 사회와 독서 지도』(박이정, 2006).
2 이순영 외, 「독서 문화 확산을 위한 조사 연구」(출판문화산업진흥원, 2013), 78쪽.
3 정갑영 외, 「독서 단체 등의 프로그램 및 활동 현황 조사」(문화체육관광부, 2010), 70쪽.
4 정갑영 외, 위의 글, 75쪽. 그사이 싸이월드는 힘을 잃었다. 한국 사회의 변화 속도는 너무나 빠르고, 조사 연구는 도저히 이를 따라 잡지 못한다. 독서 동아리 등의 활동에 대한 정기적 조사 연구가 필요한 이유다.
5 이용준 외, 「전국 독서 동아리 실태 조사」(문화체육관광부, 2012), 16쪽.
6 그사이에 독서 동아리 활성화 사업이 꾸준히 진행되어 온 만큼, 전면적으로 다시 실태 조사를 하면 아마도 독서 동아리 숫자 면에서는 진전된 결과가 있을 것으로 짐작된다.
7 이용준, 「직장 독서 동아리의 특성 및 활성화 방안 연구」, 《독서연구》 제31호(2014), 171~172쪽.
8 서울, 인천, 경기, 제주, 청주, 김해, 전주, 원주, 보령, 홍성, 나주, 순천 등이다. 대구와 경북 지역에만 못 갔는데, 적절한 연결 고리를 찾을 수 없어서였다. 두고두고 아쉬움이 남는다. 기회가 닿으면 그쪽의 이야기도 듣고 싶다.
9 특히 디지털 네이티브인 청년층으로 갈수록 더욱더 이러한 추세를 보인다. 하지만 지식 정보의 미디어인 책의 본원적 속성을 고려할 때, 이와 관련한 욕구 자체가 소멸할 리는 없을 것이다. 따라서 모바일 미디어 생태계에서 독서의 위상에 대한 좀 더 정밀한 질적 연구가 필요해 보인다. 가령, 책을 통한 학습이라면 어떤 종류의 학습이고, 정보라면 어떤 종류의 정보인지를 내적으로 분석해서 연구할 필요가 있다.
10 호메로스, 『일리아스』(천병희 옮김, 숲, 2015), 702쪽.
11 T. S. 엘리엇, 「천둥이 한 말」, 『황무지』(황동규 옮김, 제3판, 민음사, 2017), 93쪽.
12 장대익, 「독서력과 시민의 품격」, 『책 읽는 대통령을 보고 싶다』(차기정부 출판산업 진흥을 위한 국회 토론회 자료집, 2017년 4월 5일), 22쪽.
13 라이너 마리아 릴케, 「추억」, 『릴케 시집』(송영택 옮김, 문예출판사, 2014), 204쪽.
14 Paul Ricoeur, "Refléxion faite. Autobiographie intellectuelle," *Esprit*(Paris, 1995), pp.59~60. 전종윤, 「독서 공동체. 자기 정체성 확립을 위한 인성 교육 실천의 장(場)」, 《대동철학》 제72집(대동철학회, 2015), 3쪽에서 재인용.
15 전종윤, 위의 글, 9쪽.

16 Paul Ricoeur, *Du texte à l'action*(Paris: Seuil, 1986), p.31. 전종윤, 위의 글, 10쪽에서 재인용.

17 김다혜, 「여학생 수다와 전쟁」, 《상허학보》 41집(상허학회, 2014), 32쪽 참고.

18 마르틴 하이데거, 『존재와 시간』(이기상 옮김, 까치, 1998) 제1편 35절. 위의 글, 33쪽 참고.

19 전재원, 「친구에 대한 인문학적 성찰」, 《철학논총》 83집(새한철학회, 2016), 310쪽.

20 몬트세라트 귀베르나우, 『소속된다는 것』(유강은 옮김, 문예출판사, 2015), 61쪽.

21 Anna Krüger, Kinder-und Jugendbücher als Klassen Lektüre. Analysen und Schulversuche. Winheim 3. Aufl. 1973, S.29. 김경연, 「외국에서의 청소년을 위한 문학 생활화 방법」, 《문학교육학》 9권(한국문학교육학회, 2002), 61쪽에서 재인용.

22 미셸 푸코, 『담론과 진실』(오트르망 옮김, 동녘, 2017) 참고.

23 C. S. 루이스, 『문학비평에서의 실험』(허종 옮김, 동문선, 2002), 35쪽.

24 한병철, 『타자의 추방』(이재영 옮김, 문학과지성사, 2017), 115쪽.

25 유발 하라리, 『사피엔스』(조현욱 옮김, 김영사, 2015) 참고.

26 마셜 매클루언, 『구텐베르크 은하계』(커뮤니케이션북스, 2001) 참고.

27 강희철, 「포퓰리즘, 어설프게 배제하면 정당성만 키워줄 뿐」, 《한겨레》 2016년 10월 13일. https://news.naver.com/main/read.nhn?mode=LSD&mid=sec&sid1=103&oid=028&aid=0002337398 2018년 11월 6일 접속 확인.

보론 2

학급이 동아리가 되고 독서가 수업이 돼야 합니다

독서 공동체 전문가 김은하

독서 동아리에는 다섯 가지 유형이 있습니다. '모여 읽기'는 각자 자신이 원하는 책을 읽고, 그 감상을 나눕니다. 아주 쉽고 간단하지요. '모여 듣기'는 같은 책을 함께 낭독하고, 듣고 감상을 나눕니다. 읽는 과정을 함께하기에 '웃고, 긴장하고, 놀라고, 감탄하고, 시원해 하는' 등의 반응이 동시에 일어납니다. 읽기 공동체를 가장 강하게 느낄 수 있죠. '감상 나누기'는 '말로 나누는 독후감' 비슷합니다. 책을 읽고 난 후 변화된 나에 대해 말하는 모임입니다. '토론하기'는 회원들이 제기한 질문(논제)을 놓고 각자 주장과 의견을 나눕니다. 말로 하는 논술인 셈이죠. '통합적으로 읽고 활동하기'는 다양한 장르의 책을 읽고 그것을 기반으로 해서 새로운 생각을 하고 창작 활동을 합니다. 한 책에서 얻은 아이디어와 다른 책에서 얻은 아이디어로 제3의 아이디어를 만들어 가는 활동이 핵심이지요.

김은하 책과교육연구소 대표는 늦봄의 농부처럼 바쁘다. 아침과 저녁을 나누어 전국 곳곳을 다니면서 책의 텃밭을 갈고, 같이 읽기를 씨 뿌리느라 분주하다. 『처음 시작하는 독서 동아리』를 2016년 4월에 출간, 독서 동아리를 꾸리고자 했던 사람들 중에 이 책을 손에 들지 않은 사람은 드물다. 전 세계 현장으로부터 독서 동아리 사례를 수집하고 좋은 운영을 고민해 온 김 대표의 연구 성과가 집약된 책으로, 독서 동아리 관련 이론은 물론 워크북까지 겸하도록 편집되어 초보일지라도 독서 동아리를 쉽게 운영하는 데 커다란 도움을 준다.

> '사람은 어떻게 독자가 되는가?' 제 평생의 화두입니다. 사람은 태어나 자라면서 단계적으로 읽기를 습득해 갑니다. 읽기를 통해 글자를 파악하고, 의미를 파악하고, 느낌을 함께 나누죠. 읽기는 다른 사람의 생각과 느낌을 자기 내면으로 거의 고스란히 옮길 수 있게 합니다. 기적 같은 일이죠. '읽기는 도대체 어떻게 가능한가?' 제 마음속에는 항상 이 질문이 놓여 있습니다. 조금 달리 물을 수도 있습니다. '책을 매개로 해서 사회적 관계가 어떻게 맺어지는가?' 가령, 부모와 자식, 친구와 친구, 선생과 학생, 형제와 자매 사이에 책이 있으면, 그 관계는 얼마나, 어떻게 달라질까요?

질문이 꼬리를 물면서 쏟아진다. 갑자기 주변 공기가 후끈 더워진다. 초여름 날씨 탓은 결코 아니다. 책이 존재하는 곳마다 고민의 닻을 내리고, 의문의 바다를 파고들어 조금씩 답을 새겨 간다. 『영국의 독서 교육』, 『독서 교육, 어떻게 할까』 등이 그런 식으로 인간과 책 사이를 오래도록 탐험한 결과, 세상에 나왔다. 김 대표에게 독서 교육은, 한 사람의 일생 안에 책이 들어서면서 일어나는 일들에 대한 탐구와, 한 사람의 일생 안으로 책을 들임으로써 마음의 두께를 굳히려는 노력이 교차로를 이루는 곳이다. 독서 동아리 연구 역시 그 연장선에서 나왔다.

> 제 관심은 독서 동아리 자체가 아니라 독서 동아리를 꾸릴 수 있는 인간은 어떻게 만들어지는가에 달려 있습니다. 선진국일수록 국정이든, 검정이든 교과서가 있는 나라가 드물죠. 학교에서는 책을 읽고 학생들이 그 책에 대한 의견을 나누면서 수업을 합니다. 그러다 보니 학급 자체가 일종의 독서 동아리라고도 할 수 있습니다. 한국에서는 학생들의 독서 교육이 주로 사교육 시장에서 이루어집니다. 그나마 대화나 놀이나 토론보다는 학교 수업과 유사한 형태로, 주로 학원 선생님이 강의하고 학생들은 듣고 받아 적는 경우가 많습니다.

독서가 어쩌다 하는 과외 활동이 아니라 그 자체로 수업이 된다. 학생의 자율 학습에 기반을 둔 토론이 수업의 일상인 학교를 이룩하고, 오랜 학습을 통해 자신과 다른 의견에 열려 있는 민주적 시민을 기르는 사회! 상상만 해도 즐거운 꿈이다. 독서 민주주의는 어쩌면 다른 모든 민주주의에 앞선다. 김은하 대표는 초등학교 등에서 부모나 학생이 독서 동아리를 체험하도록 함으로써 멘토 없이도 스스로 독서 동아리를 계속할 수 있도록 인큐베이팅 하는 일을 한다.

> 부모나 교사가 자기 의견을 지도하는 게 아니라, 아이들과 똑같이 책도 읽고 독후감도 쓰면서 낮은 자리로 내려앉는 게 우선 중요합니다. 어른들 해석을 강요당하는 식으로 교육받으며 자란 아이들은, 스스로 해석을 해 본 일이 없기 때문에 창의성은 꿈도 꿀 수 없습니다. 토론을 통해 자기 의견을 합리적으로 수정해 본 사람만이 창의적일 수 있습니다. 토론이 깊어지는 것 자체를 두려워하는 것으로도 이미 거대한 상실입니다.

독서 동아리 활동 중 가장 중요한 것은 '준비 모임'을 통해 같이 할 규칙을 설계하는 시간을 갖는 것이다. 배우는 것도 있으면서 속마음까지 털어놓을 수 있는 분위기가 서도록 세세한 규칙을 정하는 게 좋다. 모임마다 서로 역할을 나누어 일을 맡고, 모르는 부분을 서로 묻고 나누는 방식이 괜찮다. '서로 같이 읽는 것에 감사하기' '새로 들어오는 사람들은 무조건 반갑게 맞이하기' 등 작은 규칙을 만들고, 이를 지키면서 서로 격려하는 일이 모임에 활력을 불어넣는다.

> 각자 읽고 싶은 책을 두세 권 골라 와서 책 친구들 앞에서 설명한 후, 10~15분 정도 눈앞에서 읽을 시간을 준 후, 투표를 통해 고르는 게

> 가장 좋습니다. 결론이 너무 빤하지 않고 열려 있는 책, 즉 해석이 중층성이 있는 책일수록 같이 읽기에 효과적입니다. 고전같이 큰 질문을 던지는 책과 트렌드 서적 같이 작고 긴급한 질문을 던지는 책을 오가는 것이 의미 있는 토론을 만들어 냅니다. 그러면 책과 책이 서로 질문하는 경우가 생깁니다.

독서 동아리를 잘하려면, 성공 경험이 자주 있을 수 있도록 순간순간 매듭을 잘 짓고 가는 게 중요하다. 가령, 열 번 정도 모여서 일정한 주제의 책을 소화하고 기분 좋게 헤어지는 것도 괜찮다. 억지로 길게 하는 것보다는 차라리 동아리 자체에 대한 이야기 시간을 가지면서 시즌을 반복하는 것이 더 좋다. 김은하 대표의 목소리가 힘차게 가슴으로 파고든다.

> 책을 같이 읽으면 세상 보는 눈이 달라집니다. 가령, 유럽에는 '엄마와 딸' 동아리가 흔합니다. 변화된 사회에서 새로운 고민을 하는 딸들과 다양한 사회 경험이 있는 엄마들 이야기가 서로 섞이면서, 서로의 인생 전반에서 감동적인 변화가 일어나곤 합니다. 공격적이지 않다면 어떤 이야기도 할 수 있는 사회적 장을 만나는 것은 우리 인생에서 가장 깊은 경험일 겁니다.

아아, 같이 읽을 벗을 찾아 만날 수 있다면, 자기 인생에 주는 최고의 선물이 아니겠는가.

김은하 대표가 추천하는 "책 읽는 인간은 어떻게 키워질까?"를 다룬 도서들

경기도중등독서토론교육연구회, 『함께 읽기는 힘이 세다』(서해문집, 2014)

고정원, 『책으로 말 걸기』(학교도서관저널, 2014)

다니엘 페나크, 『소설처럼』(문학과지성사, 2004)

로제 샤르티에, 굴리엘모 카발로, 『읽는다는 것의 역사』(한국출판마케팅연구소, 2006)

매리언 울프, 『책 읽는 뇌』(살림, 2009)

백화현, 『도란도란 책모임』(학교도서관저널, 2013)

얼 쇼리스, 『희망의 인문학』(이매진, 2006)

엄훈, 『학교 속의 문맹자들』(우리교육, 2012)

최은희, 『그림책을 읽자 아이들을 읽자』(우리교육, 2006)

파울로 프레이리 · 도날도 마세도, 『문해교육』(학이시습, 2014)

장은수

읽기 중독자, 편집문화실험실 대표. 서울대 국어국문학과를 졸업했으며, 민음사에서 오랫동안 책을 만들고, 대표이사를 역임했다. 현재 순천향대 미디어콘텐츠학과 초빙교수로 학생들과 어울리면서 주로 읽기와 쓰기, 출판과 미디어 등에 대한 생각의 도구들을 개발하는 일을 한다. 저서로 『출판의 미래』 등이 있다.

같이 읽고 함께 살다

한국의 독서 공동체를 찾아서

1판 1쇄 펴낸날 2018년 11월 30일
1판 2쇄 펴낸날 2019년 9월 10일

지은이 장은수
펴낸이 장은성
펴낸곳 느티나무책방

출판등록일 2001.5.29(제10-2156호)
주소 (350-811) 충남 홍성군 홍동면 광금남로 658-8
전화 041-631-3914
전송 041-631-3924
전자우편 network7@naver.com
누리집 cafe.naver.com/gmulko

느티나무책방은 도서출판 그물코의 문학, 인문학 임프린트입니다.